只要最后
是你就好

兰心——著

GUANGXI NORMAL UNIVERSITY PRESS

广西师范大学出版社

·桂林·

只要最后是你就好
ZHIYAO ZUIHOU SHI NI JIU HAO

图书在版编目（CIP）数据

只要最后是你就好 / 兰心著. --桂林：广西师范
大学出版社，2021.6
ISBN 978-7-5598-3693-9

Ⅰ．①只… Ⅱ．①兰… Ⅲ．①长篇小说－中国－
当代 Ⅳ．①I247.5

中国版本图书馆 CIP 数据核字（2021）第 056585 号

广西师范大学出版社出版发行

（广西桂林市五里店路 9 号　邮政编码：541004）
（网址：http://www.bbtpress.com）

出版人：黄轩庄

全国新华书店经销

湛江南华印务有限公司印刷

（广东省湛江市霞山区绿塘路 61 号　邮政编码：524002）

开本：880 mm × 1 240 mm　1/32

印张：11.5　　字数：192 千

2021 年 6 月第 1 版　　2021 年 6 月第 1 次印刷

印数：0 001~5 000 册　　定价：58.00 元

如发现印装质量问题，影响阅读，请与出版社发行部门联系调换。

目 录

天堂里
有没有
车来车往

小天使生长在一个小山村，原本过着幸福快乐的日子。也许，连老天爷都嫉妒她拥有的一切，于是，祸从天降，小天使的天空瞬时塌陷……翅膀血淋淋地断了……

· 1 ·

"摇啊摇，摇到外婆桥……茜茜乖，睡觉觉喽……"

"从前，有一个小天使，她的名字叫……"

"从前，有一个灰姑娘，她的妈妈去世了，有了一个后妈……"

儿时的岁月，无数个夜晚，我在妈妈的声音中进入梦乡。

这个世上，真的有天使吗？

真的有神仙、天堂和那折磨灰姑娘的后妈吗？

如果有，天使会降临在什么样的地方？我不知道，真的不知道。

所以，我只能给你描绘我的小天地。

山，除了山，还是山。红砖和土砖砌成的房屋是山的点缀。

山有两种，有乱石山，有丛林密布的山。遍地都留下了我的足迹：爬树、攀岩、跳石、摘野果子、采蘑菇……那漫山遍野的映山红，遍地开放的雏菊，是我天地的色彩。

我的家，便坐落在山中央。家门前有条小路，妈妈说它通向外面的世界。

外面的世界？我没有去过，我最远也只到过镇里——我代表学校去参加全镇作文比赛。家的三面都被橘林环绕着，那是爸爸和妈妈在我上幼儿园的时候栽的，听说要好几年才可以结果。

我在山的怀抱中过着无忧无虑的日子。

一天天，一年年。

只有太阳公公和月亮婆婆告诉我在一天天长大……

·2·

那年秋天。

正在午睡的我在梦中隐约听到奶奶的哭号声："婉茹在路上出事啦！呜……"

我以为做了噩梦，吓得猛地从床上跳起来，冲向房外。而瞬间呈现在眼前的一幕让我差点儿晕倒：奶奶真如梦中一样在爸爸面前号啕大哭，一边喊着妈妈的名字。

我从来没有见过奶奶这样伤心，一种不祥的预感涌上心头！

"奶奶，我妈妈怎么啦？"我吓得跟着大哭。

"孩子，你妈妈出车祸啦！呜……婉茹啊……你怎么这么命苦啊……我的儿啊……"奶奶号啕大哭。

"不……我不相信！妈妈出门的时候还好好的呢……怎么会呢，怎么会呢？！"我哭着大喊，死活都不相信这一切都是真的。

"爸爸，妈妈不会有事的，不会的！呜……"

"奶奶，妈妈不会死的……呜……你骗我的……"弟弟从邻居家跑回来，用力摇着奶奶的手，伤心地喊着"妈妈"。

爸爸抱着我和弟弟，我明显感觉到爸爸的泪水和我的泪水混成小溪，在我脸上流淌，爸爸的身子不停地颤抖着。

我的脑海中浮现出前天妈妈临走时的一幕。

那天，妈妈和村里的几个长辈坐三轮车去邻县卖药材，上车的时候正是傍晚，天色灰沉沉的，妈妈顾不上吃晚饭就急着走。

也许是因为妈妈第一次出远门，我有一种从未有过的恋恋不舍，心中有种无法形容的难受感。

从来只知道等着妈妈做饭吃的我，在妈妈收拾行李时，竟突然间变得懂事起来：我从瓦罐里摸出两个鸡蛋——这是外婆见妈妈近来身体虚弱送来的，可是妈妈从来舍不得吃，说我从小身子瘦弱需要补充营养，都省给我吃。

只剩下两个鸡蛋了，我在心里责怪自己为什么平时不少吃几个，为什么不多留几个给妈妈吃。

我悄悄地把鸡蛋煮熟，妈妈上车时，我把鸡蛋放到妈妈手里："妈妈，我给你煮了两个鸡蛋，你在路上吃吧。"

妈妈一把抱住我："好孩子，妈妈一定吃。记得在家听爸爸的话。过两天是你12岁生日，妈妈一定给你买条漂亮的裙子回来。"然后转身又抱着弟弟说："华仔，妈妈不在家里这几天，别太贪玩，要早点儿回家，记得妈妈的话啊。"

车开动了，司机和一起去的伯伯婶婶都催妈妈快点儿上车，妈妈一边回头叮嘱我，一边登上后车厢。

就在妈妈刚登上车的时候，车突然开动了，妈妈还没来得及抓稳扶杆，身子直往后倒。正巧爸爸站在车旁，他赶紧扶了一下妈妈，她才没有摔倒。

我的心，突然被什么刺中了似的痛！

车开动了，妈妈在车上惊魂未定地向我喊："茜茜，在家里好好看书，听爸爸的话……"

我眼睁睁地看着三轮车颠簸着渐渐远去，向黑暗驶去……妈妈的身影逐渐模糊，消失在茫茫黑夜里，消失在无边无际的黑暗中……

· 3 ·

我不知道邻县到底在哪里，具体离家有多远。妈妈从来没有去过那么遥远陌生的地方，而且爸爸又不在妈妈身边，妈妈还要在狭小的三轮车车厢里挤着坐，挤着打个盹儿；除了两个鸡蛋，妈妈什么都没有吃……

好想要妈妈别去那么偏远的地方卖药材。可是，妈妈怎么都不听爸爸和奶奶的劝告，她兴高采烈地说："邻县的药材价钱比我们这儿高，过不了多久就可以将家里盖房子欠下的债还清啦！"

妈妈要做的事，谁也拦不住。

我站在妈妈离去的路上好久都不想动。突然间，心里酸酸的，怪怪的，涌起一种恐慌，从未有过的恐慌，似乎那黑夜一瞬间把妈妈吞没了，我再也摸不到妈妈慈爱的手。

爸爸牵我进屋，我心里像失去什么东西一样空空的，心不在焉地吃饭，感觉一点儿滋味都没有。

"叭！"饭碗不知怎么就摔在地上，满地的碎片。

我平时摔过很多次碗，可没有哪一次像这次一样摔得粉碎，像成语"粉身碎骨"形容的模样。

爸爸没有像平时那样责备我不小心，只是默默地帮我又盛了一碗饭，而我再也没心思吃，心被掏空了似的难受。

平时贪玩的弟弟也早早地睡觉了。

接下来的两天里，我陷入从未有过的奇怪的感觉中，无所事事，又心事重重。我试图找些平时喜欢的事情来打发时间，一会儿画画，一会儿绣花，一会儿看书……可是，做什么都心神不宁，莫名恐慌。

· 4 ·

在奶奶的哭诉中，我知道了妈妈和同去的伯伯婶婶们卖药材很顺利，比事先估算的卖得还快，妈妈还抽空到街上给我买了两条漂亮的裙子，给弟弟买了一套衣裳。可是，就在晚上回家的路上，三轮车和一辆大卡车相撞，三轮车被撞出很远，两人当场死亡，其余五人受重伤，妈妈是死亡中的一个。

妈妈死了？

什么是死？

听妈妈说过"死"，可是妈妈怎么会死呢？

妈妈怎么会死呢？

是不是我再也看不到妈妈了？

再也听不到妈妈的声音了？

再也听不到妈妈讲故事了？

再也不能让妈妈给我扎小辫子了？

再也不能扑到妈妈怀里撒娇了？

再也吃不到妈妈做的好吃的了？

再也不能当妈妈的小尾巴了？

再也……

突然之间，我懂得了很多很多……可是，妈妈已经看不到懂事的茜茜了……

妈妈那么好，我怎么能没有她？以后，我怎么过？

天要塌下来了，塌下来了……

· 5 ·

我哭得死去活来，奶奶和爸爸抱着我和弟弟哭成一团……

哭声很快引来了很多邻居和行人，很多婶婶阿姨都跟着哭喊：

"婉茹这么好的人怎么会死呢？她还这么年轻。阎王啊，你瞎了眼哪……"

"前几天还好好的一个人哪，怎么突然就走了呢……"

"茜茜和华仔还这么小，以后的日子怎么过啊……"

爸爸跟跄着和乡亲去找车将妈妈的遗体运回来，我知道爸爸比谁都要悲痛，只是将泪水吞进了肚子里。

我哭喊着要跟着去见妈妈最后一面，可是，平时由着我的伯伯婶婶们无论如何也不准我去，我隐隐地明白他们怕我见到妈妈的惨状会吓着。

可是，那是我妈妈，我最亲最爱的妈妈呀！不管她成了什么样，我都要去见她！我要见妈妈！

几个大人用力抱着我和弟弟不放，我使尽了浑身的力气也挣不脱。

爸爸流着泪说："孩子，等爸爸接妈妈回来，就让你们见妈妈，好不好……"

我还没有听完，只觉天黑压压地塌下来，什么也不知道了。

· 6 ·

迷迷糊糊中听见很多人哭。

当我睁开眼时，看见小姨和舅妈们都坐在我身边抹眼泪，屋里挤满了乡亲，他们在忙碌着，哀叹着。

"茜茜，可怜的孩子，你已经昏迷了四个小时。"

"妈妈！妈妈呢？！"我突然意识到这不是噩梦，而是真实的场景。

我发疯似的往外面跑。堂屋里有很多道士、和尚在敲木鱼，唱着悲凄幽怨的歌。里里外外挤满了人。拨开人群，我看到屋门前的水泥坪上摆放着一具棺材。

那是什么？难道是妈妈吗？

"妈妈！"我不顾一切地扑向棺材。妈妈在里面，我要见妈妈最后一面！

可是，棺材已经封得严严实实。我发疯似的摇着周围的人："你们……你们不是答应过我见妈妈最后一面吗？为什么说话不算数啊？为什么要骗我？"

"孩子，我们这样做是为了你好啊……妈妈在九泉之下也不会怪你的……"周围的乡亲们都泪流满面。

绝望！

我抱着棺材，一边痛哭一边呼喊着妈妈，可是，妈妈永远也听不到我的呼喊了！再也看不到我了！

天黑了，天要塌下来了……

整个晚上，我和弟弟都守着妈妈，哭诉着。

妈妈，告诉我，您没有离开我们，您只是去了另外一个世界，您的灵魂还在我们身边，还会时刻守护我们。对吗，妈妈？您听得到茜茜的话吗？

· 7 ·

第三天，是我的 12 岁生日，也是妈妈出殡的日子。

昨天还烈日当头，今天突然变得阴冷，温度骤然降低。小姨打开衣柜，翻出妈妈几天前整理好的厚衣服给我和弟弟穿上。我没有了知觉，只知道天空一片阴暗。

浩浩荡荡的送葬队伍缓缓移动，唢呐声鸣奏着哀伤，白色的幡四处飘扬，哭声此起彼伏；风，呼呼地号哭，空气中充满了悲伤的气息。

我，伴着妈妈，三步一跪拜，后面的弟弟和其他表弟妹、堂弟妹跟着我下跪，跟着我哭喊。

我恨不得时间过得慢一点儿，让我多陪妈妈一会儿。

这一辈子，妈妈在这个世界上停留的时间就是这一段路上的时间，如果可以，我宁愿一直这样跪下去，没有尽头！

我恨不得去墓场的路远一点儿，让我多跪拜几次。此时此刻，只有用我的跪拜，来表达对妈妈的孝心和不舍；只有用刻骨铭心的痛，向妈妈忏悔平时的不懂事。任膝盖上的鲜血洒在路上，祭奠妈妈的亡灵。

妈妈，您不是说过，这个世界上有神仙吗，神仙会救好人的。

可他们都去哪了？为什么不来救您呢？

· 8 ·

不知过了多久，乡亲们将妈妈抬到了山上。

同样是山啊，同样是我生长的山啊！可是，今天，它却是一座偌大的坟墓！那个偌大的坑，是妈妈安睡的地方吗？

不！妈妈一个人在里面，会孤单的……

当妈妈被放入坑内，爸爸紧紧地抱着我和弟弟。哭声响彻整个山林，我真想跳进去永远陪着妈妈……

一抔抔黄土盖住了那抹黑色，妈妈永远地走了——在我 12 岁生日的这一天。

难道，只有妈妈的死，才能换回我的一个轮回吗？如果是这样，我宁愿用我的生命去留住妈妈。

12 年前的今天，妈妈将我带到这个世界上；12 年后的今天，妈妈永远地离开了我，独自去了另一个世界，她不要茜茜了……

天空在山林中旋转，黑压压地塌下来，黑了，黑了，我什么也不知道了……

最爱我的
那个人
去哪了

祸从天降，小天使受到了残酷打击！

往事一幕幕，回首，幸福如烟云飘逝，小天使沉浸在对妈妈的怀念中痛不欲生！

那洁白的翅膀是怎么长成的？是谁让小天使来到人间？

· 1 ·

当我醒来时，已是第三天的上午，我的手上打着点滴，眼前是爸爸和奶奶以及很多亲戚的脸，显出从未有过的焦急和憔悴。

"茜茜，我可怜的孩子，你终于醒来啦，可急死奶奶了呀！"奶奶摸着我的额头怜爱地说。

我欲哭无泪，如枯竭的海水，失去了希望之源。

小姨说，外婆一听到妈妈去世的消息，就急得捶胸顿足，晕倒在地，昏迷了两天两夜。

爸爸说："孩子，你身体本来就虚弱，你要坚强一点儿，你妈妈生前最大的牵挂就是你啊！"

我忽然发现爸爸一夜之间苍老了很多。

我除了用尽浑身力气点头，其他什么话也说不出来。

我变得异常平静——是波涛汹涌之后的平静，是晴天霹雳后的平静，是痛不欲生后的平静。

往事一幕幕浮现。

· 2 ·

记得外婆常说，妈妈年轻时是方圆几十里出了名的大美人、大能人。

妈妈特别爱美，在那个时尚意识开始萌芽的年代，妈妈是村里最先剪"西瓜皮"发型、最先卷头发的女孩。

妈妈会缝纫，一块块碎花布在妈妈的手下裁剪成了漂亮的衣裳。在那个清贫的年代，妈妈的手艺令村里的姐妹们羡慕不已。

妈妈是村里的焦点人物。

妈妈多才多艺。那个时候农村里兴唱花鼓戏，妈妈能说会唱，被公社选中在台上唱戏，引得村里很多小伙子来观看。

妈妈还是村里第一个读了高中的女娃，兰心蕙质。

妈妈出了名的能干。

她是长女，下面有四个弟妹，她帮外公外婆分担了大部分农活儿。别看妈妈身子瘦小，可干起活儿来一个顶几个。她手脚利落，心灵手巧，吃苦耐劳，种出来的菜都比别人家的好。有人说，妈妈种的蔬菜像她人一样水灵。

外婆也记不清到底有多少小伙子来提过亲，好些都是那个年代吃"国家粮"的干部。但是，妈妈面对有钱有背景的追求者拒绝了一拨又一拨，直到爸爸的出现。

爸爸也是20世纪70年代初的高中毕业生，这在农村里屈指可数。他不仅能写出优美的文章，还能说会道，为人真诚、正直、上进。

媒人第一次介绍爸爸和妈妈见面时，妈妈就被爸爸儒雅俊朗的外表和人品学识吸引，也不在乎爸爸一贫如洗的家境，就羞涩地点头答应了这门亲事。

在那个感情保守的年代，爸爸和妈妈的爱情故事算是少有的"一见钟情"。

爸爸和妈妈漫步在田间小路上，村里人都啧啧称赞他们是天生一对、地设一双的金童玉女。

外公砍了家门前留了十几年的大树，花了三个月工夫，做了一套家具给妈妈做嫁妆。而奶奶家比外婆家清贫，妈妈进门时，奶奶好不容易才腾出一间房做新房。

爸爸和妈妈就这样结婚了。

· 3 ·

然而，所有的努力却敌不过命运的捉弄。

以爸爸的学历和才能，本来完全可以去教书，去国营单位上班，至少可以在村里当个干部，但刚正不阿的爸爸偏偏不喜欢官场的圆滑，所以放弃了当村书记的机会。村大队长嫉妒爸爸的人缘和才能，故意不给当教师的指标。而在国营单位招工时，爸爸的高中毕业证却长了翅膀似的不见了。

命运不遂，爸爸只好卖苦力——开发山里的石头。石头是我们山里天然的资源，一块半立方米的方石可以卖一块钱，采石平均每天能挣十几块钱。

爸爸妈妈夫唱妇随，在村里也称得上高收入。妈妈很孝顺，主动拿钱帮奶奶还了一些陈年旧债。

上天没少折腾妈妈。听外婆说，我从妈妈肚子里出来就给妈妈净添了麻烦。

我动不动就哭，脾气又出奇地倔强，常常哭得只剩下一丝气息。妈妈想尽了办法哄我，可我仍耗尽力气地哭。

我还三天两头地生病。妈妈看着我虚弱的身子，常常急得捶胸顿足，心力交瘁。妈妈是个急性子，而上天却赐给她一个折腾她的娇气娃。亲人们都说，若不是妈妈悉心照料，我那弱小的生命也许早就夭折了。

· 4 ·

在我的印象中，妈妈一天到晚总是像陀螺一样忙个不停，从年头到年尾没有哪一天清闲过。

妈妈身体不好，加上劳累过度，身体更加虚弱。可是妈妈很好强，她不顾自己的身体，只想让我和弟弟生活得好一点儿，只想早点儿将盖新房子欠下的债还清。

从小，妈妈对我和弟弟就寄予了很大的期望。

从我三岁上幼儿园那天开始，妈妈就教导我一定要努力读书，将来考大学，出人头地。

好在我和弟弟都很争气，成绩一直名列前茅。尤其是我，奖状贴满了墙壁。

妈妈总喜欢兴高采烈地对别人说:"我们家茜茜是块读书的料,我再苦再累都要把她培养成大学生……"

我从小就喜欢看课外书、写作文,老师常常拿我的作文当作范文读。妈妈舍不得给自己做新衣裳,省吃俭用给我买了大量的作文书和课外书籍。读书成了我最奢侈的享受。

· 5 ·

九岁那年,我和几个同学代表学校参加镇里举行的作文比赛,比赛定在下午三点进行。我和同学们从学校出发。去比赛地点要经过我家门口,我看到妈妈正在院子里的坪里做蜂窝煤,火辣辣的太阳烤得妈妈汗流浃背,她的衣服上和脸上沾满了煤灰。

我的虚荣心作怪了,怕老师和同学们看见妈妈这时的模样,于是没和妈妈打招呼就走了,任凭妈妈在后面喊着要我等一下。

离比赛还有个把小时,天气异常地热,看着别的参赛同学的妈妈陪着他们候考,给他们买汽水喝,我心里嗔怪妈妈只顾着忙不关心我。

正当我独自一人坐在角落里看书时,听到熟悉的声音:"茜茜!茜茜……"

我循声望去——是妈妈。

妈妈仍然穿着刚才那件衣服,挥汗如雨,甚至还没来得及擦干净脸上的煤灰。妈妈原本漂亮的脸被煤灰和汗水抹花了。

"茜茜,妈妈给你送月饼和汽水来啦,"妈妈打开用手帕包好的月饼,拧开汽水瓶,"趁考试还没有开始,赶紧吃点儿!"

我接过那个月饼——妈妈收藏在石灰坛子里很久都舍不得吃的月饼，一口一口地咬着。妈妈一边用手给我扇风，一边喂我汽水，一脸慈爱地看着我吃。一种幸福感涌上心头，我的眼泪不争气地流了出来。

"怎么啦，茜茜？"妈妈着急地问。

"没……没什么，妈妈……月饼很好吃，汽水很好喝……"我哽咽着说。

"呵呵，真是个傻孩子。"妈妈给我擦着眼泪笑着说。

那次作文考试的题目是《我最感动的一件事》。我就即兴写了妈妈在烈日下跑了四里路给我送月饼和汽水的事，作文后来获得了全镇第一名。妈妈高兴得泪流满面，抱着我一个劲儿地说"好孩子"。

· 6 ·

爱美的妈妈极少做新衣服，却将爸爸、我和弟弟打扮得干净整洁。

那时候很流行呢子大衣和健美裤，每次卖布的阿姨来我家，都说这呢子大衣最适合妈妈穿，妈妈也爱不释手，但她始终舍不得买，反倒是给我们三个添置了新衣裳。

妈妈看着我们穿得漂亮得体就特别开心。

每一个清晨，妈妈必做的事，便是帮我梳头发。妈妈本是急性子，但给我梳头的时候格外有耐心，先将头发一遍又一遍地梳直，直到柔顺如丝，再扎成各种发型。扎得最多的便是小辫子，妈妈一圈一圈地编成各种形状的辫子，再扎上漂亮的蝴蝶结。

妈妈起早贪黑地忙碌，但一直坚持着为我精心梳发。

那时候，家里很穷，但妈妈总是省下零花钱给我买各种颜色的蝴蝶结。每天，我的发型和蝴蝶结都有新花样，都是出自妈妈灵巧的双手。

那时候，小伙伴们一般都是短发，即使有些长头发的，她们的妈妈也没有耐心和巧手来为她们装扮。

· 7 ·

在我的心目中，妈妈有着世上最灵巧的双手、最慈祥的目光。

她的一头长发，从小便是我在小伙伴们中的骄傲。

那个年代看的电视剧，大多数是古装片，剧中的人物都是长发飘飘，尤其是《新白娘子传奇》中的白娘子，秀发如云，万千发丝飘着似水柔情。

我痴迷于她，便梦想着有朝一日有她那么长的秀发。

于是，我三天两头忍不住问妈妈："妈妈，我的头发长长一点儿了吗？"

妈妈说："茜茜，头发长得太快了不好。"

后来，我的头发终于长及腰际，可是妈妈说："茜茜，妈妈给你剪短头发好不好？看你的头发，又细又黄，你外婆说，小时候多剪短发，长大了头发才会又黑又亮。"

我不依，那时候的我才不会想到长大后的事呢，只想着当时有长发就好。

可是妈妈捉着我，硬是给我剪了短发。我成了"假小子"，因此一段时间内我都生妈妈的气。

8

永远都忘不了，就在这个暑假，妈妈得知我以全镇第一名的成绩考上省重点初中时，还没踏进家门，就抑制不住激动大喊："茜茜，你考了全镇第一名！"

我顿时欢呼雀跃起来，像只小猴子似的在家门前的草坪上蹦跳。

妈妈特地从自家瓜地里选了个最大的西瓜，邀上左邻右舍来庆祝。瓜瓤异常地红，异常地甜。

妈妈说："这是个好兆头，我的茜茜将来一定能考上大学！"

而从那一天到现在，不到一个月时间，竟然发生了天大的变故！

妈妈还没来得及送我上初中就匆匆走了……

走了，突然就走了，走得太急，我连妈妈的最后一面都没见上，这是我一生的痛楚和遗憾。

走了，是去了传说中的天堂吗？

天堂里有车来车往吗？我希望天堂里永远没有车，妈妈去世是因为司机酒后驾车撞车所致，我从此痛恨醉酒驾车的司机。

妈妈这辈子在家吃的最后的食物是我煮的两个鸡蛋。

妈妈这一生对我说的最后一句话是："茜茜，在家里好好看书，听爸爸的话。"

妈妈给我的最后一个承诺是给我买条漂亮的裙子回来，妈妈实现了承诺，但那是用她生命的鲜血染红的裙子。

妈妈去另一个世界是在我 12 岁生日的前两天，一个让我刻骨铭心的日子。

如果说母爱是世上最无私的爱，那么，从此，我永远地失去了……

思念
陷入
无边的沼泽地

这是哪儿？灰色一片，没有阳光，没有氧气，没有欢笑……小天使陷入一片无边的沼泽地，越陷越深，快窒息了，无力自拔。有谁看到她那无助的眼神吗？快绝望了的眼神，深深的忧郁和沉沦……

无数个黑夜里，她舔舐着流血的伤口，沦陷在没有出口的思念中。

· 1 ·

没有妈妈，家里失去了生机和活力。

家里的每个角落，都留下过妈妈的足迹，我甚至不想扫地，怕扫帚扫去了妈妈留下的痕迹。

家里每一样器具，都留下了妈妈抚过的痕迹，我宁愿它们布满灰尘，也不愿意擦去妈妈的手印。

我清理好妈妈的每一件衣物，留了一件放在枕边，其余的收到妈妈珍爱的红木箱里。

我还收藏好自己的一双袜子——每年冬天，我的脚都生冻疮，妈妈便为我手织厚袜子，为我的脚保暖——在袜子的筒上缝着一个厚实的补丁。袜子虽然破旧，但穿着很舒适，我的脚再也没生过冻疮。

现在，我不再舍得穿，生怕穿破了针线，那是妈妈一针一线缝起来的啊，是妈妈疼爱我的见证。

我收藏好妈妈生前的每一张照片——好在三叔是摄影师，他常常将没用完的一两张底片给我们照相，久而久之，照片也积累了不少，家里唯一的一张全家福，是去年三叔全家去海南定居前照的。

这是怎样的一张全家福啊！

妈妈穿着过年才舍得穿的呢子大衣和健美裤，戴着爸爸送的结婚礼物——一块上海牌女式手表；爸爸穿着妈妈做的中山装；我穿着妈妈做的小呢子外套，扎着两个小辫子；弟弟穿着妈妈做的海军装。

小时候的我喜欢哭也喜欢笑，照片中只有我使劲地抿着嘴笑，爸爸妈妈却显得很憔悴很忧伤。背景是家后面的橘子林，只是冬天树叶都变得枯黄。

望着这张唯一的全家福，我忽然间有一种很凄凉的感觉。

难道这是上天的暗示吗？这是预兆吗？

· 2 ·

爸爸将妈妈身份证上的照片放大，挂在堂屋神台中央。不管站在哪个角度，我都觉得妈妈微笑着望着我。

爸爸说妈妈生前没有过一天宽裕的日子，现在只能多烧点儿纸钱给妈妈。我和弟弟隔三两天就围着爸爸给妈妈烧纸钱，我常常会给妈妈写很长的信，夹在纸钱中，看着火苗将其化为灰烬。

我倾诉着相思，诉说着我所想到的一切。我相信妈妈在九泉之下会读到信。

弟弟也变得懂事多了。

十岁的孩子懂得了要和姐姐一起做家务；去菜地里给蔬菜浇水；当爸爸在外面劳累了一天回家时，给爸爸打水擦擦汗，帮着姐姐做菜做饭；也很少和其他小朋友吵闹。

没有妈妈的日子里，我们一家三口相依为命。

· 3 ·

9月1号，我以全镇第一名的成绩升入育青中学——我们这里唯一的一所省级重点中学。

爸爸踩着单车送我去报到。这一天是我们全家都盼望已久的日子，可惜，妈妈没有等到这一天就走了。

在新的学习环境里，我仍沉浸在失去妈妈的悲痛中不可自拔。

新班主任李老师20出头，他很少关注角落里的我，从来没有对我有过一点儿鼓励，也从来没有叫我回答问题，他的目光总是游离在那些开朗、漂亮、成熟、大胆的女生身上。

我从小就出奇地胆小，因为个子在班上最矮，所以总是坐在教室的第一排。

我从来不敢回头看后面的同学，也不敢举手回答老师的提问，连走路时都要和玩得好的同学牵着手一起走，而且还低着头不敢看人，和老师说话时脸一下子就红了，声音极小，如果不竖着耳朵听我说话，准得问几遍才行。

没有老师会注意我这个胆小如鼠的灰姑娘。

我像个丑小鸭一样被遗忘在教室的角落里。

· 4 ·

更糟糕的是，悲伤过度导致身体极度虚弱，上课的时候，我总是忍不住打瞌睡，尽管我极力控制，可总是力不从心。

这样萎靡不振的状态导致我的成绩急剧下降，从进校时的第一名滑到班上的中等成绩。

我由此讨厌起了班主任。

在这个年龄，老师的鼓励和关心直接影响到学生的学习。虽然爸爸从来没有要求过我的成绩，可我觉得愧对寄予厚望的亲人，愧对九泉之下的妈妈。

我痛恨自己的身体这么虚弱，整天都无精打采。实在控制不了瞌睡时，我就用力地掐自己的手臂，咬得舌头出血，甚至用针刺手指头，以身体的痛来刺激自己清醒。

书上写的能防止打瞌睡的办法我都尝试过了，感觉整天就是在与瞌睡斗争。

这种煎熬的感觉让我身心仿佛陷入了无边的沼泽中。

粗心的老师不会发现我这个灰姑娘，在他们看来，所有上课打瞌睡的学生都不喜欢学习，都是"坏学生"。

希望
穿越了
时空隧道

难道，天使就这样沉沦下去？

难道，没有人可以救得了她吗？

难道，没有一双充满力量的手拉她一把吗？

她生命中的第一位贵人，在哪里？

前生的因，今生的果。生命的篇章在此延续……

· 1 ·

一家三口相依为命的日子一晃过了一年多。

到了初二开学的日子。一想起初一的学习状况，中等偏下的成绩，老师不闻不问的态度，我就提不起劲儿。

我多么希望出现转机，多么期待着学校会换一个老师教我，把我从沼泽中拉出来。

童话故事中的灰姑娘有鸟儿帮她，有小矮人帮她，有水晶鞋帮她。

有谁来帮帮我呢？

这种悲观到了极致的时刻，脑海里突然闪过一种莫名其名的感觉：今天会有新班主任！

我不懂得这是一种什么奇怪的感觉，或许是期望，或许是胡思乱想，或许是书中称为"预感"的感觉吧。

我拖着书包，耷拉着脑袋来到教室，选了一个最不起眼的位置坐下。同学们已来了大半，他们正七嘴八舌地议论着什么，而且看起来很兴奋。

我正纳闷，好朋友小春同学跑过来："茜茜，我等你好久啦……告诉你哦，听校长说，我们换了班主任，那个讨厌的李老师调走啦，哈哈……"

"真的？！"

虽然不知道新来的班主任是什么样，但我神奇的预感竟然灵验啦！我感到许久未有的惊喜，我期盼着新老师的出现！

·2·

正当教室吵得像一锅粥时，一个陌生的身影走上讲台。教室顿时安静下来。

他，20出头，浓眉大眼，棱角分明，眼睛炯炯有神，眉宇间散发出武侠小说中描述的那种英雄气概。

"同学们，大家好，我是你们的新班主任，我姓高……"

标准的普通话，亲切有力的开场白，完全不同于阴阳怪气的李老师。

我禁不住抬起头认真地听起来。

"首先我想认识一下各位同学，请大家逐个自我介绍。"

希望穿越了时空隧道

同学们对于新老师的到来表现出前所未有的活跃与兴奋。最后轮到我了，心中似有两只兔子一样跳个不停。

我怯生生地站起来，两手摆弄着衣角，"我，我叫云茜，天上的云，地上的茜……"

"云茜？很好听的名字。天上的云，地上的茜？你一定是个兰心蕙质的同学。老师想问一下，你个儿不是很高，坐教室的最后面会不会看不见黑板上的字呢？"高老师微笑着看看我的眼睛说，前面的同学全都回过头来望着我，我的脸倏地一下子红到了耳根。

之前的班主任老师教了我一年都没问过我这个问题，而高老师一眼就觉察到了。

我感觉到了前所未有的受宠若惊！

· 3 ·

我被调换到教室最中心的位置。

回家后，我兴奋地和爸爸说换了新班主任的事，爸爸也高兴地说："老师很重要，希望高老师能多关心你。"

高老师的第一堂作文课出了个特别的题目：《写给老师的一封信》。还强调就当和老师谈心，一定为每个同学保密。听着高老师讲写作之道，我又找到了小学时对作文课痴迷的感觉。

我第一次敞开心扉用笔对老师诉说着心中的丧母之痛和对学习的消沉。洋洋洒洒几千字。

"云茜，你到我办公室来一趟。"

两天后，高老师终于"召见"我。

只要最后是你就好

我怀着惴惴不安的心情踏进办公室。头低得不能再低，不敢正视老师的眼睛。

这已成了我的习惯性动作。要知道，那时候，我几乎是班上最胆小的学生。

"云茜同学，老师很认真地读了你的信，文笔很不错，最重要的是抒发了真情实感，所以老师很感动。"

上初中以来，还是第一次听老师夸奖我文笔好。我慢慢地抬起头看着高老师那张温和的脸。

"老师非常理解你失去妈妈的伤痛，相信妈妈的在天之灵也希望你好好学习，将来有所作为；所以，你一定不要放弃学习。老师知道你以前是个成绩优秀的孩子，现在努力还来得及，老师会帮你的！"高老师语气坚定地说。

"在学习上，我是你的老师，学习之余，你可以把我当成你的兄长，有什么烦恼和困难，尽管和我说……"

兄长？好亲切，我激动得不知说什么才好，只知道点头。

· 4 ·

自从那次谈话以后，我一改以往消极的学习态度，上课时精神多了，瞌睡也少了。高老师对我特别照顾，无论是学习上、生活上还是思想上，我都感受到了真切的师长般的关怀。

在失去母爱的同时，我庆幸遇到了一个兄长般的老师。

语文原本是我的强项，在高老师的辅导下，我的语文成绩迅速提高，每周一次的作文课是我最期盼的，高老师必定拿我的作文当范文朗读，那是我最引以为豪的事。

我就像一根弹簧，经过一段时间的挤压，从最低点迅速反弹，成绩直线上升，一跃进了全校前十名。

所有的老师和同学都为我的变化而惊讶不已！

我从教室角落里沉默寡言的"丑小鸭"变成了老师和同学眼中备受宠爱的"白天鹅"。

我知道，这巨大的改变都源于高老师的鼓励和帮助，是他将我从沉沦中救了出来。

·5·

深秋的一天，高老师把我喊到办公室，高兴地说："云茜，告诉你一个好消息，刚才听学校紧急通知，明天，著名青年诗人许天奇老师会来我们学校举行讲座。"

"许天奇老师？"

"知道吗？我在大学时就经常读他的诗，非常崇拜他能写出那么灵气的诗。他被称为'天才诗人''现代诗歌界的一匹黑马'！听说他的每场诗歌朗诵会都有成千上万的人参加，现场激情澎湃。云茜，像你这样有文学天赋的孩子如果能结识许天奇老师，会对你文学方面的发展很有帮助的。"

从来没有看到高老师像今天这样惊喜和激动，他已不再是那个惯常理智、神情严肃的老师，而是和我一样像个喜形于色的学生！

许天奇老师要来学校的消息像长了翅膀似的很快传遍了整个校园，老师和同学都禁不住兴奋起来，纷纷猜测，这位被当作神话一样膜拜的文字的主人的模样、年龄，甚至是否结婚、有个什么样的妻子都成了讨论的内容了，就连常常板着脸训人的生物老师也终于绽开了笑容，她饶有兴趣地向校长打听着关于许天奇老师的事。

"许天奇先生？他可是我的偶像啊——他——他真的会来吗？TOO HAPPY（太开心了）！ MY GOD（天哪）！"

我在一旁偷偷地笑，要知道，从只会谈细胞结构的生物老师嘴里生硬地蹦出这样的两句洋文来，足以确信那位许天奇先生的到来所引起的轰动效应了。

· 6 ·

有必要提一下——我所在的学校有点儿特别的地方：虽然是一所山里的中学，但值得骄傲的是，它是我们这山区里唯一一座省级重点中学，所以有时候会享受到比较特殊一点的福利，比如许天奇先生会来的事。

"云茜，老师准备从你的作文中选两篇给许天奇老师看看，希望他能发现你的文学才华。来，你自己觉得写得最好的是哪两篇？"高老师翻开我的作文本。

最好的？可是我觉得最好的不是在作文本上的，而是即兴写在日记本上的两首不知道算不算"诗"的诗：

一首叫《天堂里有没有车来车往》，一首叫《云茜》，都是随手写下来的，没有给任何人看过，但是我自己喜欢。

可是，高老师是要拿给许天奇先生看的，他会看吗？他会不会笑话我写得不好呢？

高老师似乎看出了我心中的矛盾——十几岁孩子的自卑心理总容易被老师看出来。

"云茜，你不要想太多，这是一个难得的机会。"

高老师拍着我的肩膀，认真地说："也许，你这个年龄还不知道什么叫'机会'，这个词在我们乡下出现得稀少，老师要告诉你的是，你平时虽然很腼腆、胆小，但关键时刻一定要勇敢！相信老师！把你认为最好的作品拿出来，许老师一定会好好看你的作品，相信自己！"

高老师说得对，虽然我表面上很胆小很腼腆，但我自己认为我的内心世界并不是这样的，并且一直在心底认为总有一天我会改变胆小腼腆的缺点。

我从日记本上小心翼翼地撕下那两首"诗"给了高老师。

· 7 ·

晚上，我做了个奇怪的梦：我突然间长了翅膀，像鸟儿一样飞起来，高山、湖面、花丛、树林中……我好开心，好轻快，许久未有的快乐感觉……像是在寻找什么，却想不起到底在寻找什么。

第二天大清早，当我醒来时，还回味着梦境中的奇特感觉。

闹钟提醒我时间不早了，我麻利地扎上小辫子，系上粉色蝴蝶结，又从柜子最里面翻出最爱的粉红色百褶碎花连衣裙——荷叶边衣领，细细的腰身，宽大的百褶裙摆。

这是外婆送给我的生日礼物，我一直舍不得穿，只在上次拍照的时候才穿过一次。

这个年龄，在我心里，总觉得如果一个女孩子注重打扮，会很难为情。

今天为什么鬼使神差地要打扮自己呢？

一到学校，看到校长带着老师们在操场上忙得不可开交，校门、教室墙壁上、栏杆上、操场上都空前地挂了很多横幅。在乡村绿荫环绕下，学校像待嫁的姑娘般红装素裹。

同学们在老师安排下齐齐整整地坐在操场上，等候着许天奇老师的到来。我被高老师排在讲台前的第二排。

·8·

九点整。在校长激动得有点颤抖的欢迎声中，我终于看到了一位被介绍为"许天奇老师"的人走上讲台。

他25岁左右，瘦高的身材，微卷的发，非常宽阔的额，剑一般凌云的眉，挺拔的鼻，棱角分明的嘴唇，深邃而略带忧伤的眼睛。

这分明是一张陌生的脸，而奇怪的是，我却感觉到在哪里见过——在某年某月某日，在我朦胧却深刻的童年记忆里，在奇怪的第六感里……

我仰望着他的脸，这张陌生而似曾相识的脸，在记忆的时空里搜索着这张面孔，似乎在某瞬间，曾闪过……

我全然不知他说了些什么，直到台下掌声雷动，我才从时空的隧道中转回来。

接下来，我听见了许天奇老师激情澎湃的诗歌《飞行是鸟儿的艺术》：

一定有另一种声音　温存地
唤醒不断迷失的你
一定有另一种星光
栖居于你往日的激情　用另一种字母
刻画你漂泊的面孔

一定有绿叶的警戒拖垮春天
一定有沉稳的雨
老化在异域　如同细密的钢针
分开被诋毁的爱情
一定有越过国境的梦里骑兵
对着撕心裂肺的灯火
怦然一跃

一定有一条道路是你要去寻找的
一定有一个房间背对四季
就像遗忘已久的家园
等待你回归的脚步
一定有一双苍老的手
引领你点亮久别重逢的星斗

飞行是鸟儿的艺术
它们在辽阔中趋于完美
…………

　　　　　　　　　　只要最后是你就好

在场的师生都被他感染，放开了沉闷已久的嗓子，大声地朗诵着许天奇老师的诗歌，乡村孩子的羞涩和胆怯都在这高分贝的声音中逃之夭夭，小山村空前地沸腾起来，因为诗歌沸腾起来！

"飞行是鸟儿的艺术……"

"来，云茜，"高老师把我拉到许天奇老师面前，"许老师，这是我们学校最有文学天赋的学生，希望得到您的指点。"

这会儿，我更近距离地看到了许天奇老师的脸，而且看到了他眼中的惊讶。

"小妹妹，你叫什么名字？"许老师蹲下身子，扶着我的肩膀，似乎也在打量着我。

"云茜，天上的云，地上的茜。"

第一次面对这样一位书中的陌生人，又是连高老师都崇拜的人物，昨天我还以为我会非常胆怯，奇怪的是，此时我和他这样近距离地面对面，竟然没有胆怯，没有一点陌生感！

"云茜？云茜……"许老师若有所思，"你和我在几年前见过的一个小女孩太像了！"

他站起身："7年前，我第一次来这儿访友，在一条山间马路上，看见几个小毛孩蹲在马路上玩闹，我还记得很清楚，是两个小男孩和一个小女孩。两个小男孩要和小女孩玩捉迷藏的游戏，于是小女孩的眼睛被蒙上，她摸索着寻找小男孩，正在这时，一辆大卡车从山弯弯里快速驶过来。小女孩还在路中间瞎头瞎脑地'捉迷藏'，我冲过去一把抱起小女孩避过了大卡车。她从惊吓中睁开了眼睛，那

希望穿越了时空隧道

眼中的清澈和受惊吓的恐惧至今深深地刻在我脑海里——那小女孩的长相和你长得很像，当然，你比她大几岁。她很有礼貌，我清楚地记得她对我说'谢谢大哥哥'。"

· 10 ·

捉迷藏？

大哥哥？

这不正是 6 岁那年发生过的事情吗？

那大哥哥抱起我的一瞬，蒙在眼睛上的手帕掉了，我看到了一张陌生人的脸，在他怀里，我一点也不害怕，依稀就是这模样的脸，那是我儿时记忆中最深刻的陌生人的脸——我终于找到了留在记忆中的"一面之缘"，只是，只是怎么会这么巧，那位大哥哥就是面前的许老师？！

"大哥哥——"

"云茜，你就是那个小女孩吗？！"许老师竟如此惊喜。

"许老师，您和云茜竟有过一面之缘，真是太巧啦！"高老师也惊讶了。

"是的，我记得您的！大哥哥，你的头发长长啦。"看着他有点自然卷曲的长发，我感到很好奇。

"是啊，7 年前，我是短头发，那时候的你也梳着两个小辫子，扎着蝴蝶结。我就猜想着，这小姑娘的妈妈一定很贤慧，把女儿打扮得这么漂亮。"

是啊，小时候妈妈常常给我编漂亮的小辫子，还系上各种颜色的蝴蝶结，可是现在妈妈不在了，妈妈也不知道，那年，是这位许老师抱起马路上那个贪玩的我。

"云茜，你怎么突然不高兴了？"

"许老师，两年前，云茜的妈妈不幸去世了……"

许老师拍着我的肩膀："云茜，记得我的话，你是个特别的姑娘，所以老天爷要给你特别的考验，你一定要坚强，努力。我相信你一定能出人头地！来，这是我的诗集和现在的通信地址，送给你做个纪念，可以写信给我。你的这两首诗，送给我好吗？"

我喜出望外地接过这本叫《前世今生》的书。我把通信地址小心翼翼地折好夹在日记本里。

"大哥哥，当然可以啦。我一定会写信给您的！"

大哥哥走了，留下一本诗集，一张通信地址条，一番鼓励的话语，留在我心里永恒的模样，还有第六感世界里未完待续的篇章。

流水无情,
落花有意

妈妈走后,是谁撑起了小天使的天空?是伟大的爸爸。

曾经,有一个善良贤惠的阿姨,走进了爸爸的生活,可惜有缘无分,成了擦肩而过的过客,留在彼此记忆的深处,从来不需要想起,也从来不会忘记……

· 1 ·

农村里开始出现"科学致富"。

二叔邀爸爸合伙:"哥,你是村里少有的高中生,能说会写,可这些年你一直埋没了自己。你每天打石头,才干都浪费了呀!"

我觉得二叔说得很对,爸爸的高中同学至少都是初中老师了,听说有的还在省里做了大官,当年爸爸在同学中可是佼佼者啊!若不是命运的捉弄,爸爸至少不会是个农民。

爸爸考虑了很久,说:"这得需要大笔本钱,虽然婉茹留下了一些钱,可那是她用命换来的钱啊!是留给两个孩子将来读书用的……"

我听到了爸爸的顾虑,便说:"爸爸,你别担心以后的事,我们都支持你和二叔!"

"是啊，哥，你有知识有文化，完全可以用这本钱致富！"

爸爸考虑了整整一个晚上，第二天，他和二叔去信用社取出七千块钱——这是那个可恨的肇事司机赔偿的全部费用。

·2·

爸爸和二叔去省城江城学习了半个月，买回一对巨大的古巴牛蛙种蛙，还有好多牛蛙仔仔。

我和弟弟第一次见到这么大的牛蛙，激动地围着观看了半天。

他们将三亩田全部改成水池，用来养殖牛蛙。爸爸每天日出而作，日落而归，中午常常一个人随便热点早上的剩饭吃，晚上等我和弟弟回家才认真地吃顿饭。

妈妈在世时，家务不用爸爸插手，而今，爸爸既要当爹又要当妈，在外面辛苦劳作，回到家里还要照顾我和弟弟。

爸爸很少像别的家长那样打骂我们，他总是耐心地和我们讲为人处世的道理，通过言传身教让我们懂得了很多，像是我们的知心朋友一样。

爸爸毕竟是有知识的农民，懂得科学养殖。牛蛙繁殖得很快，吃的食物也很精——只吃干鱼和虾米，爸爸和二叔隔一段时间会去洞庭湖买一整车一整车的鱼虾回来。

夏天的晚上，铺一张竹凉席在蛙池边，一边听着此起彼伏的蛙声，一边听着爸爸讲"白话"（故事），也是一种天伦之乐——虽然有着残缺，但此时我们是百分百幸福的三口之家。

爸爸是我们的天，是我们的依靠。

我和弟弟虽然懂事，但也对爸爸撒过谎。

有一次，爸爸买了五十斤肥肉，要我和弟弟在家里炼油，三伏天，我们蹲在火炉前用锅铲不断地翻着肥肉，脸蛋烤得通红，汗流不止。

在炼第三锅油时，我手上的水不小心流进油锅中，顿时，油锅里炸开了花，直冒油星，而且越溅越厉害。我和弟弟吓得直往后退，不敢接近油锅，可是，火在旺盛地烧着，如果再不端开油锅，这锅油就要不得啦！

我是姐姐，得勇敢一点儿！

我一边给自己打气，一边赤手空拳去端油锅。接触到油锅柄的刹那，我才知道自己有多粗心——油锅的温度上百度，我幼嫩的手指哪能受得了这等高温的炙烤？于是猛地将油锅往地上掷，结果可想而知，满满一锅油倒了一半，四个手指头也烫起了泡！

我和弟弟都吓住了，我忘记了疼痛，只想着满地的油怎么收拾才好。我们慌手慌脚地把煤灰倒在地上使劲吸油，心想可不能让爸爸知道啊——小孩子终归还是怕大人骂。

我和弟弟合伙撒了次谎，爸爸并不知道这事，只是到了油吃完时，他自言自语地说："怎么这次的油吃得这么快啊？"

我俩在一旁偷偷地笑。

　　我们家一直以来都引人关注。经常有人来给爸爸做媒，而且很多媒人是受人之托。这也难怪，爸爸才三十多岁，才貌双全，人品又这么好，现在又是方圆几十里崭露头角的"万元户"，在我看来，哪个阿姨喜欢爸爸都不奇怪。

　　爸爸总是谢绝媒人的好意。

　　我知道爸爸对妈妈一往情深，而且考虑到我和弟弟接受不了"后妈"。

　　印象中的"后妈"大多不善待孩子，民间流传着很多有关后妈虐待孩子的故事。"灰姑娘"的童话几乎每个孩子都听大人讲过，所以，小孩子拒绝后妈像是一种本能的自我保护。

　　可是我和其他孩子不一样。

　　我觉得后妈也是人，只要是人，本性大多是善良的，总会有好心的后妈。

　　"只要我对她好，她一定会对我好的。"我常这样天真地想。

　　所以我对爸爸说："爸爸，我和弟弟不会反对你找后妈的，只要她对你好，对我们好就行。"

　　爸爸摸着我的头，感动地说："好孩子，爸爸知道你懂事，可是爸爸不想让你们受一点点的委屈啊！"

　　流水无情，落花有意。有一个阿姨走进了爸爸的生活。

5

桂姨是邻乡的一个寡妇，长得很清秀，比爸爸小 6 岁，有个女儿，邻人都说她心地很好。看得出她很喜欢爸爸，这是我从她对我和弟弟的态度上看出来的。

我上学要从她家门前经过，她经常很热情地拉着我进屋坐坐，从柜子里拿出一大把我喜欢吃的牛皮糖。她的女儿抢着要吃，她说："茵茵乖，这是留给茜茜姐吃的。"

她给爸爸写信，我便成了信使，爸爸还将信给我看。然后，我帮爸爸代笔回信。我不仅是爸爸的女儿，还是爸爸的朋友。

爸爸从来没把我当成不谙世事的小孩子，他知道我能理解他。

别人都不相信，我会主动支持爸爸给我找一个"后妈"。

桂姨三天两头地到我家里帮着打理家务，家里忽然间又热闹起来，放学回家有时可以吃到好的饭菜，虽然没有妈妈做的好吃，但至少多了一个人关心照顾我们家，多了份久违的温馨。

爸爸脸上渐渐有了很久不见的笑容，看得出爸爸至少不讨厌桂姨。

可是，爸爸和桂姨终究有缘无分。

桂姨的婆家极力反对她改嫁，还寻死觅活地逼着桂姨答应终身不改嫁。桂姨不想拖累爸爸，也承受不了各种压力。

一天晚上，她流着泪和我们家告别，然后带着女儿回了外地的娘家。

几个月后的一个夜晚，桂姨和几个娘家的兄弟风尘仆仆来看我们，带来了很多特产，有猪血丸子、腊肉、腌鱼、糍粑等，有弟弟喜欢的玩具，还有我喜欢的牛皮糖、银耳环、项链等。

我隐隐地听到桂姨和爸爸的谈话："……德哥，我们恐怕这辈子都没有机会见面了，这是我最后一次来看你。我真舍不得茜茜和华仔，可是……有什么办法呢……"随之听到桂姨伤心的哽咽声……

爸爸和桂姨终究迫于各种压力和阻力不能结合在一起，我这个"小媒人"没成功，留下的是昙花一现的回忆。

那个善良贤惠的桂姨，终究成了爸爸、我和弟弟生命中的过客，留在记忆的深处，从来不需要想起，也从来不会忘记。

是祸躲不过，
躲过不是祸

这个世界上，真的有灰姑娘的故事吗？后妈真的那么可怕吗？

一个女人，经过一场预谋已久的纠缠，终于成了云茜的后妈。母爱可以重生吗？等待云茜的将是什么？

· 1 ·

如果，三口之家的生活可以这样过下去，我觉得也是幸福快乐的，至少有爸爸的爱，至少没有人会伤害我和弟弟。

可是生活总是每时每刻在变化着，谁都无法预知明天会是什么样子，何况大人们说我还只是个小孩子。

从初二的下学期开始，学校要求学生寄宿。

爸爸每天七点钟锁上门出去干活儿，中午一点钟回来热一热头一天晚上剩下的饭吃；晚上，弟弟放学回家，爸爸才做饭吃，第二天早上又吃剩饭。

一个星期后回家，我看到爸爸一个人在地里忙着，孤独憔悴的背影，明显地瘦了一圈。我恨自己不能为爸爸分担一点儿负担，哪怕笨手笨脚地烧一餐饭菜，爸爸就不用吃剩饭了。

有媒婆频繁地来给爸爸说媒，但都被爸爸谢绝了。

有一天晚上，连村支书也来说媒了。他拐弯抹角了半天，才道明来意：村里的一个寡妇（我们称她明婶）特意托他来说媒。

我和弟弟躲在一旁偷偷地笑——竟然有主动请人说媒的女人，而且还给村支书送了礼。

村支书无奈地说："我真拿她没办法，三番五次来托我帮忙说媒，我是'盛情难却'啊。正德，你看在我的面子上考虑一下吧。"

村支书所说的那个寡妇，我知道。

三年前她的丈夫在意外事故中去世，留下两个儿子和一个女儿。大儿子是少年犯，偷鸡摸狗，打架斗殴，小小年纪就学坏，从十四岁开始进少管所，至今有好几年了，是村里人教育孩子的反面教材。二儿子只读了小学，就跟着舅舅到外地做生意，还算老实本分。小女儿也只读到小学四年级就不想读书了，在一家印刷厂干活。而她比爸爸大一岁，面带凶相，是村里有名的泼妇，常听到她和哪家吵架的事儿。

爸爸和她肯定不可能——我和弟弟在一旁悄悄地说。

果然，爸爸只是礼貌性地听村支书的游说，委婉地说："你的好意我心领了，我没有那个福气……"

村支书悻悻地走了，我想，他应该事先就猜得到爸爸的态度，只是他受人所托尽一下力而已。

村支书走后，爸爸、我、弟弟三个人都没有说话，我和弟弟早早地睡觉了。

· 2 ·

本以为这事就这样过去了，可是几天后，村里的妇联主任又到我们家来游说，似乎都受了那个明婶天大的好处，不达目的不罢休。

我和弟弟在一旁像看戏，看着爸爸如何应对媒人——这是大人们之间的事，我们小孩子是不会在这个时候插嘴的。

这天晚上，月亮很圆，星星满天。爸爸搬出凉床摆在屋前的水泥坪上，一家三口躺在星空下乘凉。初夏已至，四周的蛙声若隐若现。这样的情境让我突然想起了妈妈曾说过的一些话。

有时候，妈妈忙不过来，要我煮饭或扫地什么的，那时候的我不懂事，有时拖拖拉拉不情愿，妈妈叹息：

"要是妈妈不在了，谁给你做饭吃啊………"

"要是妈妈不在了，谁为你们洗衣服啊……"

"要是妈妈不在了，谁来照顾你们啊……"

那时的我只当这是妈妈说的气话，从来没有放在心上。有时，妈妈还和爸爸开玩笑说："要是我死了，你就娶村里的明嫂吧……"

爸爸嗔怪妈妈乱开玩笑。

此时，我的脑子特别清醒。曾经妈妈的戏言和气话，今天回想起来，竟是预言！

· 3 ·

我不愿意相信迷信，但是这些话真的出自妈妈之口，而妈妈是因为意外车祸去世的，不可能是故意说的，难道冥冥之中，自有天

042　　　　　　　　　　　　　只要最后是你就好

意吗？

"爸爸，你还记得妈妈和你说的一些话吗？"

"记得……"

"妈妈说，她死了后要你娶明婶……"

"你妈妈开玩笑说的……"

"爸爸，如果你愿意，我和弟弟都不会反对的……"

"别人都说她太泼辣，爸爸不能让你们受委屈……"

"爸爸，别人说的不一定对，她的性格不好，可是她的心地应该是善良的吧？她对她的孩子们还是很好的……"

"……"

"爸爸，我在学校寄宿，不能帮你做饭菜，你每天一个人在家吃冷饭剩菜……要不，你给我和弟弟找个新妈妈？"

"可是……"

其实，我对爸爸说的话都发自我的内心。

我和弟弟都渴望母爱，而爸爸正值壮年，需要一个阿姨来帮他打理家务，照顾他。我知道爸爸还在念着对妈妈的情，顾虑着找个新妈妈会不会给我和弟弟带来幸福。找与不找，我都相信爸爸是为我们的幸福快乐着想。

· 4 ·

爸爸生病了，而且很严重。本来，爸爸的身体很强壮，极少生病。爸爸是因为劳累过度，又没照顾好自己，所以才生病的。

奶奶知道后，赶来看爸爸，心疼得直流眼泪。

晚上，爸爸勉强撑起来吃了点儿饭。突然有人敲门，我打开门一看，亲爱的读者朋友，你猜我看到了谁？

是明婶！

她用蓝色毛线缠了两条辫子，穿着蓝色的衣裙——我平时可从来没有见她这副打扮，一向呆板严肃的脸上竟堆着笑。她提着一大袋子糖果站在门口。

"茜茜，我……我听说你爸爸病了，来看看他。"

平时和别人吵架时伶牙俐齿的她，此时面对我这样一个小孩子，竟有点儿支支吾吾，这让我感到很吃惊。

"哦，是明婶啊，进来吧。"

"正德……"她笑眯眯地和爸爸打招呼。

爸爸也没想到她会来，而且是在晚上。

"爸爸，我和弟弟去做作业。"

我拿着书包到里屋，隐隐约约听见爸爸和明婶聊天的话——

"……你太累了……好些了吗……"

"……多谢关心……"

"……茜茜和华仔真懂事，不像我那三个不争气的儿女，你真有福气……"

"……苦命的孩子啊……"

…………

不记得他们说了多久的话，我和弟弟做完作业就迷迷糊糊地趴在桌上睡着了。

等爸爸喊醒我们到床上睡觉时，我才发现明婶已经走了。

第二天是周末，我和弟弟好不容易睡了个懒觉，要知道，从小到大，不管春夏秋冬，爸爸都不让我们睡懒觉的，我们也养成了早起的习惯。

上午，我找出铅笔和白纸，摆在书桌上准备画画。我从小就喜欢画画、绣花。

上幼儿园时，老师要小朋友们画萝卜，其他小朋友怎么画也画不像，而我三两笔就画出一个鲜活的萝卜，然后还想象着画出南瓜、茄子之类的小东西。老师拿着我的画给其他小朋友当样本，当然免不了夸奖我："我教过的学生里面，云茜画得最好。"

其他小朋友都用羡慕的眼神望着我，我翘着小嘴巴一副了不得的模样。

后来，妈妈见我喜欢画画，给我买来好多张大白纸，还托城里的舅外公捎来一盒水彩笔——这在农村是很奢侈的。我常常抱着水彩笔在小朋友面前炫耀："看！这是我舅外公从城里给我买的水彩笔！"

心血来潮时我就涂鸦。花花草草、猫猫狗狗——这些是上课老师要我们画的，我并没有多大兴趣。

我喜欢画图书上的人，因为爸爸有一木箱子书，文学、科普类的书都有，还有很多小说。

在上小学时我就把整箱子书翻看了几遍，还吵着让爸爸讲书中的故事给妈妈和弟弟听。

可能是受了武侠小说的影响，我喜欢画古装人物，尤其喜欢画古装女子。我把从电视上和书上看到的，结合自己的想象，画出了很多装束不一的古代女子，贴在墙壁上、门上，放在文具盒里，夹在书中，自我欣赏。

当然，家里来客人时，总有人惊讶地夸我几句，爸爸妈妈可高兴呢！

只是，弟弟和我吵架的时候，他就淘气地撕我的画，我就哭着到妈妈那里告状。

妈妈自然少不了责怪弟弟，为此，弟弟从来没有说过我画得好。

另外，我还喜欢刺绣——这似乎与画画有相通之处。找不到好玩的时，我就从抽屉里翻出几块妈妈做衣服剩下的碎布，小手捏着针像模像样地绣些小动物之类。有时还在衣服上绣上我的"大名"，生怕谁偷我的衣服似的。

· 6 ·

因为学习忙，很久没有画画啦。这些天，电视里正在放映《雪山飞狐》，我想画里面的"若兰"。

"茜茜，在画画呢！"陌生而有点儿熟悉的声音传来。

我抬头一看，原来是明婶，她还像昨晚那样扎着两条辫子，只是换了件粉红色的衣服。

我在想这是不是她女儿穿的衣服，在村里，我从没看到哪个四十出头的女人穿粉红色衣服。

"哦，是明婶啊。"没想到她又来了。

"哟，茜茜的画还真像模像样，瞧你这手巧的！明婶要是有你这样的女儿就有福气喽，呵呵……"

连续几天，明婶都来我家，抢着做家务，做饭菜，洗衣服，对爸爸非常关心，对我和弟弟表现出少有的和蔼可亲、关心照顾。甚至比之前的桂姨还要热情周到，只是，显得没那么自然。

·7·

第九个晚上，明婶忙完还没有要回家的意思，有一搭没一搭地和爸爸说话。我和弟弟困了，就先去睡觉。

第二天一大早，我起床上厕所，竟然看见明婶和爸爸睡在一张床上！

虽然不懂男女之间的事，但十四岁时的我也懵懵懂懂知道一点点。我知道那张两米宽的大床，曾经是妈妈找木匠定做的，她非常珍爱，每天都擦得一尘不染。

有一次，我和弟弟拿着棍子打架，把床脚碰掉了一小块漆，妈妈心疼极了。而现在，妈妈最珍爱的床上，躺着另外一个女人，这个女人三番五次主动接近我们。昨晚，她没有回家，和爸爸睡在妈妈的床上！

我呆呆地站在那里，想着曾经妈妈躺在床上的模样。

"茜茜，这么早就起床啦？多睡会儿啊，上学还早呢。"妈妈！哦，不是，是明婶，她冲我笑眯眯地说。

这句话多么熟悉，声音也有几分像，我有点儿恍惚。只是，她不是我妈妈！

虽然我不反对爸爸再娶，可当我真正看到别的女人和爸爸躺在妈妈心爱的红木床上，心里还是酸酸的，脑袋里一团糨糊。

我没有吃早饭，就悄悄地去了学校。一整天，脑海里总是闪现着明婵和爸爸睡在一张床上的情景。

"云茜，你到我办公室来一下。"高老师来到我身边。

"今天怎么啦？一定有心事，和老师说说。"高老师和蔼可亲地问我。

"我……我……"我真不知怎么和高老师说才好，只好低着头支支吾吾。

"云茜小妹，有什么话不能和哥哥说说吗？"

小妹？哥哥？好亲切啊！从来没有人将这两个词喊得这么亲切。面对这样一个待我如亲哥哥般的老师，我心头涌起一种感动，还有迷茫和莫名的委屈。

"我，我快有新妈妈啦……"我的声音低得像只蚊子在叫。

"……你希望有新妈妈吗？"

"我……我不知道。嗯……我不会反对爸爸的，只要她对爸爸好，对我和弟弟好。"

"……你爸爸再娶也是为了你和弟弟，老师知道你是个懂事的好孩子……"

每次听高老师说话，我都有种被关注被爱护的幸福，这种感觉无法从其他人那里找到。

星期五回家，一进家门就看见了明婶。她正在扫地。

"茜茜回来啦！"一看见我，她脸上就堆满了笑。

"嗯。"

我悄悄地把弟弟拉到一边："她……这几天都在我们家吗？"

"是啊，她自己不回家……不过我没叫她。"弟弟悄悄地说。

明婶缠上爸爸啦！

难道爸爸真的要让她做我们的新妈妈吗？

晚上，爸爸把我和弟弟拉到一边："茜茜，华仔，有件事爸爸想听听你们的想法。"

"爸爸，你是不是想说和明婶的事？"

我看爸爸欲言又止的样子，便说："爸爸，只要你觉得好，我们不会反对你的。"

想着爸爸再也不需要吃剩菜和冷饭，不需要忙里又忙外地劳累，我突然觉得心里轻松多了。

"她说一定会待你们好。"

"是啊，相信只要我们把她当作亲妈妈一样，她也会把我们当作亲生儿女一样吧。"我心里也是这样想的。

弟弟不会像我和爸爸说这样的话，他毕竟比我小几岁。

10

第二天，我去送水果给奶奶吃，奇怪的是，一路上，好几个伯伯婶婶见我就拉我到一边，神神秘秘地问我：

"茜茜，你爸爸是不是给你找了个后妈呀，听说……"

"你爸爸怎么会找那个明嫂呢？她哪点配得上你爸呀？还那么凶……"

"她现在对你们好是为了进你们家门，不是真心待你们的……"

"茜茜，天下后妈一般狠！你不能答应你爸呀……"

"茜茜，趁你爸和她还没结婚，快赶她回去，不然你们以后有罪受哇……"

一路上，我听到的全是反对爸爸与明婶在一起的话。讲话人都是妈妈生前的熟人，都关心着我们家，而且明婶在村里的人缘谁都知道——一团糟。

刚到奶奶家，二叔和二婶一看见我，就停下手中的活儿。

"茜茜，奶奶好久没看见你啦，奶奶听人家说，你爸爸要娶明婶？"奶奶拉着我焦急地问。

"茜茜，这事到底是不是真的？"二叔也一脸焦急的表情。

"是的。"刚才听到那么多反对的话，我都不敢大声说，唯恐这事会招来大的矛盾。

"哎呀，你爸爸真的是'聪明一世，糊涂一时'啊！娶谁不好，干吗要沾上她？天生一副凶相，性格又臭，村里有几个人看她顺眼？茜茜，她要真的当了你后妈，那你和华仔今后有的是罪受了！我可怜的孩子……"奶奶急得直叹气。

"奶奶，她现在待我们很好。她和爸爸说，以后也会待我们好的。"

"傻孩子啊，她现在当然要装着待你们好喽！村里人都知道，她早就打你们家主意了，你爸爸这样的人，什么都好，就是人太老实，太善良，太真诚，太容易相信别人了！迟早会吃亏的啊！"奶奶痛心疾首。

"如果我哥真要娶她，我就和他断绝兄弟关系！"二叔是典型的性情中人，豪爽直率，敢说敢做，村里人都畏他三分。

…………

· 11 ·

晚上，回到家里，只有明婶在家，也许她看出了我脸上的不高兴。

"茜茜，是不是有人说我什么不好听的话了？"

我不说话。

"我知道村里很多人对我的印象不好，可是，茜茜，我是一个寡妇，如果我不厉害一点儿，就会遭人欺负！其实，我对家人很好的呀。"她有点儿激动。

我抬头看着她。

"茜茜，你是个懂事的孩子，会理解我，是吗？我保证，一定对你和华仔好！"

爸爸推门进来了，明婶笑着给爸爸打洗脸水。

这些天，我们家成了村里人茶余饭后谈论的焦点，绝大多数人都不赞成爸爸和明婶的事儿。

我知道村里人一直忘不了妈妈的好。

是啊，妈妈这样能干又善良热心的人，人缘自然很好。这与明婶形成了鲜明对比。

我也知道村里人关心着我们家，尤其对于这种关乎我和弟弟以后能否过得快乐幸福的大事，他们更加当作是自己的事一样在考虑。

每当我背着背篓扯猪草和鱼草，在地里碰到村里人，他们都会拉着我问长问短，言语中流露出朴实的关爱，让我感动。

虽然失去了妈妈，但我一直觉得生活在一个温暖、有爱心的大环境里，我是村里人都关爱的孩子。

· 12 ·

爸爸也明显地感受到了亲朋好友和邻里的反对情绪，包括二叔以"断绝兄弟关系"来劝说。

而我的爸爸——正如奶奶所说——是一个善良、正直、真诚、有责任感的男人，虽然他为自己一时的立场不坚定而后悔，但他怎么能狠心做出像村里人所说的"赶她回去"的事呢？

况且，目前她对我们一家三口所表现出来的"好"无可挑剔啊！像爸爸这样的人怎么能做到拒人于千里之外呢？！

最重要的是有我这个天真善良的女儿的支持：

"爸爸，别人说的不一定就对啊，他们又不了解她对我们这么好。只要我们真心对她，她也会对我们好的吧？"

是的，我一直是这么想：只要我待人家好，人家一定也会待我好。

就这样，爸爸在众人的反对声中，让她——明婶——哦，不，是我后妈，留在我们家里，没有酒席，没有结婚证，没有任何除了女儿之外的支持和祝福。就这样，这个我曾称之为"明婶"的女人成了我的"后妈"。

正如妈妈生前和爸爸开玩笑说的一样，"如果我死了，你就娶村里的明嫂吧……"

难道这一切真是命中注定的吗？

命运之手，在怎样掌控着一切？

亲爱的读者朋友，当你知道后面的事情，一定会责怪爸爸不顾一切地娶她，但是，你知道，人都有"聪明一世，糊涂一时"的时候，也许她注定是爸爸命中的克星，躲也躲不过，逃也逃不了。

正如奶奶一直说的：是祸躲不过，躲过不是祸。

在煎熬中
奔向
唯一的出路

童话中，后妈大多是狐狸假慈悲先进门，掌控局面后就露出狐狸尾巴虐待灰姑娘。

灰姑娘的故事只在童话中有吗？

一次突发事件，后妈露出了她狰狞、泼辣的嘴脸，那张曾经讨好的笑脸瞬间撕破！云茜仿佛置身噩梦之中，演绎了小时候妈妈讲的灰姑娘的童话。可她从来都不相信这些会是真的，从来没想过她也会成为童话中可怜的孩子！

· 1 ·

自从后妈来了以后，有那么几个月，也只有那么几个月，我感到幸福快乐。

至少，我和弟弟都不需要自己做饭吃。虽然后妈做的菜远不及妈妈做的好吃，但我们也没有以前那么挑剔了。我们在学校的时候，爸爸身边多了一个人，也不会形单影只了。

不知为什么，后妈来的消息像长了翅膀似的，方圆几个村子里的人都知道了，在回家的路上，常常会有人问我：

"这个妈妈待你好吗？"

"很好啊。"我一直这么回答。如果看到人家眼中有着担忧，我还会加上一句："真的！"

我知道村里善良的人们都关心着我和弟弟，生怕后妈会虐待我们。但我觉得大人们的顾虑是多余的。我没有丝毫的戒心和顾虑，天真地以为后妈会一直这样善待我们，以为母爱可以在后妈那里重生。

直到那件事发生。

· 2 ·

那段时间，学校流行编织钱夹，用花花绿绿的过塑纸编的，很漂亮。一向喜欢做小玩意儿的我当然也编了好几个，但是没有钱放进去。

我想起了妈妈生前的照片，正好没合适的东西装起来，于是选了一个编得最好的钱夹，把妈妈的照片都放在里面，每晚枕在枕头下面，伴着我入睡。

有一天放学回家，看到床铺被后妈换洗了，我正为后妈的体贴感到高兴，突然发现枕头下的钱夹不见了。

"妈妈，你看到我枕头下面的钱夹了吗？"我一边翻一边问。

"没有，我什么也没看见啊。"

我想起衣柜的抽屉里还有些妈妈的照片，于是当着后妈的面翻抽屉，奇怪的是，照片一张都没找着！

"怎么一张照片都没有了？"我自言自语。

"不知道啊。"后妈说。

我丝毫没有多想什么，天真的我不会怀疑照片与后妈有什么关系，只是在迷惑不解的同时责怪自己粗心大意。

我肯定自己只是一时记错了地方，照片一定会找回来的——我侥幸地想，因为我的好多东西都是意外找到的。

· 3 ·

有一天，我头痛得厉害，高老师要我早些回家。

我好不容易坚持走到家里。门虚掩着，我推门而入，眼前的情况让我眼花目眩。

后妈正在屋角烧东西，是妈妈的照片！

那一叠照片，有爸爸和妈妈的结婚照，有我和妈妈的合影，有妈妈的单人照，还有全家福！

我发疯似的抢她手中烧焦的照片、火堆里的照片。我看到妈妈在火中流泪，在火中灰飞烟灭！

"你……你为什么要烧我妈妈的照片？你为什么要骗我？！"

"谁叫你们三个都想着那个死人，我……心里不舒服……"

"金喜，你怎么可以烧茜茜她妈的照片啊！你明知道这些照片多么珍贵啊！"爸爸跑进来了。

"好哇，你们父女俩联合起来欺侮我一个人，我真命苦啊……"她坐在地上大喊大叫。

…………

后妈第一次在我们面前露出了她狰狞的嘴脸，那张曾经讨好的笑脸瞬间撕破！

　　我仿佛置身于一个噩梦之中，演绎着小时候妈妈讲的后妈的童话，童话中的后妈大多是假慈悲先进门，等掌控局面后就露出狐狸尾巴虐待孩子们。

　　可我从来都不相信这些会是真的呀！况且我把她当作亲生妈妈一样，从来不相信我和弟弟也会成为传说中可怜的孩子！

· 4 ·

　　刚才意外的一幕，让人难以相信那是真的，可我的手明显感觉到被火烧的疼痛啊，这不是噩梦！这不是想象！

　　如果……如果不是我提前回家，她……她岂不是把妈妈所有的照片都烧掉啦？天哪！如果连一张都没有，我……我会和她拼命！

　　我的天真被她利用，我对妈妈的怀念成了她的眼中钉，卑鄙的是她竟能在我面前装得若无其事！我……我太天真，太愚蠢了！当初为什么将亲人的劝告当作耳边风呢？！

　　妈妈，对不起，我没有保护好您的照片！我没有见上您最后一面，只有照片留住您的容颜。本以为，那是与我永远相伴的相片，可现在……妈妈，都怪茜茜不好，我太粗心、太天真、太愚蠢！

　　妈妈，我不能哭……我不在她面前哭泣！我是你的孩子，坚强的孩子……可是，妈妈，我真的好心痛，好伤心……

　　那次，妈妈的照片只剩可怜的两张：一张是妈妈结婚时的单人照，一张是那唯一的全家福。

一张伪装的面孔一旦被撕破，从此就很难恢复到从前，这似乎是一种定律。

·5·

自从那次以后，我们和后妈之间的矛盾越来越多，我和弟弟曾和她对抗过一段时间，以为这样可以让她离开，而我们太天真了，太无助了，最终吃亏的仍然是我和弟弟。

她是个怎样的女人啊？

她常在心软的爸爸面前坐在地上大喊大闹大骂，寻死觅活；她也常在我和弟弟面前威胁说不准我们读书；奶奶和外婆被她气病过；她得罪了所有的亲戚；她对我们鸡蛋里挑骨头；她当面一套背后一套；她用爸爸的钱私下里请人跟踪我们；她还偷看我的日记和个人物品……

她的那张脸，本来就很凶恶，再加上总是铁青着，简直就像个瘟神一样可怕！她的声音，来自地狱般的冰凉！她呵斥的口气，像魔鬼一样冷漠！

从此，我再也没有看到过她在我们面前有过笑脸，除了高老师来家访外。

·6·

对于高老师，她一直敬畏着，十二分地客气，完全变了个人似的。

"高老师啊，我这人没读什么书，但我懂道理，就拿我们家茜茜来说吧，我待她比亲生女儿还好啊！就怕她不领情哟……"

她挤出笑容"关爱"地望望我，脸都"挤"得变形了！

"阿姨，以云茜现在的成绩，考大学很有希望。她现在处于学习阶段，无论是生活还是学习上，都需要你这个当妈妈的关心和支持啊！她是个知恩图报的孩子，只要你待她好，她将来一定会报答你这个做妈妈的！云茜，是吗？"

"是的，高老师，我一定会好好报答妈妈的！"我重重地点头应允。

"呵呵，高老师放心，我答应你，一定尽力培养茜茜啊……"

"阿姨，我代云茜先谢谢你！我这个当老师的，一定会尽全力帮助她考上大学！"

我知道高老师的一片关爱之心，为了我，他宁可在后妈面前说些"好听的话"。

· 7 ·

每当觉得老天爷待我不公平时，就想到高老师，心头便涌起一种幸福的感觉。

这个把我当妹妹的老师，虽然我嘴上不大好意思称"哥"，但在我心里，他既是老师，又是兄长。

他是老天爷夺走妈妈之后对我的补偿，是老天爷赐给我的福气。

如果说现在的我犹如掉进了一个地窟，他便是外面照进来的阳光，照亮我阴冷的世界，温暖我寒冷的心灵。

如果说现在的我仿佛掉进了水中，他便是岸边伸出来的"救命草"，给我求生的力量和勇气。

如果说现在的我犹如掉进了沼泽地，他便是极力将我拉出来、领着我艰难前行的那个贵人。

有时，他像我的航标，在学习上和思想上指引着我前进的方向。

有时，他像一个守护神，保护着我不受后妈的伤害。

有时，他是我心灵某个角落那种莫名的依恋。

"云茜，我知道你受了很多委屈，但你和你妈对抗解决不了任何问题。记住这句话：真正的强者能屈能伸！艰难困苦，玉汝于成！读书是你最好的出路！"

他的每一句话都影响着我，我记得他说的每一句话，也按照他的话去做。我不知道什么是好学生、乖妹妹的标准，但是他在我心中就像无所不能、无所不知的"神"一样，指引着我走每一步。

· 8 ·

对于后妈，每一个亲戚都不喜欢她，她和妈妈差别太大了。我们家的亲戚都把我和弟弟当作亲生子女一样关心。后妈的不善待，更加引起亲戚对她的指责和疏远。

但正像高老师所说的，"读书是你最好的出路"，他们的含泪劝说让我明白，对抗没有用。

爸爸是个真诚、善良的人，这也是爸爸致命的弱点，性格决定了爸爸做不出绝情的事，所以，后妈仍然操纵着我们的家。

而我们的对抗必然让爸爸为难，更重要的是，读书是我的命根子，读书是我改变命运的唯一希望！

我不能做一个逃避生活的孩子！

我不能忘记妈妈的遗愿——茜茜一定要出人头地，有所作为！

还有，我不能辜负那么多关心我、为我无法摆脱家庭烦恼而焦急的亲人！

还为了看似很少关心我和弟弟但内心却深爱着我们的爸爸！

我当时只有一个愿望——读书！

·9·

后妈知道读书是我的命根子，所以每当我们有冲突时，她就拿不让我读书这个筹码压我。

虽然钱不是她挣的，但是爸爸的每一分钱都掌握在她手中。她明知道我们不会放弃读书，所以对我和弟弟更是鸡蛋里挑骨头，从来没给过好脸色。

但是，为了能读书，我不但要忍让这一切，还要装作开心的样子，装作喜欢她的模样。

我不能当着她的面流泪，泪水明明快要掉下来了，也要强忍着只在眼眶里打转。

除了在学校上课之外，我的时间全都被后妈安排好了——干活儿。

什么样的农活我都干过，而身体上的重荷，远没有精神上的压抑和委屈让我难熬。

每当村里的人看着炎炎烈日下两个弱小的身影在土地里忙碌时，总是习惯性地流泪、叹息。我们都成了方圆几个村家长教育孩子的榜样。

晚上，忙完家务后也不能看书，后妈抠门抠到连灯都不让我们用。别人家的孩子放学回家后得父母催着做作业，而我只能在出去干活儿时偷偷地带上作业本或日记本，趁空隙伏在地里的石头上写，我得以最快的速度完成要做的活儿，挤出时间来看书写字。

对于我和弟弟而言，只要不和后妈待在一起，无论做多苦多累的活儿都不在乎，姐弟俩在一起的时光本身就是一种快乐！

· 10 ·

尽管我们在别人眼里过着"非人"的生活，但我从来不觉得生活少了快乐——其实，快乐随处可在。

在毕业前冲刺的几个月里，高老师为了让我有充分的时间学习，特意向学校申请了一间小房子，让我和另外两个成绩好的女同学住在那里，还给我买了复习资料，有时特意约其他学科的老师来辅导我。

我心中只有一个信念：不能辜负高老师对我的期望！所以，我拼命地学习。

偶尔，我小心翼翼地打开手绢，里面包着许天奇老师——大哥哥送给我的诗集，它是我紧张学习中的调味剂，是我奢侈的精神食粮。

紧张的学习就像一场战争。年少的我们，也知道要为自己奋力而战。

同学们都有爸爸妈妈买的营养品补充体力，而我从来不敢奢望，虽然三天两头地感冒发烧，但我咬着牙默默地挺了过来。

· 11 ·

有一天半夜，我迷迷糊糊地感觉到很难受，整个人像悬在半空中燃烧，头重脚轻。然后听见同学大呼小叫："哎呀，云茜发高烧了！怎么办啊？"

"我们去喊高老师……"

当我醒来时，已是第二天中午，手上还吊着点滴，高老师焦急的模样在我的视野中逐渐清晰。

"你这个小傻瓜，医生说你是由于惯常性发烧引起的高烧，生病了怎么能忍着呢？也不和高老师说一声！"高老师"生气"地说。

"对不起，高老师……"我的眼泪哗地流了下来。生病的时候最思念妈妈。儿时多病，妈妈总是守在我身边，细心照料呵护，而今……

如果高老师是个女的该多好，我就可以不顾忌男女之别，倒在他怀里大哭。

"小傻瓜，有高老师在，别哭。"高老师为我擦眼泪。

"我知道你学习很努力，但不要太紧张了，身体第一，都怪我没照顾好你。这些营养品记得每天按时吃。"高老师指着桌子上几盒"太阳神口服液"说。

"高老师，我……"

"云茜，不要推辞！我希望你轻松地学习、生活，不要有任何压力。"

· 12 ·

我的生活，充满矛盾。

和后妈在一起，一日如一年。

在学校的时光，一年如一日。

初中毕业那天，高老师本想要我主持毕业典礼仪式，但我实在太胆小了，只唱了一首我最喜欢的歌《千年等一回》。

"是谁在耳边，说爱我永不变，只为这一句，断肠也无怨……"

离别的伤感油然而生！

到哪里再遇到这么好的老师？

到哪里再遇到这么好的兄长？

到哪里再遇到像亲哥哥一样无私关爱我的老师？

真希望像高老师在送我的日记本里写的："今日的别离，是为了明日更好的相聚……"

一厢情愿
怎牵
千里姻缘

　　尽管老天爷给予了云茜重重考验，但也赐予了她生命中的两位"贵人"，让云茜在煎熬的日子中也拥有幸福和快乐。

　　几年以来，高老师从来没有间断过对云茜的关心和帮助，云茜只有将高老师的好埋在心里，更加发奋读书，朝着上大学的目标努力……

· 1 ·

　　历经一个暑假的煎熬，终于迎来了高中的第一个清晨。

　　山间，太阳冉冉升起，橘色的阳光为树木镶上金边，野花散发一身芬芳，空气格外清新。多么美好的阳光啊，它为我送行，为我恭贺！它是新的起跑线，也是唯一的希望。

　　深受煎熬之苦的我，比任何时候都迫切想离开家，确切地说是离开后妈。

　　我收拾好几件简单的衣服和几个日记本，放到一个红木箱子里——这是外公当年为妈妈亲手做的嫁妆，是妈妈最珍爱的家什，它装过妈妈的嫁衣，装过妈妈当年如梦的少女情怀，有妈妈抚摸过

　　　　　　　　　　只要最后是你就好

的痕迹，是妈妈留给我的唯一遗物，不管去哪儿，我都要带着它。

爸爸和弟弟送我上车。

"茜茜，你第一次出远门，凡事要小心，学会照顾自己。"爸爸关心地说。

"爸爸放心，我会照顾自己的，我只担心弟弟，爸爸要多照顾好弟弟，不要让妈妈欺侮他啊！"

"姐姐，你去县城里读书，留下我一个人不好玩了。"弟弟拉着我的衣袖，恋恋不舍。

"华仔，要努力读书哦，记得姐姐的话。下次回来给你带好吃的。"

"好哦，好哦，姐姐你要多回来哦！"

下车，踏进学校大门的那一刻，我的心飞扬起来。我暗暗发誓：我要在这里发奋读书，三年后考上大学，为所有关心、帮助我的人争气！

三年的高中生活，也正是这个目标和信念支撑着我度过最艰难最辛酸的时光。

· 2 ·

每个周末，同学们都急不可待地盼望着回到爸爸妈妈身边，返校的时候带着各种各样好吃的，同时兴高采烈地说起他们的妈妈如何如何好，每当此时，我就躲在一个没人的地方偷偷流泪。

在别人眼里，家是避风雨的港湾，是享受天伦之乐的乐园。

在我眼里，家是遭遇暴风雨的战场，在家里担惊受怕，连睡觉都不安宁，连坐立都不自然。而我又不得不强迫自己回那个地狱般的家，拼命地干活，不然后妈又会纠缠着爸爸吵架，吵得爸爸身心疲惫。

我不能那样！虽然村里很多人都指责爸爸，但我理解爸爸的苦衷，爸爸有他的委屈和无奈，而他承受压抑也是为了我和弟弟能顺利读书，考上大学。

前途是个未知数，我只知道拼命地读书。

也许是老天存心要考验我，我的身体越来越虚弱，常常三天两头地感冒发烧。本来生活费就非常少，为了节省昂贵的医药费，我常常硬撑着不去看医生，结果病情越来越严重。

· 3 ·

幸运的是，有失必有得。

我要感谢上天——高二的时候，来了一位年轻的班主任李老师，或许这又是我命中注定的贵人，她，鸽子姐姐，待我像亲妹妹一样，每次我生病都是她硬送我去看医生，帮我付医药费。

无论是学习上、生活上还是精神上，她都无微不至地关心我。还有哥——高老师，也一直关心和帮助着我。

他们两个都是我的老师，一个是姐，一个是哥，是我中学生涯中最重要的两个人。老天爷给予我特别考验的同时，也给予我特别的恩赐，我感到生活如此美好，我感受到了别的同学没有的关爱，我也可以在煎熬中如此幸福快乐着。

　　　　　　　　　　　　只要最后是你就好

一天，我正在上自习，突然看到门口站着一个熟悉的身影。

是哥！是好久不见的哥！

我快乐地蹦出教室。眼前的哥变化很大：西装革履，风度翩翩，腰间挂着一个烟盒般的东西（好像是 BP 机）。我一下子竟不知道说什么才好，脸憋得通红。

"小妹，哥这些时间停薪留职，在江城开了家书店，今天特意来看看你。"哥微笑着。

"真的？哥，那你当老板啦，那个是不是 BP 机啊？"我俏皮地说。

"呵，小家伙变得大方些了，没以前那么拘谨喽！这个是 BP 机，做生意需要这个。来，给你看看。"

哥取下腰间的 BP 机给我，我为哥感到高兴，感到骄傲。

"哥，你想去看看我常和你说起的鸽子姐姐吗？"

"好啊，哥早就想拜访一下她了。"

我高兴地带着哥来到鸽子姐姐房里。

"云茜，这就是你常说的高老师吧？"还没等我介绍，鸽子姐姐就猜出来了。

"李老师，您好！早就听茜说起您对她特别照顾，今天特意来拜访。"

哥和姐握手问候，我像个小傻瓜一样看着他们第一次见面的情景，心里甭提多开心。

突然，我心里冒出个古怪的念头：哥这几年好像没有交过女朋友，鸽子姐姐是一定没有喽，他们都那么优秀，又谈得来，如果……

想到这儿，我的脸唰地红了。我要当张生和莺莺之间的那个丫鬟红娘！

·5·

离开鸽子姐姐房间，我和哥走在校园的林荫道上。

"哥，你觉得鸽子姐姐怎么样？"我小心翼翼地问。从来没有谈过男女之事的我耳根子都红了。

"当然很好，有她在学校照顾着你，哥也放心些。"

"哦……哥，你知道吗，鸽子姐姐还没有男朋友哦。"声音小得连我自己都听不见。

哥停下步来，望着我："小家伙是不是想给哥牵红线呢？"

"我……我……"

"呵呵，瞧你，脸都红了。"哥扶着我的肩膀认真地说，"云茜，不用给哥牵红线了，哥这几年内都不会考虑对象的事。"

"为什么呀？"我脱口而出。

"因为……"

我抬头天真地看着哥欲言又止的样子。"因为……哥要以事业为重嘛！"

哥又笑了，我像个小傻瓜一样不知说什么才好。

"你只管努力读书，其他什么事都不要想。明年就要高考了，哥盼着你考上大学的那一天！"

哥塞给我一百块钱，看着我坚定地说："这点儿钱你留着买点儿营养品，以后每个月哥都会从江城寄点儿钱给你补充营养。看到你这么虚弱的身子，好心痛。不要太苦了自己，知道吗？"

一百块钱对于我来说是很多的钱，相当于后妈给我一学期的零用钱！我连忙推辞。

"云茜要乖，听话！"哥命令式地让我接受他的帮助。

我还能说什么呢？

几年以来，哥从来没有间断过对我的关心和帮助，我只有将哥的好埋在心里，更加发奋读书，朝着上大学的目标努力！

幸福
是包在悲痛表面的
奶油

在外婆家的时光是云茜最幸福快乐的时光，每分每秒都那么珍贵。血浓于水的亲情，永远斩不断、挥不去！

而极端的快乐幸福背后隐藏着极端的悲痛，幸福犹如包在悲痛表面的一层薄薄的奶油，一不小心就会弄破……

多么希望所有的痛只是一场噩梦，多么希望所有的幸福快乐都是现实！而现实是残酷的，没等到梦醒时已发生了！

· 1 ·

高一暑假，为了远离地狱般的家，我不顾一切地在外面做短工，每天做十二个小时体力活儿。

虽然很苦很累，但我心甘情愿。长期的压抑得到了暂时的释放，没有精神上的压抑对于我来说比什么都快乐。

想起每次向后妈要零用钱的尴尬，我的心里就像受了奇耻大辱一样委屈。

对那可怜的几块钱，她要啰唆一大堆，挑最难听的话来发泄内心的不情愿。

我在心中暗暗发誓：只要饿不死，绝不再向她要钱！

假期快结束的时候，我领到了二百元工资。粗糙不堪的手抚摸着两张钱币，我只有一个心愿：去思念已久的外婆家——那是我最想去的地方！

· 2 ·

听说，我一岁到五岁的大多数时光是在外婆家度过的。

我还只有二尺长的时候，特别爱哭，外婆把摇篮搬到床上不停地摇啊摇，整晚都不能睡觉。每天熬粥喂我，可我一整天好不容易才吃一小勺，外婆看着我娇小的身子，急得团团转，想尽了法子养育我。

待我会走路时，小姨和舅舅们都争着抱我到处玩。我最喜欢赶集的日子，外婆给我买糖糕，小姨给我买小耳环，舅舅给我买气球，所有好吃的、好玩的都是我的。

那时候的我一点儿都不懂得幸福快乐是什么，也不知道什么是疼爱、什么是受宠，只知道外婆家里最好，总想着一辈子就这样待在外婆家里，哪也不去。

每次妈妈来接我回家时，我都舍不得外婆，总是一边走一边回头望着站在屋檐下的外婆，泪水忍不住流下来，每一次都像诀别似的伤心。

妈妈还以为我一点儿都不喜欢回家。

外公去世早，外婆一个人操办着我小姨和舅舅们的婚嫁。妈妈是长女，在世的时候，还能帮帮外婆。

妈妈去世后，我看到外婆，就像看到了妈妈；外婆看到我，像看到了女儿。

可是，自从后妈来了以后，我去外婆家的权利也被剥夺了。外婆家是我最想去的地方啊，只有在外婆家，我才能感受到最浓厚的亲情，而后妈嫉恨我和外婆家的感情，以为通过强制性手段就可以斩断我们之间的亲情。可是，她不知道，这是血浓于水的亲情，怎么断得了，除非我的身体里不再流着外婆家的血液！

明的不行，我就来暗的。

周末，即使身上没有一分钱，我也可以步行四十里路赶到外婆家。我像只快乐的小鸟从远方归来，还没进门，就忍不住大喊"外婆"。外婆见到我好高兴。

"茜茜，外婆可把你给盼来啦！外婆的脖子盼长了啊！"

外婆为我取下书包，拍拍我身上的尘土，心疼地问："走路还是坐车来的？"

我为了不让外婆担心，就兴高采烈地说是搭熟人的车来的。外婆拿出自己舍不得吃的糖果，盛上饭，非要我吃下去才放心。

还有那几个可爱的小表弟表妹，见我来了老远就大喊"茜茜姐"，像见到外星人似的兴奋，拉着我的手叽叽喳喳地说个不停。舅舅和小姨住的地方都不远，一听说我来了，他们都放下手中的活儿，过来嘘寒问暖。

我还是儿时那个最令他们疼爱的"茜茜"!

· 4 ·

外婆炒了我最喜欢吃的腊肉，我美滋滋地在外婆面前狼吞虎咽，外婆幸福地笑了。

小姨背地里和我说，这几年来，只有看到我的时候，外婆才有笑容。

舅舅和舅妈待我比亲生子女还要好，争着要我去他们家吃饭，把家里省下来舍不得吃的留给我吃，还一个劲儿地给我夹菜，希望我瘦弱的身体结实一点儿。

因为是厨师世家，所以舅舅们炒的菜特别好吃，对于整天在学校省吃俭用的我来说，这些菜肴就像过年一样丰盛。

茶余饭后，我和亲人们聊学校里的情况，弟弟妹妹们都津津有味地听着，睁大眼睛骄傲地说："我的茜茜姐一定能考上大学！"

我所有的衣物都是外婆家买的。

"我们的茜茜不能穿得太寒酸，可不能让人家说没娘的孩子没人管。"

不管我怎么推托，外婆都要拿着省吃俭用的钱给我买衣服，本来经济拮据的舅舅和小姨也硬要塞给我零花钱。弟弟妹妹们都没有我受到的关爱多。

亲人们淳朴无私的关爱常常让我感动得热泪盈眶——老天爷夺走了妈妈的生命和爸爸的爱，却赐予了我更多人的爱，命运是公平的，有失必有得！

可是，极端快乐幸福的背后往往隐藏着极端的悲痛，幸福是包在悲痛表面的一层薄薄的奶油，一不小心就会弄破。

· 5 ·

有时候，外婆看着我就忍不住抹眼泪，喃喃地说："要是婉茹还在，该多好啊……一对这么懂事的儿女，就这样抛下不管啦……我做错什么了，那个后妈为啥不准外孙和外孙女来呢？她为什么这么恨我啊……你俩可是我的命根子啊……"

"外婆……"

我的泪水哗地流了出来，瞬时，所有的委屈、思念、无奈、悲痛，排山倒海似的翻腾。

妈妈，妈妈！您是外婆最爱的女儿啊，白发人送黑发人！这几年来，外婆常常在深夜里痛哭，那是怎样的孤独和悲痛啊！后妈，你也为人子女，为什么不准我和弟弟来看外婆？为什么不体会一下老人家的痛苦？失去了至爱的女儿，难道连外孙和外孙女也要失去吗？！

我和外婆抱头痛哭。

"外婆……不哭……外婆……茜茜一辈子都不会离开您！"

"茜茜……我的好孩子……你是外婆的命根子啊……"

外婆老泪纵横，我的心被外婆的哭声一刀刀地割着，天快要塌下来了，悲痛像厚厚的乌云重重地朝我压下来。

在场的亲人们都忍不住抱头痛哭，所有的快乐和幸福在这一刻化为乌有。

悲痛的弦一声声拉着，这个世界上没有什么比失去至亲的人更悲伤的了，任岁月流逝，也不会减弱我们对妈妈的思念。

·6·

无数次，我梦见妈妈没有死，只是离家一段时间，有一天她又回来了，这段时间只是做了一场噩梦，我们又回到了从前幸福快乐的时光……

可是，每当醒来听到后妈尖刻的叫喊声，我知道这只是一场美梦。

无数次，我梦见外婆突然死了，想着今生今世再也见不到妈妈和外婆了，我悲痛欲绝，只知道使劲地哭……醒来的时候发现枕头全被泪水浸透了。

梦，一场梦啊！多么希望所有的痛只是一场噩梦，多么希望所有的幸福快乐都是现实！但现实是残酷的，没等到美梦醒来，一切就已经发生了！

在外婆家的时光是我最幸福快乐的时光，每分每秒都那么珍贵。每次和外婆分别时，看着外婆瘦小的身影渐渐远去，泪水总是忍不住流下来。从小到大，没有哪次不是流泪告别！

这就是血浓于水的亲情啊，永远斩不断、挥不去！

在黎明前的
黑暗中
飞翔

上天总是捉弄人。在高中的重要时刻，后妈使尽一切手段阻止云茜读书。正当云茜身陷泥淖的时候，哥像是上天派来的救星，及时解救了她。

"当夜幕降下，我躺在床上，眼睁睁地望着黑漆漆的宿舍，渴盼着明早的阳光早点儿照到床上。明天是我的希望。从明天开始，是我真正向大学冲刺的阶段。快了，很快就会熬出头了。'一切都会过去！'我把这句话刻在桌子上。"

· 1 ·

上天似乎从来不会吝啬对我的考验。

高三开学前一天。

爸爸不在家。

我永远不会忘记那个灾难性的日子。

"好哇，你们两个骗子竟然瞒着我去外婆家！干脆要那个老不死的给你们出学费算了，我供不起……"

后妈不知从哪里得知了我和弟弟背着她去外婆家的事，像发了疯的母老虎一样大发雷霆。

"那个老不死的，多管闲事……那几个不要脸的……"

她挨个儿数落着外婆、妈妈、舅舅、小姨，一句比一句难听的话像毒针似的扎在我心上。

我真想痛痛快快地反驳她，可明天是我高中最后一次交学费，是弟弟初中最后一次交学费，爸爸的每一分钱都掌控在她手上，这三年来，她和爸爸为我们读书的事不知吵过多少次，闹得满村风雨。所以我拉着弟弟，强忍着没吭声。

我们以为她只是口头发泄而已，没想到她骂了半天还是恶狠狠地说："你们俩都别想读书了，死了这条心吧！我不会给学费的！"

"钱又不是你的，是我爸爸挣的！"弟弟终于忍不住脱口而出。

"好哇，小兔崽子，你敢这样和我说话……反了！反了！……"她像头气疯的母牛一样四处摔东西。

啪的一声，我们家那个茶壶摔坏了。妈妈亲手定制的茶壶，我们珍爱的茶壶，用了十八年的茶壶，上面刻有爸爸妈妈的名字的茶壶，瞬间被她恶狠狠地摔坏了。

我和弟弟扑上去，遍地的碎片割着我的心，那一刻，我心里只有恨，恨她摧残着妈妈留下来的每一样物件，还摧残着与妈妈有关的人。

突然发现弟弟的手腕上刻着"恨"和"仇"两个字，是用针刺的，那两个刺目的字狠狠地揪着我的心。

妈妈，我对不起您，我没有照顾好弟弟，让他在这种充满呵斥、责骂、劳累、冷漠的家庭环境中成长，心中的仇恨之芽在煎熬中疯长着！妈妈，我不想这样啊！妈妈，我多么希望弟弟能和同龄人一样健康成长啊！

"好啊，小兔崽子，你是不是恨我？还要报仇啊！我今天先来管教管教你！"后妈疯牛似的扑向弟弟。

"别打他！"情急之中我用身体护住弟弟，她将我用力推开，我来不及站稳，额头砰的一声撞到墙上，瞬时，我只觉得好晕，好痛，好难受……

"姐！姐！爸爸，你在哪儿啊？姐姐流血了，快来啊！呜——"弟弟的小手捂着我的伤口，吓得大哭。

·2·

爸爸跑进来，赶紧给我包扎伤口。

爸爸的眼睛红了，我知道爸爸心里仍然是疼爱我的，只是在后妈面前有太多的无奈。

"正德，是她自己摔的，不关我事……他们两个联合起来欺负我，你看看他手上刻着什么字！他恨我！我怎么这么命苦啊，哪里得罪他们了啊……"没等爸爸开口，后妈就装作一副可怜相诉苦。

"你给我进来！"终于看到爸爸对她生气了，拽着她往里屋去，关上了门。

尔后，我听到房间里争吵的声音，我第一次听到爸爸高声和她吵架。

我和弟弟整晚都没睡着，像做噩梦般惊恐。半夜三更的时候，突然觉得好冷好冷，可是，被子在后妈那边的房间，我们只好盼着早点儿天亮，挨过这个噩梦般的夜晚。

　　　　　　　　　　只要最后是你就好

逆境让姐弟俩相依为命，患难与共。

"姐，等我长大了，再也不让她欺侮你！"弟弟无比坚定的语气令我心酸。

· 3 ·

第二天，是开学的日子。

爸爸一夜之间苍老了许多，我看到了爸爸脸上写着悔恨、无奈和沉重。

后妈铁青着脸，眼睛望着天上走路，把东西掷得咣咣响，我行我素的样子，假装不知道我们要开学的事。

好久不抽烟的爸爸点燃一支烟，狠狠地吸。

爸爸告诉我们，后妈反对再送我和弟弟读书，钱都在她手里。爸为此和她吵了一夜，她都没把钱交给爸爸。爸爸只好出去先借点儿钱。

怎么办？没有学费，就不能去学校，况且身上连一块钱的车费都没有啊……

门前陆陆续续地有前去报到的学生走过，我和弟弟只能眼巴巴地望着。

九点，十点，十一点……

时间的钟在脑海里一下一下地敲着，我的心里像有无数只虫子在咬着，像有一把把尖刀在绞着，我就像被软禁了的小猫，只能眼睁睁地羡慕笼外的自由。

这几个小时就仿佛过了几年，没有其他人知道我们就这样被软禁。怎么办？怎么办？谁来救救我们……

· 4 ·

"茜茜，你的电话！"正在这时，对门的李婶扯着嗓子喊道。

我见了救星似的跑过去。一个电话把我从困境中解救了出来。

"云茜，你怎么还没去学校报到？"电话那端传来亲切的声音。

是哥！哥像是知道我有难似的，在我最需要帮助的时候打电话过来！

"哥，我……"我哽咽着说不下去了，一腔委屈堵住了我的喉咙，泪水忍不住流了下来。

"怎么啦，云茜？是不是你妈为难你？"哥在那头急切地问。

"嗯……"

"云茜别急，你要你妈来接我电话，我来劝她！"

"妈，高老师打电话给你。"我怯生生地说。

后妈一听是哥的电话，像变色龙似的，刚才还铁青着的脸瞬间变得笑眯眯。

"喂，高老师，您好……云茜上学的事啊，哦……我是答应过您好好培养她……呵……谁说不让她读书啦……我和她开玩笑呢……您放心，我马上要她去报到……"

看着她低眉顺眼的模样，我知道哥的威信吓倒了她，我明白了那一年哥将她的"军"让她答应培养我的良苦用心。

我和弟弟有救啦！这个时候，哥的出现，像是老天爷派来的救星！

果然，她接完电话，把钱一张张丢到桌子上，酸溜溜地说："还蛮会搬救兵的嘛！"

任她说着难听的话，我立即分些钱给弟弟："华仔，快去报到吧！姐姐去学校了，这段时间可能都不回来了，你要照顾好自己哦！"

"姐，你放心吧，你照顾好自己就行啦。"弟弟坚强地说。

· 5 ·

终于，我背起行囊踏上了归校的客车。

终于，我看到了亲爱的鸽子姐姐和同学们。我好高兴，好激动！

想想刚刚还被后妈软禁在那个地狱般的家中，幸亏哥及时救了我。

老师和同学们哪知道我受煎熬的滋味啊，他们只知道我今天特别开心。

是的，我特别开心！

那是逃离囚禁后自由和轻松的感觉，那是重见光明的快乐感觉！

而且，我以文科全校第一名的成绩进入了文科班。文科是我明智的选择，遗憾的是鸽子姐姐不再当我的班主任了，但鸽子姐姐仍然是我亲爱的姐姐，况且我们还在一个学校里呢。

当夜幕降下，我躺在床上，睁眼望着黑漆漆的宿舍，渴盼着明早的阳光早点儿照到我床上。明天是我的希望。从明天开始，是我真正向大学冲刺的阶段。快了，很快就会熬出头了。"一切都会过去！"我把这句话刻在桌子上。

乘着
一纸通知书
远走高飞

所有的苦难、艰辛、煎熬、心酸、期盼都在一纸大学通知书上有了结果！

天空好蓝好蓝，从未有过的蓝；天空好广阔，从未发现的广阔；阳光好美好美，从未有过的美。

云茜的生活也因此发生了根本性变化，主要体现在后妈的一百八十度大转弯上。这就是所谓的"势利眼"和"见风使舵"吗？

· 1 ·

高考后的 8 月 18 日。

阳光明媚，我和爸爸在橘园里浇水。

"丁零零……请问李云茜在家吗？"家门前似乎有人找我，我放下手中的水瓢，从橘树丛中钻出来。

"是我，有什么事吗？"我看到邮递员从大邮袋里翻找着什么，瞬时紧张起来：是什么？是我的信，还是……

"恭喜你啊，这是你的大学录取通知书，江南大学的。"邮递员乐呵呵地递给我一个大信封。

我急不可待地打开一看，果然是印着烫金大字的大学录取通知书！上面写着我的名字和录取院校——江南大学传媒学院本科！

"爸爸，我考上大学啦！"我按捺不住心中的激动，朝着橘园大喊。

爸爸跑过来，颤抖着双手，端详着录取通知书，这几年来沉积在脸上的阴云瞬时散开："茜茜啊，爸终于盼到你出头之日了……"

弟弟正好回来，他高兴得直跳："我姐姐考上大学喽！我姐姐考上大学喽……"

片刻，邻居们都跑过来，伙伴们抱着我欢呼。我看到天空好蓝好蓝，从未有过的蓝；天空好广阔，从未发现的广阔；阳光好美好美，从未有过的美。

我冲出邻居们的"围攻"，气喘吁吁地跑到奶奶家："奶奶，我考上大学啦……本科……江南大学的！"

"真的，孩子？"

"真的，奶奶您看录取通知书！"

"好孩子，奶奶这些年活着就是盼着今天啊！"奶奶高兴得像个小孩子似的，又哭又笑……

· 2 ·

考上大学的事像炸了锅一样在村里迅速传开了。

"云茜这孩子真争气啊，考上了重点本科……"

"如果我有这样的女儿就好了……"

"再也不要受那个恶女人的气了，总算熬到出头之日喽……"

"婉茹在天有灵啊，保佑女儿考上大学……"

……………

晚上，后妈回来，手里提着肉，一反常态，竟笑呵呵地对我说："茜茜，你考上大学啦，妈真为你感到高兴，今天晚上为你庆贺一下。"

然后，她又是夹菜，又是倒茶，还不让我洗碗，和平时俨然两个人。

180 度大转弯反而让我觉得可悲。

这一刻，我无比地高兴，因为实现了心中的梦想，没有被后妈看扁；我无比地自豪，因为没有辜负所有关心、帮助我的人的期望！所有的苦难、艰辛、煎熬、心酸、期盼，都在这一纸通知书上有了结果！

· 3 ·

接下来的 10 来天，生活发生了根本性变化，主要体现在后妈对我的 180 度大转弯上，而对弟弟，她仍然是以前的面孔。一纸大学录取通知书竟能改变她对我的态度？！

没有什么解释比这个更让我明白什么叫"势利眼"和"见风使舵"了。

开学的前一天，我独自跑到妈妈的坟前，坟墓周围野草丛生，守护着妈妈。

我在妈妈的坟头种了两棵小松树。

小松树啊，我就要远离这儿了，不能常常来看望妈妈，希望你快点儿长大，为妈妈遮风挡雨。

只要最后是你就好

亲爱的妈妈，女儿考上大学啦，没有辜负您的遗愿。明天，我就要离开家乡，去往一个陌生的城市，一个您一辈子也没能去的城市，那里有一片全新的天地等着我去闯荡。妈妈，茜茜对您发誓：我一定要闯出一片属于自己的天地！安息吧，妈妈，女儿会为您争气的！

相聚
在涅槃
之时

历尽磨难的天使，终于迎来了希望，一份大学通知书让她振翅起飞！

陌生城市里，有一个熟悉的人在等待着天使的到来。新生，重逢，相聚……新的天地里，云茜将面临什么？

·1·

9月1号，命中注定这是一个非常有意义的日子。

阳光温柔地抚着我的脸颊，初秋的风微笑着为我送别，山头的树木格外地翠绿。我仰望着四周的山林，那里留下过我童年的欢乐。

那山，那水，那草地，那山花，那野果子……别了，亲爱的朋友们，谢谢你们陪伴着我走过欢乐的童年、辛酸和煎熬的少年。在这17年的岁月里，你们一直是我亲密的小伙伴，忠实地倾听我的心声，见证着我的成长。

别了，昨天。

今天，是我重生的日子！

行李依然是妈妈的那口红木箱，里面装着众多人沉甸甸的期待。

·2·

江城火车站。人流如潮。我费力地提着行李，被人群挤出站口。

"云茜——云茜——"

那一声亲切而久违的声音，像是天使发出的呼唤，召唤着我循声望去：

是那张曾经鼓励我走过黑暗的面孔，是哥，两年未见的高老师！

我们在这个陌生的城市里相遇，这里正是哥开书店的城市，我又可以和哥待在一个城市里了。

"哥——"

"云茜——"惊喜和激动让我们顾不得周围拥挤的人群，我和哥紧紧相拥，哥的怀抱让我感觉到在这个陌生的城市里有了依靠。

无论在哪儿，哥都像守护神一样守护着我。也在今天，我和哥第一次这样紧紧相拥——曾经无数次，我都想象此时此刻这样和哥相拥，而种种顾忌束缚了我的手臂，其实，哥一直是我远方的怀抱，总在我最脆弱的时候给我勇气和力量。

"云茜，我一直都相信你会有今天……走，先送你去学校报到。"从来没看到过哥像今天这么开心，这么激动。

·3·

江南大学，全国重点一本大学。古色古香的校门高高地立在我面前，踏进校门的那一刻，我就暗暗发誓：一定要在这里闯出一片属于自己的天地！

校园里来来往往的学子，脸上有着各种表情，新鲜、好奇、激动、惊喜、憧憬、敬畏、胆怯……虽然现在学校对我来说很陌生，但我深信不久后就会非常熟悉它，熟悉它的每一个角落，熟悉它的一花一草。

"云茜，还记得读初中的时候吗，我常常在你面前说起大学生活的无限美好，在你们心目中，认为只要考上了大学，就是进入了天堂，没有学习压力，没有烦恼，没有父母的约束，一切都那么完美。而事实上，我那样说只是为了鼓励你们朝着上大学的目标奋斗。你要知道，大学只是你人生中一个具有转折意义的重要阶段，并不是理想化的天堂。在这里，同样会有各种不如意的事，而且面临的压力和竞争更大、更多，但哥相信你无论何时何地都是积极上进、无比坚强的。不管是取得好成绩，还是遭遇挫折、打击，你都要以一颗平常心对待，知道吗？"

我一边听着哥语重心长的话，一边琢磨着话中的道理。

是的，哥永远都是我的领航人，总在适当的时候说些适当的话。

报到、缴费、入住宿舍，哥一直都陪伴着我。一切安顿好之后，哥回河东的书店去了。

一个河东，一个河西，相隔着一条江以及数不清的高楼大厦，这就是我与哥的距离。

· 4 ·

晚上，新同学聚在一起，天南海北地聊天。

"云茜，今天送你来的是你什么人啊，对你好好哦！"室友雅雯羡慕地说。

"是……是我哥啊，呵呵。"如果说是老师，同学们不会相信。

"哦，你和你哥一点儿都不像哩。"

"是表哥，当然不像喽。"

"如果我也有个这么好的表哥在江城就好啦，哈哈！"

大学的第一个晚上，在江城的第一个晚上，室友们都兴奋得睡不着觉，一直聊到凌晨。

接下来的一个星期，学校统一组织军训。同学们大多数来自城市，过惯了娇生惯养的生活，整日里叫苦连天。

而在我看来，这一点儿皮肉之苦相对于我在烈日下劳作根本不算什么。能有这样的机会锻炼自己多好啊！总之，在我眼中一切都是那么美好和轻松。

· 5 ·

开学一个星期后，辅导员王老师说班上和学校要竞选学生干部，要同学们毛遂自荐。

读者朋友们，你们知道我是出了名的胆小害羞，是那种说一句话可以脸红到脖子根的小女生。

但这次，我下定决心一定要彻底改掉这个缺点，出洋相也好，闹笑话也罢，我都要勇敢地试一试！

先竞选班干部。

我向老师自荐做宣传委员，因为我擅长绘画和文学，不过这个

　　　　　　　　　　　只要最后是你就好

职位要经常上讲台讲话，组织活动，与老师、同学们沟通。但这样正可以改变我的缺点，真正锻炼我的能力。

记得有一位伟人说过，哪里能克服缺点，就往哪里去。竞选这个职位的还有三位同学，老师说要在竞选演讲中确定人选。

上台之前，内心难免紧张，但我想起了九泉下的妈妈期盼的眼神、爸爸无奈的眼神、哥鼓励的眼神……再看看其他三位同学看似更紧张的样子，我顿时鼓足勇气，坚定地走上台。

台下一双双并不熟悉的眼睛静静地关注着我，听着我的演讲……

几分钟后，教室里爆发出热烈的掌声，在我的意料之外，也在我的意料之中。我成功了！我的票数远远超过那三位同学。

"云茜，没想到你口才这么好，同学们都被你感动了！"

"云茜，你的普通话比城里人还要标准，配上你柔美动听的声音，真是太棒啦！"

脸红得发热的我，听着同学们的鼓励和赞美，下定决心要做一个优秀的宣传委员，不辜负老师和同学们的信任。

· 6 ·

俗话说，万事开头难。有了第一次上台演讲的经历，此后我多次站在讲台上讲话，虽然上台前难免有点儿紧张，但我劝慰自己：这是很正常的反应。重要的是，我在讲台上没有表露出紧张，能正常发挥。我的口才和组织能力渐渐赢得了同学们的肯定。

有一天，路过海报栏时，看到很多同学围着看一则消息：校广播电台招聘女节目主持人一名，要求声音优美，普通话标准流利，反应机敏，文笔好……

主持人，多么神圣的字眼啊！小时候，从家里黑白电视机上知道有播音员这种职业起，他们的形象就深深地刻在我脑海里，一直羡慕着他们在话筒前的神圣感。

以前，我虽然胆小，但在朗读方面却很大胆。晨读时分，我总是很投入，锻炼普通话，只有那一刻，我的声音最响亮，最有自豪感。

不知几时起兴起了"节目主持人"的职业，这个职业似乎更加时尚，更加神秘，也更令我向往。

现在，终于有一个机会摆在面前，我想试试，可我行吗？

在这样一所重点大学里，人才济济，同学们说主持人大多来自大都市，从小就生长在良好的语言环境里，有着良好的家庭教育，这次全校报名参加竞争的有好几百人！

我——一个来自山村的女孩，土里土气，没有任何人指导，能行吗？

晚上，我躺在床上左思右想参不参加，室友们开始七嘴八舌地讨论起来。

"大伙儿知道吗，学校正在招一个节目主持人哩，女的。有人报名吗？"

"哇，我想参加，但我普通话太差了，声音又不好听，所以呀，只有羡慕的份儿喽……"

"哎呀，别想那么多，试一试嘛，就当锻炼一下呗！"

是啊，谁都没有十足的把握啊，茜，你不是对自己说过要勇敢地去锻炼吗？不管怎么样，都应该试一试！

晚上，我做梦了，梦里全是有关竞选主持人的情节。

在准备朗读资料时，我找出自己写的一篇小散文《试卷人生》：

　　每个人从呱呱落地的那天起，生命就给了他一张人生的试卷，如果要问考试时间的长短，那只有让死亡来回答。

　　这张试卷没有唯一的标准答案，也没有评卷的老师，非要有的话，那就是岁月。生命原本是一张白纸，每个人生下来的时候都是一张白纸，或平庸，或伟大，或单调，或绚丽，或简单，或丰富，都得靠自己的双手去描绘。

　　别人给你描绘得再绚丽多姿，也没有意义，毕竟你当了生命的舞弊者，岁月无法给你一个满意的分数……

广播室门外，排着长长的应征者，大家看起来似乎都有点儿紧张，有的还抓紧最后几分钟背着开场白。快了，下一个就是我了！我心跳得厉害。

不要紧张，没什么大不了的！茜茜，镇静，放松，微笑。

开场白，试音，朗读，现场主持，随机应变……

几个环节下来后，我走出广播室，脸已绯红，但不是紧张，而是激动。

话筒前的我，没有丝毫的顾忌和紧张，我喜欢话筒前的那种奇妙的感觉。

也许，我在潜意识里早已雕刻了理想中的自我形象，只是一直没有机会找到那个意象中的我，今天，我知道了，话筒是找到那个"我"的好工具。

· 8 ·

第二天中午，我正在收听收音机里的广播节目，室友阿娇跑过来冲着我耳朵大声说："云茜，你被校广播电台录用啦！"

"真的？"

"是真的，不信你去海报栏看看！"

顾不上楼梯间来来往往的同学好奇的眼光，我飞奔到海报栏前，那里挤满了观看的同学。

"……通过激烈角逐，李云茜同学胜出，被录用为校广播电台主持人……"

真的是我！

我成功了！

我的感觉没错！

妈妈，爸爸，外婆，哥……你们知道我有多开心吗？人最大的敌人就是自己。我战胜了自己，找到了一个发挥才华的平台，我一定会在这片天地里努力！

· 9 ·

校广播电台总共有十个主持人，六个记者，一个编辑，一个站长，一个副站长。我的加入让广播室多了份热闹。

"哇，我们这儿多了一位小美女主持，又会多好多粉丝。"

"云茜的声音温柔婉转，适合主持谈心类节目，这是你的搭档——笑天，新闻系大三高才生，已有近三年的主持经验，有什么不懂的地方可以问他。"

站长把我引荐给旁边一个文质彬彬的男孩。

"你好，云茜，我是笑天。知道吗，你是我们广播台唯一的新生。昨天听了你的《试卷人生》，很受感动。我也很喜欢文学，希望我们合作愉快。"笑天微笑着和我握手。

我的节目起名为《心灵之约》，设有话题讨论、美文、嘉宾访谈、热线参与等内容，每周四下午六点至七点播出。第一次上节目时，我做了充分准备，把要说的话都列成了提纲。

"亲爱的听众朋友们，下午好。这里是《心灵之约》节目，我是主持人云茜……"

当我走出广播室，天色已黑，校园内灯光闪耀，路上有同学边走边哼唱着广播中播放的《天长地久》，我心情无比舒畅。第一次主持节目虽然没有理想中的流畅，但这毕竟是第一次，发挥正常，有了这个开端，相信会一次比一次进步。

自我解嘲和自我鼓励是我的人生哲学，这几年的艰苦生活让我学会了尽快在新的环境中独立自主。

· 10 ·

周末，哥来接我去他的书店。店里有位漂亮的姐姐正微笑着招呼顾客，忙得不亦乐乎。哥介绍说：

"欣子，这是我小妹云茜。云茜，这是欣子姐姐，是哥的好帮手。"

"欣子姐姐好。"

"云茜，常常听高总说起有一个好妹妹，今日一见，果然美丽脱俗。"欣子姐姐脸上流露着惊讶。

我在想，哥身边有欣子这样漂亮能干的女孩，怎么不动心？

琳琅满目的书籍让我快乐得晕眩，一阵阵书香让我陶醉。我爱书，从九岁时偷偷读完爸爸那一大箱子书开始，四处搜索书籍成了我的习惯，我一直渴望着哪天能尽情地看书。

"云茜，这里的书够你读的，别急，哈哈……从开书店起，我就期盼有一天你能尽情地读这屋子里的书。"

我惊讶地望着哥："哥，你说的是真的吗？你真好！我……"我感动得哽咽了。

"小傻瓜……哥哥当然应该对小妹好啊……"

哥欲言又止，我突然发觉哥的眼神闪烁着，似乎隐藏着很多我不知道的内容，而我不敢多去探索。

我多想说，哥，你一直是我最坚强的后盾，是我的精神动力。如果没有你的鼓励，我现在还是一只在海上随风飘荡的孤舟，不知哪儿是天涯，哪儿是海角，更不知道在哪里停靠。

· 11 ·

中午，哥带我到他家里吃饭。

一室一厅，整洁的单身宿舍，房间里摆着很多书。我偶然发现床头墙上的饰物，那是读高一时亲手编织的一颗心，是送给哥的生

　　　　　　　　　只要最后是你就好

日礼物，我不懂心是什么含义，只知道心形比较好看一点儿，希望它能给哥带来吉祥如意和好运。

没想到哥还留着，且擦拭得一尘不染。

我和哥第一次一起做饭，彼此有些不习惯、不自然。虽然认识哥已有六年了，但不知为什么，在哥面前，我常常感到羞涩脸红。

和哥在一起的感觉似乎很特别，那也许是一种幸福的感觉吧。

幸福这个词眼对于我来说太过于奢侈，以至于我不敢多想。

· 12 ·

返校。宿舍里只有阿娇一个人在读《简·爱》。

"其他同学都应邀学跳交谊舞去了。你不在，我不想去。"

阿娇指着《简·爱》："我好喜欢简·爱，她给了我很多启发。云茜，你说，女人真的因为可爱而美丽吗？"

"是的，阿娇，我们就算是丑小鸭，也可以蜕变成白天鹅的，何况你本来就是个漂亮可爱的姑娘。人无完人，不要因为一点点瑕疵就否定全部的美好哦！"

亲爱的读者朋友，我要提到的是，这位阿娇同学来自农村，和我一样勤奋上进、淳朴善良，只是还没有像我这样有豁出去的决心和勇气去改变或争取一些东西。说她有些自卑，还要从她的长相说起。短发，五官秀丽，尤其是那双大眼睛闪烁着内心的纯真——至少我觉得那是一双非常美丽的眼睛，身材窈窕，唯一天生不足的是，左脸侧有一块一厘米大小的胎记。

在她以前的观念里，缺陷占据着主导，瑕疵遮盖了美丽。

我们俩从入校第一天认识起就很投缘，是班里人尽皆知的好朋友。

我们形影不离，她比我会照顾人，所以在生活上她照顾我比较多；在学习上，我俩的成绩不相上下；在思想上，她最依赖我，用她的话来说就是："茜，你怎么那么有主见呢？你的小脑袋里怎么装得下那么多好想法呢？"

晚上，其他室友跳舞回来了，一个个兴奋得忍不住在狭窄的宿舍里练习跳舞。

"茜，你不知道，今天有个帅气的高年级男生在楼下托我约你跳舞，可惜你不在。"副班长燕子是北方女孩，心直口快，风风火火的。

还不等我答话，她又发现了"新大陆"："哇，茜，你买了这么多书啊！《红与黑》《百年孤独》《罗兰小语》……哇，都是我喜欢看的，可以借给我看吗？"燕子不愧是燕子，眼疾手快，快人快语。

"我表哥开了书店，你拿去看好了——不过要爱惜哦！"

我向来很珍爱书，连课本也比其他同学的新得多。在我眼里，书不仅仅是一张张纸装订成的东西，还是一个个传奇，值得悉心呵护，如果谁弄坏了书，我就会很心痛。

"行！你表哥对你真好，要是我也有个这样的表哥就幸福喽！"

情窦
初开
口难开

翱翔，是天使前行的方式；战胜自我，是天使越飞越高的力量。云茜的奋发图强，会迎来鲜花和掌声吗？

在大学校园里，在情窦初开的年纪，云茜的情感世界将面临怎样的迷惘？

· 1 ·

日子一天天从指间滑过。

我的生活是全新的——告别了大学之前的煎熬、压抑、苦痛、单调、彷徨、胆怯、内向……

每当坐在明亮宽敞的现代化教室里，听着教授讲课，我都感觉好幸运；每当在广播室的话筒前轻松自如地主持节目时，我都感到无比惬意；每当在哥的书店读书时，我都感到好幸福。

每天，我都是整栋楼里第一个起床的。无论刮风还是下雪，都始终坚持着晨练。对于身体向来虚弱的我来说，没有钱买营养品，只能用锻炼的方式来增强体质。

所幸的是，晨练对增强体质有着明显的效果。我不再像中学时那样面黄肌瘦、弱不禁风。或许是因为原来感冒过多，体内产生了抗体，我不再像原来那样感冒发烧，身体也在运动中一天天健康起来。

晨读——英语口语、普通话都是我每天必练的内容，我一直相信自己有语言天赋，我热爱语言。兴趣是最好的老师，而兴趣可以发展成特长。

所有的时间，都安排得满满的。

在保证学习成绩名列前茅的同时，我把同学们逛街、跳舞、溜冰、看电影、谈恋爱的时间用在了主持、写作、参加英语角、看书上。

凡是学校举行的与兴趣有关的比赛，我都积极参加，不是争强好胜，而是希望全面锻炼自己。

事实证明，努力没有白费：几个月时间里，我在几千名大一新生中脱颖而出。

· 2 ·

元旦那天，学校在大礼堂举行大型文艺晚会，我被破例确定为四位节目主持人之一。

第一次知道了什么叫作化妆。

向来素面朝天的我被化妆师一阵涂抹之后，"被迫"睁开眼看镜中的自己：柳叶眉被挑高了些，显得更有精神；粉红色闪光眼影；粉红色口红；披肩的长发高高地挽起来，插上了洁白的羽毛，像天使的翅膀。

"来，试试这件裙子怎么样。"化妆师姐姐从衣柜里拿出一件细

只要最后是你就好

腰大摆的白色连衣裙。裙子似乎是为我量身定做的，不长不短，削肩，纤细的腰身，宽大的裙摆及膝。

当我从试衣间出来时，化妆间的女孩子齐刷刷地看过来。

一直守候着我的阿娇尖叫着。

"茜，第一次看你这样装扮，真像仙女下凡！"阿娇睁着美丽的大眼睛惊叹道。

"不错，云茜，你是我今天的杰作。待会儿看你的舞台表现啦！加油喔！"化妆师姐姐拍着我的肩膀鼓励道。

晚会开始前，我在后台的侧面搜索哥的身影，我相信，哥一定会来为我加油的。

看到了！在第三排的中间！哥也在搜寻我，哥向我做了一个V字手势，我知道那是哥的鼓励和祝福。每一个重要关头，哥都会像守护神一样守护着我。

当舞台的帷幕徐徐拉开，台下上万人的目光齐刷刷地望着台上，掌声响起来，此刻的我却出人意料地平静，之前的紧张和担心在众多观众的目光下反而消失殆尽。

我是舞台的主人，下面是忠实、热情的观众。背景音乐响起来，我的开场白在偌大的礼堂内环绕：

"……当新年的钟声敲响，当第一朵雪花飘落枝头，我们迎来了……"当开场白落音，我听见台下热烈的掌声夹杂着欢呼声。

一个又一个节目在我唇间巧妙地衔接起来，我锻炼着自己的现场应变能力，有些环节，我改变了原来准备好的台词，现场发挥，效果反而更好。

节目快到高潮的时候，我报上一个邻校友情穿插的节目："曾获得过江南省高校歌手大赛第一名的'情歌王子'曾子浩，将为我们演唱《泰坦尼克号》主题曲'My Heart Will Go On'，掌声有请！"

掌声中，一位帅气的男生走上舞台，文质彬彬，不苟言笑。

随之，歌声响起。不愧是"情歌王子"，将这首尽人皆知的英文歌唱得跌宕起伏，台下观众为其打动，有漂亮女生频频上台献花，掌声持续了一分钟。这位外校来的男生竟把晚会推向了高潮！

在曼妙起伏的歌声里，我突然想起了一个人，一张面孔。

此时此刻，脑海里浮现出6年前见过的一个人，生平只见过两次，但此时，那张棱角分明极具艺术气质的面孔，清晰地在我脑海里随着这首歌浮起来——我第一次明白为什么有"脑海"一词——就如思绪在泰坦尼克号所在的海面上漂荡着，撞击着尘封已久的记忆，渐行渐近，时而模糊时而清晰。

脑海里只有两次偶遇的记忆，每一次都是一种恍若隔世的感觉，当6年后的此刻，那张脸浮现出来，我在想着这首歌应该属于这个记忆的人来唱的，他的长发，他略带忧郁的眼睛，他的桀骜不驯，和"Jack"好像！

许天奇老师，你在哪里？这些年一直联系不上你。你曾联系过我吗？可曾想起过山村里扎着辫子的那个小姑娘？

三个小时的元旦晚会即将结束的时候，校领导、嘉宾、主持人、演员一起上台合影，台下很多观众活跃起来，奔向舞台送花。我收到了四束花，有一束是班长代表班级送的，其他三束不知是谁所送。正当我把花放到后台化妆间时，那位"情歌王子"曾子浩竟抱着一大束火红的玫瑰花来到我面前。

"送给你，美丽的天使。"他略带忧郁的眼睛望着我。我想我的脸肯定比玫瑰花还要红。

在异性面前，我始终不能像在话筒前那样坦然自如，内心的羞涩瞬间显露无疑。

"刚才还那么大方的公主竟也会这样害羞，嘿嘿。"他坏坏地笑起来，我赶忙道声"谢谢"，便逃也似的跑向舞台的人群中。

5

曲终人散。

哥脱下风衣披在我身上，炯炯有神的眼睛中闪烁着惊喜。"云茜，你好——"哥突然停住了。

我多么希望哥会像其他人那样说"好美"，可是哥接下来说的却是"好样的"。我不知道在哥的心目中我是不是仅仅是一个勤奋上进的小妹形象，难道我和哥之间只有兄妹、师生之情吗……

不敢再多想下去，有些朦胧的东西太奢侈，不是我该要的。

从那次晚会开始，曾子浩隔三岔五地送玫瑰和情书，言辞一封比一封热烈。

我不想像很多同学那样"早恋"，学业第一。再说，这不是我想要的玫瑰。在我的想象中，不知有多少个女生收到过他这个"大众情人"的玫瑰，我一点儿也不了解他，他应该是个纨绔子弟，我们属于两个世界的人，我想都不会去想这是不是"爱情"，我更不相信他所谓的"一见钟情"会是真正的爱。

在我心目中，应该日久才生情——至少此时的我是这么认为的。即使他是真的喜欢我，可我没有丝毫的感觉，那种藏在内心最深处的特殊感觉，偶尔浮上心头又马上被打消的感觉，那种无法用言语和文字来表达的感觉。

· 6 ·

周末，哥来学校给我送新书。我被曾子浩的追求搅得有点儿心神不宁。

月儿已上枝头，冬日的校园出奇地静寂。我和哥走在林荫大道上，两人都沉默不语，似乎在逃避什么似的。

终于，哥开始打破沉默。"云茜，你怎么啦，有心事吗？"

"没……没事啦。哥，不用担心。"我慌乱地掩饰。

"是不是有男生追求我小妹啦？"哥停下来望着我的眼睛。

"唔……没有啦……"我脸红起来。第一次被哥觉察到有关情感的事，我无法掩饰慌乱和羞涩，幸而路灯照不清脸上的绯红。

"从来没有看到你这样慌乱，像你这样优秀的女孩子，有男生追求是很正常的，迟早有这么一天的。大学里恋爱自由，如果遇到让你幸福快乐的人……"哥沉默了几秒钟，"如果遇到让你幸福快乐的人，我也会为你感到高兴的。"

我不敢看哥的脸，因为我听得出他说这话的时候语气很沉重，从来没有过的沉重。也许是我的无知惹哥生气了。

"哥……我……我想问你一个问题。"

"问吧。"

我终于鼓起勇气，头低得不能再低，说出这个压在心中好几年的疑惑："我……在你心目中，仅仅是……仅仅是妹妹吗？"话一出口我就后悔了，好害怕听到哥的回答。

沉默。

时间似乎静止了，我不知在那沉默的一分钟时间里哥想了些什么，我想知道，却又好害怕知道。

"嗬，小傻瓜，你还小，很多东西都不懂。别胡思乱想了，时间不早了，哥送你回宿舍。"

哥急急地把我送到宿舍，头也不回地走了。我站在窗前目送哥远去的背影渐渐消失在夜色中。哥像这夜色一样神秘莫测，为什么不回答我的问题？是不是怕伤害我的自尊心？

那晚，辗转难眠。我责备着自己不该胡思乱想，不该去问哥那么敏感的问题，不该……

哥，
你
醒醒啊

命运总在天使刚尝到幸福甜美的滋味时射出一支毒箭：在云茜性命危急的时刻，哥舍身相救。又一个疼爱云茜的人离去了……

6年前，那颗受伤的心因为哥的呵护而愈合，而今因为哥的离去又破裂。幸福一词过于奢侈，奢侈得让云茜不敢去想，更不敢得到……

洁白的翅膀，又被飞来横祸残酷地折断……

·1·

大学生涯的第一场雪终于落下了——在放寒假的第一天。

哥邀我去江边看江城的第一场雪，我乐不可支。

哥穿着黑色风衣，风度翩翩。我穿着洁白的羽绒衣，像只刚长出羽毛的小鸟。

"戴上这个。"哥从衣柜里拿出一条粉红的围巾给我围上。温暖而幸福的感觉，真好。

雪花漫天飞舞着，落在手心，像天使散落的羽毛；落在地上，像调皮的孩子，投入到大地的怀抱中。皑皑白雪遮盖了城市的一切，

只要最后是你就好

装扮着冬日的江城，为世界抹上洁白的色彩。

我们来到江边，我快乐得像只小兔子。

我顽皮地乱跑，不小心摔倒在雪地上，哥伸出手来牵住我。我的小手被哥宽大、厚实的手掌紧紧握着，强烈的温暖和幸福感向我涌来，我紧张得心怦怦地跳，生怕被哥发现我的异样。

如果一辈子都有双这样的手牵着我该多好啊，那样我将不再寒冷，不再惧怕黑暗，不再孤苦无依……

哥牵着我在江边奔跑，漫天的雪花飘向我们，在我们的欢笑声中狂舞。雪地里，我们像两小无猜的顽童，尽情享受着冬的礼物。

· 2 ·

天色渐渐黑了，我们往回走。风越来越大，刮得我睁不开眼睛。

路上的车辆也怕冷似的，在风雪中急不可待地想回家。

十字路口。

我径自往路对面走去，一阵风猛地刮过来，围巾挣脱了脖子飘到前方，眼看一辆车要驶过来了。那是哥送给我的围巾，不能让车把它轧坏！

我来不及多想，便跑过去捡，就在拾起围巾起身的那一刻，突然感到背后有股强大的力量推开我，随之听到一声刺耳的急刹车声。

我猛然回头，眼前的一幕像噩梦中的情景：哥——几秒钟前还高大魁梧的哥，此刻倒在车前的雪地上，那刺目的鲜血让我晕眩！

天哪，这……这是在做梦吗？！

"出车祸啦！"周围行人的尖叫声让我瞬间从恍惚中清醒过来。

哥，你醒醒啊

"哥！哥……"我发疯似的奔向哥，歇斯底里地哭喊……

"哥！你怎么啦？别吓我啊！哥，你醒醒啊！"

我的泪水在哥脸上流淌，泪和血交织在一起。雪花仍然大片大片地飘落，整个天空又要塌下来了，那是我的天空，是哥为我撑起的天空……

急救的一小时里，我不知道时间是怎么过去的，像熬过一个世纪一样漫长。我瑟瑟发抖，心中充满了恐惧。怎么办？怎么办？哥，你一定要好起来……我不能没有你……

· 3 ·

曾经，在电影里和书里看过无数次这种场景，我会随着情节而悲痛；现在，读者朋友啊，这不是小说中的情景，也不是梦境，而是现实——发生在我身上的现实！躺在里面的是我的哥！这是怎样一种刻骨铭心的痛苦和煎熬啊！

妈妈，我求求您，保佑哥不会有事！这个时候，除了在心里祈祷，我还能做什么？

急救室的门终于开了，医生走出来，我紧张得心都要跳到嗓子眼儿，以至于呆呆地不敢主动问医生情况。好害怕，好害怕……

"你是病人的家属吗？"医生严肃的表情让我担心到了极点。

"病人流血过多，抢救无效。如果病人意志坚强的话，或许还有最后一口气息，你有什么话赶紧说吧。"我最后的一丝希望被医生残酷的结论浇灭了。

"哥——哥——你醒醒啊！哥……你不要不理我啊……不要……

我好害怕……哥……"我紧紧抓着哥冰凉的手，生怕哥随时从我眼前消失。

哥在我的呼唤中缓缓睁开眼睛。

"云茜……别哭……你没事，哥死而无憾……你知道吗？在我心里，你一直是天使，最美丽……最可爱的天使，我是为你而生的。本来想照顾你一辈子的……可是，我做不到了……对不起……云茜，不要伤心，我希望，你永远是这个世上最快乐、最幸福的天使……"

哥的微笑越来越苍白，声音越来越微弱，我用所有的记忆雕刻哥最后的容颜。

当哥合上眼的那一刻，我知道，哥离我而去了，永远地离我而去了，生命中一直以来的守护神离我而去了，这个世界上最疼爱我的那个人走了，永远地走了……这个世界上再也不会有哥的身影，再也不会有哥的声音，再也不会……

· 4 ·

第二天。

雪劈头盖脸地落下来，围巾在寒风中呜咽，天空中除了雪还是雪，大地上除了苍白还是苍白。

一夜之间，天与地被悲伤染成了白色，我被白色的悲痛深深笼罩了。

白色原本是纯净的色调，就像我与哥之间的情缘一样纯粹。可是，此时此刻，白色，噩梦般的白色，夺走了哥的生命！

老天爷，那雪花，难道是你为哥流的泪吗？

那漫天的眼泪是为哥送行吗？

可是，为什么，为什么你要夺走哥这么好的人呢？他这么年轻，这么善良，你怎么忍心伤害他呢？妈妈和哥都是最疼爱我的人，夺走了妈妈还不够吗？连哥也要抢走吗？我一直都认为，哥是你赐给我的礼物，可是，你为什么这么快就收回呢？

风雪啊，你来得再猛烈些吧！再冷点儿吧！冻僵我的身体，冰封我的情感，那样我就不会有悲痛的感觉了……

· 5 ·

第三天。

雪停了，风停了，整个世界出奇地静，是在为哥默哀吗？

世界静止了，时间静止了，我的心也快静止了。

走进哥房间的那一刻，泪水还是忍不住流了下来。房间出奇地冷，出奇地静，只听得见泪水砸碎的声音。

回想起这些年来哥对我的好；想起第一次和哥在这里一起做饭的情景，他做了我最爱吃的红烧排骨；想起在这里读书的温馨，他给我讲解不懂的地方；想起前天上午，哥从衣柜里拿出那条粉色围巾给我戴上——也正是那条围巾，幸福的致命的围巾，夺走了哥的生命！

衣服、书……我抚摸着哥的每一件遗物。衣服上还存留着哥的气息。

挂在床头的那颗心形编织物仍然一尘不染，原希望它能给哥带来吉祥，原以为它会陪伴哥一辈子的。

人已去，徒有心又有何用？

打开床头柜，里面躺着三个整整齐齐的日记本，犹豫了很久，我终于翻开了日记。

亲爱的读者啊，接下来我看到的文字让我仿若身处梦境。

· 6 ·

1997 年 9 月 1 日

今天是我接手初二（8）班的第一天，学生比我想象中的要可爱……有一个叫云茜的小姑娘，她介绍自己时说"天上的云，地上的茜"，多么聪慧、机灵的小姑娘！她梳着小辫子，楚楚可怜地坐在教室后面，不知为什么，我一看到她便有种想保护她的冲动……

1997 年 9 月 28 日

今天才知道云茜是个没有妈妈的孩子，她的坚强和善良让我心酸，今后我要像大哥哥一样关心她、照顾她……

1998 年 6 月 6 日

今天真是个特别开心的日子！我大学时就崇拜的许天奇先生来我们学校举行诗歌讲座，原想把云茜的诗推荐给他指点，没想到云茜竟是他七年前救过的那个小女孩。七年过去了，他还记得那么清楚。从他今天见到云茜时那种惊喜的表情，看得出他很喜欢云茜，他还送了诗集给她，我不必担心云茜得不到他的指导了。

云茜是个人见人爱的女孩子，也是个特别的女孩子。上天给予她不幸，同时也给予了她幸运。与许天奇先生的缘分也许是她一辈子的幸运……

1998 年 11 月 3 日

昨晚，云茜发高烧，我守在她身边照顾她。看着她虚弱的模样，我好心疼。都怪我太粗心没照顾好她。她倔强的性格不会轻易让别人看出她的脆弱，所以，她宁愿把苦水往肚子里咽。但她小小年纪，哪能承受那么多的磨难啊……

1999 年 7 月 4 日

今天终于举行了毕业典礼，云茜离开了这里，等待她的将是远方的一所学校，我竟有种不舍。我知道那不仅仅是老师对学生的不舍之情，但还有什么，我也说不清。

如果云茜可以一直在我身边学习该多好啊，可是这种想法显然是荒谬可笑的。我在送她的日记本里写道：今日的别离，是为了明日更好的相聚。明日，明日是何时？真的会有更好的相聚吗？我这是怎么了？怎么变得怪异起来？怎么会有这些荒唐的想法？我是老师，怎么能对学生有这样莫名其妙的感情呢……

2000 年 7 月 12 日

这次，我毅然决定辞职，来到江城开这家"心之愿"书店，没有人知道我是为云茜开的，这是属于我自己的秘密。取这个名，就是希望有朝一日能和云茜在这里相聚。她喜欢读书，喜欢写作，我希望不久的将来她能在这里尽情地读书、写作。只要她开心，我做什么都愿意……

2000 年 11 月 12 日

昨天去二中看望云茜，小家伙竟然想着给我牵红线。她不知道，我一直拒绝其他女孩的爱恋，是因为我舍不下她，我希望一直这样照顾着她，除非将来哪一天她不再需要我的照顾了。而当她问我为什么不结婚时，我不能让她知道我真正的想法啊，她是那样单纯，我不能影响她学习。我哄她说是因为要以事业为重。我等待着她考上大学的那一天……

2001 年 9 月 1 日

今天打电话给云茜，才知道她后妈不准她上学。我好心痛！失去了亲爱的妈妈，还要受着后妈的虐待，在那个地狱般的家里煎熬，我不容许任何人伤害云茜，我要守护她、爱护她，不让她受委屈……

2002 年 5 月 4 日

我和云茜在两个不同的城市，原以为距离会让我渐渐减少对她的喜爱和思念，但我错了，脑海里那个可爱的小影子总是挥之不去，我知道我已经无可救药地爱上了云茜。店里的欣子向我示爱，她对我很好，可我的心里再也容不下云茜以外的任何女孩。云茜现在正处于向大学冲刺的最后阶段，我丝毫不能让她分心，只能把思念压在心底。

2002 年 9 月 1 日

终于盼来了这一天：云茜考上了大学，而且正好在江城，和我处在一个城市！去车站接她的时候，我再也控制不了激动的心情拥抱了她，不知有没有吓着她⋯⋯

2002 年 9 月 12 日

今天云茜第一次来我的书店，我终于实现了三年前许下的心愿——"更好的相聚"。相聚在"心之愿"，我好高兴！

我告诉她书店是为她开的，她傻傻地问我为什么要对她那么好，我很想说出实情，但话到嘴边又咽了下去。我不能这么早告诉她，虽然她已上大学，但在她心里，也许一直单纯地把我当作哥哥看待，我不能破坏我们之间的兄妹情谊⋯⋯

2003 年元旦

今晚，云茜主持学校元旦文艺晚会，她穿着一袭洁白的长裙，如出水芙蓉般美丽。她原本就是个天使——在我心中一直都是，我爱她，愿意用生命爱护她！

舞台上的云茜光彩夺目，在众人眼中，她是高高在上的公主，再也不是几年前坐在教室后面那个怯生生的小姑娘了。不管她变成什么模样，我对她的爱只会与日俱增。

在送云茜回宿舍的路上，本来想对她说："云茜，你好美！"

只要最后是你就好

可是，我还是没有说出口，这会出卖我内心隐藏很久的情感。原以为等她上了大学就可以表白，可是，越来越发现自己配不上她，我有资格爱她吗？

2003 年 1 月 28 日凌晨 4 点

睡不着。怎么也睡不着。不知怎么了，今天很不开心，很痛苦，我知道迟早会有今天的痛苦的。自从喜欢上云茜那天起，就埋下了今天的痛苦。明明知道不能爱她，却还是忍不住爱她。埋在心底的爱，只有我自己知道，那有多深，那有多久。

有优秀的男生追求云茜，这是我应该料到的，像云茜这样兰心蕙质的女孩，会有越来越多优秀的异性追求、喜爱。我以为我可以一直那么理智、平和地面对云茜的追求者，可当我今天遇到这样的事，心里却很不是滋味，我的心好沉重，好沉重。我的爱对云茜来说太沉重了，我在她心目中仅仅是哥哥吗？

看得出云茜面对男生的追求并不快乐。她羞涩地问我："我……在你心目中，仅仅是……仅仅是妹妹吗？"

听到这话，我心里其实好高兴：云茜在乎我的感觉！我多想告诉她：你是我暗恋了很多年的女孩，是我愿意付出一切的至爱。可当我望着纯真的云茜，心里在想：她是我心中至高无上的公主，神圣不可侵犯的天使，我能给她想要的幸福吗？爱一个人应该让她幸福快乐……那沉默的一分钟里，我的内心充满了矛盾。最终，理智让我选择了逃避……

静，出奇地静。都在聆听哥的心声吗？泪，静静地流淌，极端的幸福与极端的悲痛交织在一起。

心，被痛撕裂，6 年前，那颗受伤的心因为哥的呵护而愈合，而今，因为哥的离去又破裂。

命运总在我刚尝到幸福甜美的滋味时射出一支毒箭，先杀了幸福的源头，再直穿我心。

在我心里，幸福一词过于奢侈，奢侈得让我不敢去想，更不敢得到——如果幸福一定要以一个至亲至爱的人作为代价。

太阳出来了，雪终于融入大地的怀抱，那是哥的灵魂吗，流着泪却含着笑的灵魂？

哥，安息吧，没有你的日子，我会很痛苦、很忧伤，但我会记住你最后的话，我会尽量快乐起来的；没有你的日子，我会很无助、很孤单，但我会努力让自己更加坚强！

"哥——哥——"让我最后一次对着天空大声呼唤你。在你进入天堂之前，再听一声云茜的呼唤！

大学生活
不言爱

失去哥的日子，云茜会快乐吗？

对云茜来说，大学是一个偌大的熔炉，当心灵又一次经历剧痛之后，她将如何在大学的巨炉里千锤百炼？她是那样地不甘于命运的摆布，不甘于现状，她要做命运的主人。

当大学的宴席结束时，她将如何选择前行的道路？

·1·

一部小说中新的一章，就像一出戏中新的一幕。亲爱的朋友们啊，当我这次拉起幕布时，你能想象到，我还沉浸在上一场的伤感中不可自拔。

人生就像一场戏，很多时候，你希望躲在某一场戏里永远演下去，扮演着你想要的角色，但生活是一段一段的，该结束的时候容不得逗留，该面对的时候容不得逃避。

在江城的第一个春天不经意地到来了。

在寒冬的伤口结痂时，初春的青苔悄悄地冒出来了。校园后面的麓山经过寒冬的考验，抖落在地上的枯叶早已化作春泥，育出了新芽。

小鸟儿离开了那温暖的窝，尝试着独立于枝头吟唱，虽然那叫声还稚气未脱，但鸟儿迟早要离开妈妈的怀抱，去寻找自己的世界。

花儿脸上还带着冬雪的泪珠，严酷中带着感动；花儿总有一天要绽放，它的美丽是献给滋润过它的土地的。

听老人们说，人死去后的一段时间内，灵魂会跟随在亲爱的人身边，我宁愿相信这是真的。

无论走到哪里，我都觉得哥还在身边，炯炯有神的目光关注着我，魁梧的身躯保护着我。

以前，听说大学是一座象牙塔。对我来说，大学是一个偌大的熔炉，可以在里面安逸地取暖，也可以将自己从铁炼成钢，甚至炼成金。

大部分同学做的是前者，而我要做的是后者。

我要在这个巨炉里千锤百炼，把自己炼得坚韧不拔、出类拔萃。

我是那样地不甘于命运的摆布，不甘于现状。很多事我无法把握，唯一能做的，就是要做命运的主人。

· 2 ·

大一的下学期，我已担任校广播电台副台长，《心灵之约》节目仍然保留着，这个节目已成为学校收听率最高的，渐渐拥有越来越多的听众，他们定时聆听我的声音，偶尔还参与其中，有时还在其他节目中为我点歌祝福。

节目外，他们把我当作知心朋友，不管走到哪儿，都有同学关注我。

他们带给了我点点滴滴的感动，以至于我狂热地爱着广播，不管学习多忙，我都坚持不放弃广播电台这个平台。

每当坐在话筒前，不管主持中文节目还是英文节目，我都非常地自信。

广播之外，我主持并参与了学校大型活动和比赛，包括中（英）文演讲比赛、艺术节、文艺晚会、辩论赛……

从大一暑假开始，我利用假期赚取学费和生活费，做过电台DJ、报社通讯员、撰稿人、翻译。我知道，只有用实际行动做出成绩，才能早些适应没有哥的日子；只有把时间压到没有丝毫空隙，才不会继续沉浸在对哥的怀念里。

· 3 ·

大二开始，我的文学才华崭露头角，《那年》一文获得了"全国首届文学新星大奖赛"一等奖，报刊上也陆陆续续出现了我的豆腐块……

掌声和荣誉纷至沓来。

在学校师生眼里，我是上帝的宠儿。他们觉得我气质优雅，一定出身书香门第，有着良好的家教，其实那是因为我内心不卑不亢，以平和的心态面对一切荣辱成败。他们见我时常微笑，认为我一定有着幸福快乐的家庭，他们不知道，微笑的背后是对人生苦难的豁达。他们见我拥有鲜花掌声无数，认为我是天生的幸运儿，集万千宠爱于一身，却不知道收获的背后经历过多少辛酸。

那个曾被我认为是"花花公子"的曾子浩，竟不顾我多次拒绝，从那次晚会起，一直追求着我，默默关心和帮助我，成了学校众所周知的"痴心人"。

不是他不够优秀，不是他待我不够好，只是我早已习惯了多年来潜藏在心底的那个影子，只是我还不知道什么是真爱，至少我不爱他。

·4·

五月，毕业时分。

江南电视台都市频道来学校广播电台选拔节目主持人和记者。这个频道正是曾子浩所在的单位。他毕业后一直在这里工作，现已是《都市之歌》栏目的艺术总监。我知道这场招聘会是他有意安排的，所以故意没有去广播室，却还是被他和制片人找到了。

"李云茜，早听子浩说你是个非常优秀的电台领导和主持人，我们栏目正缺一个像你这样的主持人，我们台待遇和福利都比其他台好，这你是知道的。""大胡子"制片人耸耸肩，"我们有意要包装你，不知你有没有兴趣加盟？"

旁边的曾子浩一脸紧张地望着我。

"承蒙您的厚爱，我荣幸之至，多谢抬举！只是，我才疏学浅，尚不能胜此重任，还希望您另请高明。"

虽然热爱主持人的职业，但凡是和曾子浩有关的，我只有选择拒绝。

趁"大胡子"惊讶的当儿，曾子浩把我拉出房间，焦急地说："云茜，我知道你不想和我在一起，无论我做什么都无法打动你的心。

可是……可是不管怎样，这份工作对于你来说是个重要的机会啊！你的主持梦想可以通过这个机会来实现。你好好考虑一下，好吗？"

他近乎哀求的语气和眼神让我更加坚定刚才的想法，对于一个痴情于我而我不爱的人，远离他，让他早日放弃对我的爱，也是为他好。

"曾子浩，我知道你是为了我好，可是我有权利选择自己的工作，不管是对是错，我都不会后悔。谢谢你！"

我义无反顾地走到制片人面前，坚定地说："再次感谢您的厚爱，相信《都市之歌》在您的领导下一定会越办越好。"

"从来没有人这样干脆地拒绝过我。有个性！难怪子浩会爱得死心塌地。再考虑考虑吧，不要急着答复。"

"大胡子"转身离去。

· 5 ·

几天后，江南另一家电视台一档少儿节目面向社会招聘主持人。同时，一些杂志社、报社也发布招聘启事。面临就业选择，我犹豫了。

传媒学是我的专业，如果选择在纸媒，就像众多同学一样"专业对口"。

主持是我的爱好和特长，一旦进入电视圈，就有可能印证很多人说的"娱乐圈是个大染缸"。

英语也是我的兴趣和特长，但需离开江城才有发展空间，这将意味着远离这个生活了四年的城市，远离亲爱的外婆、奶奶、爸爸，远离哥安息的土地。

写作也是我的爱好，可我一直把它定位于业余爱好，而不是一份纯粹的工作……

人生就是一张试卷，有填空题、选择题、问答题、论述题等。哲学上说，人是一个矛盾体，而选择也是一个充满矛盾的过程。有选择，就必然会有矛盾。选择的过程是痛苦的，在选择时，谁都难免想听听他人的想法，但不管有多少人提出过建议或意见，他们的观点毕竟只能做参考，最终要做出选择的还是自己，也许，做出的选择没有人能够理解，但是，毕竟是自己的选择，不能怪别人。

而谁又知道选择到底是对还是错呢？

是对或是错，只有等岁月来验证了。

· 6 ·

"云茜，你真傻！人家曾子浩追了你三年，看一看，数一数，我们周围有哪个男生像他这样痴情？！这样的好人打着灯笼都找不着呀，难道你从来没有被他感动过？好，你不接受人家的感情也不打紧，可是你何必和机会过意不去呢？今天人家电视台导演主动把一份人人羡慕的工作送上门来，你却一口气拒绝了。我们愁找不到好的工作，你却愁不知道怎么选择工作，哎，这人比人还真比不得啊！"

副班长燕子仍旧是快人快语的性格。

"燕子，云茜对曾子浩的态度我能理解。我们这个年龄知道什么是真爱吗？不一定知道吧，但是有一点我们应该清楚，那就是不爱的感觉。曾子浩虽然是很多女孩子喜欢的对象，但云茜不喜欢他，她拒绝他是明智的，我支持她的选择。"

现在的阿娇，不再是四年前那个内向、自卑的小女生了，她越来越有主见。

"就拿我自己来说吧，也不可能接受一个我不喜欢的人。工作嘛，云茜不想和他扯上关系也没错，你知道云茜不是那种利用感情踩着别人的肩膀实现理想的人，再说，我相信云茜完全可以凭自己的实力实现梦想！"

燕子和阿娇都是为我好，只是阿娇更理解我。临毕业是躁动不安的时期，同学们心底都有矛盾，选择本身就是一个充满矛盾的过程。

"云茜，你的电话！"

"喂，你好！"

"你好！请问你是李云茜吗？"是一个干练、成熟的男声。

"我是李云茜，请问您是？"

"我是江南电视台经济频道《明日之星》栏目组制片徐导。"

我想起来了，这是一档少儿节目，一个星期前这档节目招聘一个主持人，我向来喜欢和小朋友打交道，所以去应试了，还以为没有结果呢。

"是这样的，我要告诉你的是，经过初试和复试，你被录用为《明日之星》的主持人，三天后请来台里报到。恭喜你！"

"哦，我知道了，谢谢徐导，谢谢……"我高兴得跳了起来。这是通过努力得来的工作机会，和曾子浩送上门的机会大不一样！命运在我难以抉择的时候帮我做了选择！

"云茜，听说电视台是个鱼龙混杂的地方，娱乐圈是个大染缸啊，你以后要小心点儿哦！"室友们为我高兴的同时不忘提醒我。

"是啊，云茜。你有出淤泥而不染的品质，无论在什么样的环境里，我相信你都能保持自我，但是你一个人在那里要多小心哦！"阿娇拉着我的手，"我要回家乡工作，不能和你朝夕相处了，好舍不得你……"泪水在她眼里打转，"不过，好在我可以在电视里看到你，就像你每天还在我身边。这四年，多亏有你的鼓励和帮助，我才找到了自信，学到了书本上学不到的东西。知道吗？你一直是我的榜样，是我最敬佩、最喜欢的女孩子！不要忘记我哦！"

· 7 ·

离别难免伤感，四年的时光，我和阿娇已结下了深厚的友谊，而天下没有不散的筵席，我们终要面对新的环境、新的同事、新的朋友、新的生活。

阿娇哭得更厉害了，我抱着她颤抖的肩膀：

"阿娇，我们是好朋友——无论到哪儿都是好朋友，永远都是！你一定要相信自己，你的善良、可爱、聪明足够让人忽视你小小的缺点。人因为可爱而美丽。你是美丽的——像我们读过无数遍的《简·爱》中的简·爱一样美丽！还记得我写过的几句话吗？我要把它送给你。

"她是坚强的，因为她要承受世俗对丑女孩的偏见和轻视，甚至鄙夷／她是乐观的，因为她不像众多丑陋的女子那样只看自己的短处，自暴自弃。她是自信的，因为她除了外表的不足外，拥有着漂亮女孩少有的聪明才智／她是可爱的，因为她散发出来的纯朴、善良、热情、真诚、感恩之心，是人性中最宝贵的品质／她是美丽的，因为，女人因为可爱而美丽。"

"云茜，这个世界上最了解我的人莫过于你了！下辈子，如果我是个男人，我发誓一定要追你哦！将来谁能娶到你，他就是世界上最幸福的男人！"

"如果下辈子我是男人，我一定要追云茜"，这句话在我身边女性朋友的玩笑中广为流传，她们习以为常地说，而我每次都因此而脸红。

在感情方面，我始终没有改变羞涩的本质。

大学生活不言爱。

而从明天开始，我将不再是学生，等待着我的会是什么样的现实呢？

潜规则
下的
昙花一现

　　主持人这个职业在观众眼里闪着令人羡慕的光环，而在一些贪官污吏眼里则是一枚棋子。初涉社会的云茜，会遇到什么样的尴尬？

　　面对种种诱惑和压力，面对所谓的"潜规则"，云茜会委曲求全吗？会为了走捷径失去自我吗？会被邪恶势力打倒吗？

·1·

　　当写到这儿时，亲爱的读者朋友，您一定关心着我去电视台的情况，至少，在这个年代，电视主持人的光环和荣耀是很多人羡慕的。而我正好幸运地成为这个光环下面的人，或多或少有些激动，有些期待。

　　是的，我该说说我的第一份工作了。

　　主持人给人的感觉是光鲜亮丽的，而电视荧屏后面和观众所看到的终究是有区别的。在观众的认知里，电视台的待遇一定很高，可以锦衣玉食；主持人过着高高在上的生活，像公主一样被观众仰慕着；一个节目都是主持人的功劳，其他人都只是无关紧要的配角……

事实又是怎样的呢？

我主持的《明日之星》是一档少儿节目，每期会选几个聪明可爱的小朋友来参加，设有才艺表演、现场问答等环节。每周设一位擂主，每月评出总擂主，胜者获得一定的奖励。节目由我一个人主持，每周一期，周六晚八点整播放。周五的九点开始在台里的弧形舞台上拍摄节目。

第一个星期，徐导递给我一叠录像带："这是以前的节目录像带，你好好看看。最重要的是从主持人本身下功夫，这次换主持人的原因主要是观众反映以前的主持人没有亲和力，不适合和小朋友打交道。看了后提出意见和建议，两天内交给我看，没问题吧？"

"没问题！"虽然心里没底，但我从来是不服输的。不把事情想得太容易，但也不会想得太难。

接下来，我闷在机房里反反复复地观看录像带，比看任何一部精彩的电影还要认真。

我发现，以前的主持人虽然长得很漂亮，主持能力也不赖，但给观众高高在上的感觉，里面的小朋友没有被她融合到节目中去，气氛不自然，小朋友显得紧张拘谨，整个节目过程没有表现出少儿节目应有的活跃、童趣、互动。

凌晨三点的时候，我写出了一份六页纸的方案，上班后交给徐导。看着他严肃的神情，我担心方案的可行性，这是我第一次策划方案，即使遭批也是意料之中的事。

"嗯，分析还算到位。增加外景拍摄？"

"徐导，我觉得小朋友喜欢自然的生活状态，在室外拍摄节目更能表现出小朋友天真活泼的本性，而且我们可以通过外景拍摄吸引赞助商，增加广告收入。"

"哦？这样说来倒是不错。我需要的就是既能做主持又能策划的人啊。李云茜，下周开始上节目，按你的建议，增加外景环节。不过，你得把握好'度'，对小朋友要张弛有度啊！"

没想到徐导竟采纳了我增加外景拍摄的建议！这对我来说是个莫大的鼓励。

"嗯！我知道了，谢谢徐导！"

· 2 ·

接下来的一个星期里，与参赛选手沟通、准备台本、寻找外景……我才真正知道什么是快节奏的工作，什么是时间紧迫，什么是废寝忘食。

外景是在一家大型商场拍摄的。参赛的五个小朋友都很可爱，尤其是叫乐乐的小女孩。

化妆间。

化妆师麻利地打开化妆箱，里面装着花花绿绿的化妆用具，我感觉化妆真是件很复杂很难的事——很多事在我看来非常容易，而有些事在我看来好难，比如化妆，在学校里我一直素面朝天，对着室友包包里那一堆花花绿绿的东西连名字都叫不全，更不知怎么使，而且，我素来喜欢清秀自然的感觉，不想被胭脂俗粉遮盖本真。

"化妆师，我可以不化妆吗？"当化妆师把湿湿的粉底扑到我脸上时，我顿时感到皮肤被蒙了一层膜似的难受。

"不行，你可能不知道，每一个上镜头的人都要化妆的，你平时通过荧屏所看到的自然的妆容，实际上也经过了精心妆饰。如果不化妆，人的皮肤在荧光灯的照射下，就会显得很惨白，没有立体感。虽然你的皮肤很好，但是上电视必须精心妆饰，眉、眼、鼻、唇、腮都要修饰。你是节目的形象，所以你化妆也是对节目负责。以后你会慢慢习惯的。"

化妆师是一位大我几岁的男孩子，我原来不知道化妆师还有男的。说实在的，一个大男孩在我脸上"做文章"还真让我感到不自然。羞涩的本性被淡淡的胭脂掩盖着——原来脂粉不仅可以遮掩皮肤的瑕疵，还可以掩饰内心。

"哦，好吧。"我只好应允。

长发也被"做了文章"：造型师挑了几缕青丝绕成几个类似蝴蝶结的形状，使我显得稚气未脱。

· 3 ·

"云茜姐姐，你好漂亮哦！"乐乐一蹦一跳地跑过来。

"乐乐更漂亮啊！"我一把抱起她。我喜欢小朋友，喜欢可爱的人和事物，我想我这一辈子都会保持童心，不管20岁、60岁，还是80岁。

"云茜姐姐，你说我的眼睛漂亮吗？"乐乐抬起刚化完妆的小脸蛋认真地问我。

"乐乐的眼睛不仅漂亮，而且还会说话呢。还有啊，乐乐的睫毛又浓又长，云茜姐姐好喜欢哦。"我蹲下身子摸摸她的小辫子笑着说。

"咯咯，真的呀？云茜姐姐，我告诉你一个小秘密——"小家伙神神秘秘地附到我耳朵边上,"爸爸说多涂眼药水,睫毛可以长长哦!"

"哦,真的吗?那姐姐也要试一试喽。"

"乐乐,你和云茜姐姐在说什么悄悄话呢?要乖,不要捣乱啊!"

一位30多岁的男士微笑着走过来,平头,显得很精神,西装革履,一看就是成熟稳重型的男士。

"爸爸,我和云茜姐姐在谈美丽秘方哩,不许偷听哦!"

原来是乐乐的爸爸。他一把抱起乐乐:"云茜姐姐很忙,乐乐不要捣乱,等会儿就要上节目了。"

他朝我很绅士地点头问好,我报之以微笑。

节目开始了,五个小朋友(四至五岁)分别拿着一张卡片,上面写着不同名称的物品,看谁在第一时间将卡片上的物件找到。

摄像师扛着长长的摄像机来了。这是一位高高大大的男孩,很帅气也很诚实可靠的样子,甚至还带着大男孩的腼腆。

如果是位严肃、老成的摄像师,我难免会有些紧张,但他的模样和神情让我瞬时感到很轻松:这是件很好玩的事,像小时候过家家一样好玩。

"云茜,放松一点儿,相信你是最棒的!"他从镜头后伸出头朝我微笑着做了个"V"的手势。

摄像机。灯光。准备。调整表情。

· 4 ·

"电视机前的小朋友们……"

待我一声"开始"一落音，五个小选手提着篮子飞快地出发了。小乐乐跑得尤其快，可是刚跑了几步，就突然摔倒在地。

可怜的小家伙，你可不能哭啊，得勇敢点儿啊！

正当我担心的时候，乐乐咬牙爬了起来，眼疾手快地寻找卡片上的物品。

心中的石头也落地了，她真是个勇敢可爱的孩子，不是温室里娇生惯养的花朵。

几分钟后，比赛结果出来了：摔了一跤的乐乐获得了第一名！

当我把一只Kitty猫咪玩具奖给她的时候，小家伙啪地在我脸上亲了一下："谢谢云茜姐姐！"然后乐呵呵地在镜头前和布娃娃扮鬼脸。

可爱的小精灵惹得现场的观众开怀大笑，我甭提多开心了。第一次拍外景，小朋友和观众都很活跃、自然、快乐，像是做一场好玩的游戏，而忽略了那些紧张的因素。

下午，彩排。一次，两次，三次……台词背得滚瓜烂熟、出口成章的时候，徐导才叫停。

· 5 ·

第二天上午九点。

台里的弧形拍摄大厅。

200多位家长、200多个小朋友在导演的安排下分列入座，五颜六色的灯在遥控下睁开了眼睛，强的、弱的，红的、黄的、白的、绿的、蓝的，齐刷刷地从各个角度照射过来，舞台瞬间辉煌起来，

　　　　　　　　　　　只要最后是你就好

在场的观众也兴奋起来，期待着节目开始倒计时。

化妆师化的妆比昨天浓，我几乎不敢看镜子里那张布满脂粉的脸：粉红色的眼影，闪亮的粉色唇彩，粉色腮红。我坚持化妆师用粉红色系，因为我喜欢粉色纯纯的感觉。

那年，见许天奇老师时穿的百褶裙是粉红色的；哥送我的围巾也是粉红色的。

我挑了一套纯白色的及膝连衣裙。白色，也是我喜欢的颜色。许天奇老师当年穿着白色的衬衣；江边的雪是白色的。

"3——"

"2——"

"1——"

我站在舞台中心，如雷的掌声和欢呼声响起，台下几百双眼睛齐刷刷地望过来，这很像我第一次在大学主持元旦晚会的感觉，同样是万众期盼，同样以我为中心，不同的是，台下没有哥的身影。

"'明日之星'——"我开始了第一句台词，然后把话筒对着台下观众，"强力出击！耶！"

响亮而整齐的回音让我感觉到观众朋友的支持。

"电视机前的小朋友们，现场的观众朋友们，晚上好！欢迎收看《明日之星》节目，我是主持人云茜……"

"……接下来看看外景 VCR（这里指录像短片）……"

"……欢迎回到《明日之星》节目现场……"

"…………"

6

这是我第一次主持电视节目，和所有主持人一样，我也难免有些兴奋，有些紧张，有些担心，有些期盼——这些构成了我对电视节目主持的第一感觉。

第一次总算不是很差劲，徐导说我第一次能做到这地步还算不错，现场的气氛和小朋友的积极性比以往好得多。

所幸的是，我碰到的人大多宽宏大量，善于鼓励人。其实，我从不奢望像徐导这样的电视圈里的长辈鼓励甚至夸奖我——虽然，鼓励和赞美对于初出茅庐的我十分重要。

一次又一次的节目让我日渐成熟，从策划到主持，我都有所涉及。我成了江城小朋友亲密的朋友——"云茜姐姐"。

几个月过去了，收视率明显上升。其间，曾子浩来找过我，仍希望我去他们节目，我说："我更喜欢和小朋友打交道，他们天真无邪，简单快乐。"

"那只是小朋友本身天真无邪。云茜，你目前看到的只是节目的表象，很快你就会知道，如果没有背景或关系，在这个圈子里立足有多难！而你来我这儿做节目，至少我可以保护你免受伤害。"

"你想得太多了吧。"我以为曾子浩只是为了要我去他的节目，才说这些耸人听闻的话。我以为我将在舞台上像孩子一样快乐下去，可是，接下来发生的事终究没有逃出曾子浩的预言。

一天，徐导找我谈话。

"云茜，自从你接手《明日之星》以来，节目收视率上升不少，我对你的成绩表示肯定。不过，节目之余你也要多活动活动，不能想着只要做好节目就可以了，毕竟，节目不仅是观众的，还要得到相关领导和赞助商的支持才能发展下去。"

徐导故意把"活动活动"说得很重，让我很纳闷。

"对了，今晚台里有个宴会，省里的有关领导和大赞助商会来，你要好好表现表现，他们的态度关系到我们节目的发展，也关系到你个人的发展，明白吗？"

我懵懵懂懂地点点头。

说实话，我并不是很明白徐导的话。

也许，这个社会远没有我想象的那样单纯，但我不愿想得太复杂，也无法想象得太复杂。

我只知道几年前从那个山沟沟里好不容易跳出来，应该努力工作，为所有关心我的人争气。

当然，我不喜欢参加这样的宴会，这是第一次面临"应酬"，心里没一点儿底，想起电视剧里播放的那些情形，就觉得好"形式主义"，但我知道，我不得不去。

· 7 ·

晚上七点。

江城有名的五星级酒店——云天大酒店，一间豪华的大包厢，装饰得金碧辉煌。

一张偌大的饭桌旁坐着一大圈人，都是一男一女搭配着。男士俨然都是成功人士，女士个个漂亮妖媚。

男士都被徐导介绍为哪里哪里的重要领导和老总；女士大多是

台里的主持人，她们似乎都已习惯了这种场合，言谈举止显得格外老练。

相比之下，我这个素面朝天、一脸稚气的新人成了这个环境中的"另类"。

她们对我这个新人多少有些架子，嘴角生硬地上扬一下算是表示友善，然后侧身和男士们继续谈笑风生。

但是，不难看出，那种笑容并非发自内心，而是这种环境下不得不有的应酬。

经过这几个月的接触，我能理解她们的立场。外界都以为主持人是高高在上的，事实上，她们也有苦衷，除了观众，领导和广告商就是衣食父母，与所得薪水、机会、地位密切相关。

外界都以为主持人收入很高，事实上，主持人的开销也很大，单单花在外在形象上的就是一笔不菲的费用，一个月算下来，所剩无几，除非能拉到大广告和赞助。

所以，有这样的机会和领导、赞助商吃饭，她们不会放过。

·8·

"云茜，你坐王部长旁边，陪部长喝几杯。"

不容我多说，徐导便安排我坐在一个大腹便便的人身边。

我在电视新闻里常看见此人出席一些会议并讲话，听说台里的节目也属他管。平时，他在镜头里总是一脸严肃，而现在却是笑眯眯的样子。

"云茜小姐，欢迎欢迎啊，我看过你的节目，很不错呀。"王部

只要最后是你就好

长眼睛眯成一条缝，上下打量着我，似乎要把我看透，胖乎乎的手紧握着我的手不放。

"眯眯眼"是他的"特色"，笑的时候几乎看不见眼珠。对于这种眼睛眯成一条缝的人，我向来没有好印象，偏执地认为这种人好色且心胸狭窄，还很狡猾。

"王部长抬举晚辈了，谢谢。"我借故抽出手喝茶。

"云茜小姐一看就是做少儿节目的，清纯可爱。来台里多久啦？"王部长主动搭讪，一副大贵人的口气。

"谢谢领导鼓励，我来了五个月了。"

"哦！"他习惯性地摸一摸油光可鉴的头发，"《明日之星》是市里唯一的少儿节目，很红啊，很多人都想抢这档节目的主持人饭碗，我那刚大学毕业的侄女早就看中了，一直缠着我帮她。这丫头！我说人家主持人做得挺好的，你凑什么热闹啊。来，不说这些了，云茜小姐，我们喝酒。"

我明白他的言下之意。

在他这种人眼里，像我这样没有家庭背景、没有社会关系的"灰姑娘"，为了保住头顶上的光环，为了更快地达到目标，一定会千方百计攀棵大树往上爬。来点儿"诱饵"，说不定可以钓一条"鱼"。这是他们惯用的伎俩，虽然初出茅庐，但这点儿心思我还是能洞察的。

· 9 ·

摆在我面前的，是一杯牛奶和一杯五粮液，他举起的是白酒，对面的其他人喝的都是白酒。

我硬着头皮举杯说："王部长，我从来没喝过酒，今天在部长面前破例喝一杯。"

一股刺激味直冲喉咙。王部长的眼睛又眯成一条缝，几乎看不到眼珠。

对于他这种"酒精考验"的官员来说，喝酒就像喝白开水一样平常。他的眼睛只盯着我喝完了没有，甚至希望看到我面红耳赤的窘态，最好失态地往他胖乎乎的肩头一靠，这样正合他意。

不知从什么时候开始，酒成了宴席上衡量"感情"的尺度，多喝则"感情深"，少喝则"感情浅"，不喝则"没感情"。

古时候，喝酒是出于自愿，交朋处友借酒作乐。而今，酒成了饭桌上刻意调节气氛或你来我往的"套路"，这种不成文的规定对于能喝酒的人来说自然有利，却苦了那些不能喝酒的人。比如，不喝酒升不了官，不喝酒谈不成生意，不喝酒办不成事……

一个弱女子，怎么能改变一个社会约定俗成的风气？

"云茜小姐好酒量啊！来，再来一杯！"明明看到我面红耳赤，很不舒服，竟还将我的军！

"对不起，王部长，晚辈实在不胜酒力，不能再喝了。要不，我拿牛奶敬您？"

"哎！"他头一偏，提高了声调，"还从来没有人用牛奶敬我啊！喝了这杯酒，我们就是好朋友。"

对面的徐导向我使眼色，意思是要我喝。那眼神带着哀求，想起自己还代表着《明日之星》节目组，如果我不喝，也许会让徐导为难。

于是，我闭着眼睛喝下去。顿时，脸热得快要燃烧起来，头也晕乎乎的……

· 10 ·

"好！好！哈哈……"王部长不停地鼓掌，之后又用胖乎乎的手拍拍我的手，"云茜小姐喝酒之后更加美丽动人，我那侄女没法和你比啊，不过她有个优点就是能喝酒，至少可以喝三杯！你可不能输给她哦。像云茜小姐这样识大体的主持人，我这个当领导的能不关照关照吗？"

"真的对不起，再喝我就醉了，部长不至于想看我出洋相吧。"

"如果醉了，我绝对负责把云茜小姐安全送到家，怎么样？"

"王部长，云茜没喝过酒，请多体谅。我代她喝这杯。"徐导不由分说一饮而尽。

"哎！这怎么能代呢！我就是要和云茜小姐喝！当主持人的哪个不能喝酒？连酒都不会喝，怎么当主持人呢？"王部长"横"了徐导一眼，硬是把酒杯倒满，更过分的是，还把手搭在我肩上。

我像吞了苍蝇一样难受。勉强让女人喝酒的男人自然是有意刁难，甚至抱着某种见不得人的目的，喝酒只是前奏，更恐怖的在后头。电视里播放的、书里看到的这种例子还少吗？

其他的女同事都醉眼蒙眬、歪歪扭扭地倒在旁边的领导和赞助商身上，他们便顺势做"英雄救美"状，搂着美女得意地笑。

主持人这个职业在观众眼里带着令人羡慕的光环，而在一些不怀好意的人物眼里则是手中的一枚棋子，想怎么动就怎么动：他们把自己的尊严视为至高无上，却亵渎女人的自尊和人格；他们想当然地认为，每一个女人都巴不得攀附他们以求得世俗的东西；在他们眼里，男女不可能真正平等，女人如同玩物；他们理所当然地认为，有了权力和金钱便可以恣意妄为。这种人表面上光鲜，内心却龌龊不堪！

偏偏有腐败分子掌握着一定的权力和金钱，很多女人为了得到权和利可以牺牲自己的人格和尊严。

云茜，你会委曲求全吗？你会为了走捷径失去自我吗？不会！永远不会！

此时此刻，耳朵里充斥着男人们的荤段子和女人们轻佻的笑声，心头一阵阵恶心袭来！

"对不起，王部长，我有点儿不舒服，去一下洗手间。"我毅然甩掉肩上那只胖乎乎的手，起身离去。

回到座位上的时候，我用余光察觉到王部长绷着脸很不高兴——这是意料之中的，我得罪了他，又不愿意弥补。

持续两个多小时的饭局对我来说是一场煎熬，平时在小朋友和观众面前的灿烂笑容在此刻消失得无影无踪，只是为了顾全徐导的颜面，不得不挤出点儿笑容，心里却盼着快点儿结束这无聊至极的应酬……

第二天，徐导找我，一脸的不高兴。

"李云茜，你太不给王部长面子了！不就是一杯酒吗？何必得罪他呢？节目不是我一个人说了算的，他是我的领导啊！你给他难堪不是为难自己吗？这次正在评'十佳主持人'，你本来被提为候选人了，王部长是幕后主评委啊！"

"徐导，我觉得我并没有做错什么，一个主持人的优秀应该由观众来评定，如果要靠喝酒献媚来得到这个荣誉，得不到也罢！"

"你啊，想得太简单了！得罪他岂是不评这个荣誉这么简单！他对我说，你要么向他赔礼道歉弥补昨晚的过失，要么……"

"要么怎样？"

"他侄女早就想来做《明日之星》的主持人，如果她来，王部长答应让那几个大赞助商长期赞助节目……现在，你还有一个挽救的机会——去向他赔礼道歉，自罚三杯酒。"

气愤和委屈涌上心头！

这就是所谓的潜规则吗？

这还只是几杯酒的事，如果顺应，可想而知以后还有更多深不可测的"规则"在等着我，如此明显的"要挟"，让我的人格和尊严何在？

"徐导，我虽然热爱主持，但不会为了它牺牲自己的人格和尊严；我虽然出身贫寒，但却是靠自己的努力走到今天。我知道，如果顺从王部长，我会得到很多发达的机会，可是，我还不至于沦落到要攀附权势的地步！谢谢徐导的关照，您不用为难，要怎么办就怎么办吧！"

我转身离去。

走出办公楼，曾子浩在门前挡住我："云茜，我在这儿等你好久了。我们谈谈好吗？"

咖啡厅。

"云茜，我知道昨晚的事了。其实，我早就预料到，依你的个性是不会委曲求全的，如果你是那么容易动心的人，你早就接受我做你男朋友了。"

我抬头望着曾子浩，他眼中满是爱意。在这个美女如云的环境里，他仍然孑然一身。

"虽然你不爱我，但我愿意为你做任何事。云茜，答应我，来主持我的节目好吗？我会尽我所能地保护你，不让你受委屈！"

曾子浩激动地抓住我的手。

"子浩，谢谢你。"他的痴情令我感动，但仅仅是感动，没有其他的感觉。"我不是非得干主持不可，写作、翻译也是我的爱好和特长，我一样可以发展它们。相比之下，这些更注重实力。在这个浮躁的环境中待久了，想'出淤泥而不染'都难。如他们所说，娱乐圈是个染缸，如果不想被污染，只有趁早离开。你肯定会笑我傻，但我不会后悔。"

"云茜，你何必这么固执呢？在这个圈里立足多不容易，你这时候放弃岂不是前功尽弃？"

"放弃主持这个梦想我确实很心痛、很无奈，但是，如果要委曲求全适应所谓的'潜规则'走下去，我即使成了最有名的主持人，也不会感到快乐的。子浩，你明白吗？"

…………

第二天正好是录制节目的时间，我比第一次还要用心主持，在荧屏面前，像什么事也没有发生、什么事也不会发生似的。

观众是善良公正的，因为他们，我在这个舞台上感觉到了自我的价值；因为他们，我的快乐在这个舞台上飞扬。

我要留给观众一个美好的心情和印象，再离开舞台。

录制完节目，我便向徐导递交了辞呈，这时，平时喜欢训斥人的徐导垂着脑袋，还有点儿不知所措。

"云……云茜，我知道，你离开是节目的损失……可是，我有我的苦衷，请你理解……"

我理解？是的，我理解，理解那每年上千万的广告赞助和某些领导的支持似乎比观众的呼声更重要，比一个主持人更重要……

背起简单的行囊，我看了舞台一眼——在这里，曾有过欢笑和泪水；这里五光十色，光彩无限，却附带着太多的纷争。

我注定是这里的过客，注定要去寻找一片真正属于我的净土。

正如我在《试卷人生》中写的：在人生这份试卷中，最难做的是选择题。面临着那么多的选择项，你难免会权衡再三，考虑轻重，想做一个明智的选择。可是，选择岂是选 A、B、C 那么简单啊？选择了某一项，你就得为之去努力，走上了那条路，也许你永远都没有回头路可走……

潜规则下的昙花一现

屋漏
偏逢
连阴雨

当浮华褪去、铅华洗尽，当炎热散去、寒冬来临，天使会感到孤单和寒冷吗？

一个人的冬天，隐居的日子，对于天使来说，冷暖自知。

· 1 ·

冬天来了。

气温骤然降低，阵阵寒风袭面，我感到了彻骨的冰凉。窗户的玻璃上满是水珠，那是昨夜冬雨留下的痕迹。

我不喜欢冬天，它给我的感觉总是冰冷冰冷的，深沉而严肃，还要穿着厚重、单调的衣服，不能像其他季节那样随意打扮，生活也变得单调。

我的不幸似乎都与冬有关。这个冬天，我要把自己关在屋子里，像只受了伤的小兔子一样冬眠，用冰霜浸泡伤口，用写作疗养身心。

写作，始终是我内心不可割舍的爱，它已不单单是一种爱好或特长，更像是我身体中的一部分，只不过，它是无形的，看不见、摸不着，但它一直在我内心成长，在血液中流淌。

只要最后是你就好

它不像主持、英语、电脑那样在某个时期才开始滋生，不只是单一的热爱，可因时因地或浓或淡，它是我从骨子里爱着的，就像要吃饭、穿衣、睡觉一样不可缺少。

很多时候，我是个矛盾体，可以在电视台那样喧嚣的环境中带着光环面对大众，也可以在这样的冬日关掉手机窝在家里品尝清苦的文字。

不管怎样，生活是很现实的，我站在窗户前，望着灰暗的天空，思量着如何度过这个冬天。

从电视台出来，手里的钱除去交季度的房租，还剩 5000 块。除了要养活自己，还要想着过年回家看看外婆、奶奶、爸爸，工作的第一年春节，可不能让后妈说闲话。

· 2 ·

第二天，我花了 4000 块钱买了一台电脑，安置在卧室的书桌上，离床比较近，一室一厅的房间对我来说不大不小。我开始了冬日的独居生活。

清晨，去菜市场买了好几天的菜。

做菜对于我来说并不是一件难事，无论是切菜还是炒菜，早在 10 年前就很娴熟了。

我喜欢做菜，做好吃的菜是一种享受。现在还没到给心爱的人做菜的时候，一个人独自做菜，菜里缺少点儿滋味。幸福？甜蜜？那只是我想象中的味道。

白天，我兼做两份工作。一份是给一家外资企业——GRV 公司翻译一些文件，偶尔要配合和外商谈判；另一份是给一家杂志社做兼职编辑，每周只要去一两次交稿即可。其余的时间，我便是标准的自由撰稿人了。

我觉得自己在语言方面还不太笨，语言是相通的，标准的普通话也有助于英语口语，另外得益于大学英语老师，我称他 Professor Yang，他曾在欧美各国生活过 10 年，是一位心态非常年轻的长辈，他比我大 30 多岁，但我们比同龄人更理解对方，是名副其实的"忘年交"。

不管是写信还是一般的聊天，他都只用英文和我交流，还介绍了很多外籍师生给我认识，让我养成用英文思维的习惯，也让我接受了一些西方文化的熏陶。比如，女人要独立，人与人之间要相互鼓励，要永远保持年轻的心态，要勇于表达感情，等等。

这样一位"忘年交"让我受益匪浅，不仅仅是英文的提高，更重要的是他从不间断的鼓励，还有超越年龄的相知！我喜欢这些。说到这里，再一次觉得自己是个矛盾体——因为我骨子里比一般人还要传统，不能说儒家思想在西方文化的冲击下没有位置，而又向往一些西方人的生活状态和观念。

Professor Yang，您在上一封 E-mail 里面说前不久已定居美国，因为那儿有您两个女儿。虽然我们在不同的国度，但好在这是个通信发达的年代，E-mail 让我们感觉仍然近在身边！还记得大学的时候，您鼓励我成为像杨澜那样的双语节目主持人，可是我放弃了主持，在娱乐圈钩心斗角、处处谄媚的环境中待下去，我会失去自我！我不想落入俗套啊！Professor Yang，我相信您能理解我的选择，对吗？

坐在电脑前，冰凉的手指在键盘上笨笨地敲打着，速度很慢，手指不听使唤，显得有点儿僵硬。

CD 中传来陈明的歌声："……今夜的寂寞让我如此美丽……"

这个冬天我是寂寞的，寂寞的日子里，美丽在悄然绽放，没有外露的惊艳，就像空谷幽兰，独自飘香，不知几时，会有一个人觅见空谷，惊讶于幽兰的美丽与脱俗？

"哦，茜，"我对自己说，"你怎么突然变得这么多愁善感了？这个冬天是有点儿冷酷，但是你自己主动放弃那个穿吊带装都感觉热火朝天的舞台的！而且还换了手机号，把自个儿封闭在这个窝里，守着一台电脑！你一方面自我感觉良好，一方面又妄自菲薄。

"寂寞？曾子浩，还有现在天天打电话约你、被你称作'单相思'的男性，只要你对他们点一下头，他们马上会放下手头的一切跑过来围着你转，可你是那种耐不住寂寞的人吗？

"你应该很满足现在的一切才对啊！你想想，这么冷的天，很多人都要在街上谋生，你却待在室内做 SOHO 族，老天待你够好的啦！

"所以，从今天起，你要给自己制订一套详细的年前计划，然后说到做到，为关心你、看好你的人争气！"

接下来，我开始实施 SOHO 方案：按时甚至提前完成翻译和编辑的工作量，留下更多的时间写作。

夜深人静之时，打开电脑，放入神秘园乐队的 CD，音乐中流淌着淡淡的忧伤和哀愁。

这是一段没有歌词的音乐，正如我偶尔的心情，无以名状。心底的忧愁像这曲子一样，忧伤在音符上起舞——这个时候，忧伤也是美丽的感觉。

此时，我想起了一个人——楚南电台一位非常有名的谈话类节目主持人——祖海，主持一档深受听众喜爱的谈话类节目——《心灵夜空》，神秘园乐队的曲子贯穿他的节目始终，从那时起，我深深地记住了它。曾经，无数个迷惘的夜晚，同学们收听祖海的节目，成了一种习惯。

祖海用他那富有磁性的声音把语言的美表现到了极致，他的语言始终闪烁着智慧的光芒，散发着冷冷的孤傲——一个思想者所具有的特质。

他的睿智，他的幽默，他敏锐的洞察力，他犀利的语言风格，他的真实诚恳，他对弱势群体的深刻同情，他对卑劣人性的无情鞭挞，他对丑恶现象不留情面、一针见血的批判，他直面人生、直面现实的生活态度，他话语间流淌的男儿的铁骨柔情，他对世态炎凉、人情世故的无奈，就像夜空中的一道道闪电，警醒着人们。

祖海像是这个时代的一根神经。他能够感觉这个时代所有的痛与悲哀，感觉它心跳的声音，感觉它微弱抑或急促的呼吸。

今生，我和祖海有缘相遇吗？

我的散文和小小说不断在报刊上发表。

很快，有几家省级报刊邀请我开设专栏。只能选择其中一家。我毫不犹豫地选择了《都市早报》。它是江城办得最好的报刊，而且其副刊主编刘晨曦是我知道已久的一个作家。

稿费单也陆陆续续寄到手中，可是报刊稿费只有 50～200 元／千字，相对于电视台的工资只是个零头，我打算等攒齐了 3000 块钱再一块儿去邮局取。

11 月的一个下午，我数一数 20 多张稿费单，刚好 3000 块。于是，我换上白色风衣，戴上粉红色围巾，提着包，兴致勃勃地出门了。邮局离家约有两里路，我步行前往。

冰冷的路上行人并不少，我起先走得很快，等身上暖和了，才放慢脚步。时而有人回头望我，或许是觉得我走路像风一样吧。

曾子浩曾对我说："云茜，你明明是现代人，身上却充满了古典女子的气质，走路若弱柳扶风，像天上飘下来的仙女。你的微笑像西施般明媚，你这样的女子应该生长在明月清风的古代。"

他的话无疑说到了我内心深处，可我为什么对这样一个赞美得当的男孩没有丁点儿感觉呢？

6

取了钱，我快乐地往回走。

天色已晚，天空灰蒙蒙的，好像快要下雨了，路上行人稀少。

路边，一个衣衫破烂的妇女抱着一个断了双腿的小孩边唱歌边乞讨。

那酸楚的歌声和凄惨的模样刺痛了我的心。我生平最不忍心看到这种场面，同样是人，生活却千差万别。抱怨苍天造物弄人不公平吗？可惜抱怨丝毫解决不了弱势群体的生存问题。

路上行人视而不见，也许是对街上鱼龙混杂的乞讨麻木了。本有的怜悯之心一旦遇到欺骗，将变成麻木甚至愤怒。

我相信这一对母子是真的走投无路才乞讨的，至少她会用沙哑的声音为行人歌唱，她在用劳动乞讨。

我走过去，从钱包里掏出一百块钱放在妇女手里。

"谢谢……谢谢妹妹……"妇女紧紧地握着钱，激动不已。

转身正要把钱包放回包里，突然，钱包从我手中被狠狠地夺走了。待我回过神来，才知道是一辆飞驰而过的摩托车上的人抢了我的钱包。

我一边拼命地追赶那辆扬长而去的摩托车，一边喊"抢劫啊！"可是车已远去。当我气喘吁吁地停下来时，发现那位妇女抱着小孩也在和我追赶摩托车。

"妹妹……你是个好人啊，是因为我们娘俩才被抢的……这下可怎么办呢……"她似乎比我还着急，"要不，这一百块钱你留着吧！"

她把我刚给的钱往我手里塞。我从沮丧变得感动："大嫂，没关系的，我还有呢，你留着！"

· 7 ·

天越来越黑，下雨了。

　　　　　　　　只要最后是你就好

我拎着空荡荡的包——日日夜夜敲文字得来的稿费，那张还余有一千多块钱的银行卡，连同身份证全没了！

此时的我成了身无分文的穷光蛋！我真该死，太不小心了，总认为那些抢劫的事不会发生在自己身上。刚才发生的一幕像在做噩梦！任雨水淋醒我吧！

回到家，脱下湿透了的大衣和围巾，草草地用毛巾擦擦头发，然后呆呆地坐在床头胡思乱想。肚子发出咕咕的声音，饿了。每当饥饿时胃就会准时抗议，叫个不停。所以我做不到像很多女孩子那样为了减肥几天不吃饭。

摸进厨房，开灯。

不亮！

再开，还是不亮！

糟糕，灯坏了！

算了，不吃饭了！

我沮丧地回到卧室。挨饿的滋味实在不好受，若在平时，还可以到楼下的超市去买些吃的，可是今晚没办法，只有厨房里还有些菜可以填填肚子。

我平复了一下慌乱的心，好不容易从客厅的抽屉里翻出一个生锈的手电筒，好在可以照明。借着微弱的灯光快速煮了碗面，加了些生姜，狼吞虎咽吃了个精光。

生姜的味道让我想起了儿时妈妈常给我做的生姜面，眼泪不禁夺眶而出。

泪水和面条交织在一起，酸酸的味道……

仿佛听到妈妈在对我说：

"茜，别哭了好吗？你不是经常鼓励别人不管遇到多么糟糕的事都要笑对人生吗？

"虽然今天遇到了抢钱包的坏人，但你要相信这只是世界上很少的一部分人，好人还是占大多数的，那对母子拼命地帮你追赶摩托车，还要把钱还给你，他们是这个社会被遗弃的人群，连他们都知道感恩，说明你的好心没有白费啊！

"这样想还觉得老天不公平吗？还觉得委屈吗？妈妈希望女儿坚强，可不想看到不堪一击的弱者！这没什么大不了的，再困难也会有解决的办法……"

· 8 ·

第二天早上醒来的时候，头虽然还有些晕，但心情已恢复。

拉开窗帘，惊喜地发现竟然有淡淡的阳光，全然不像昨天灰蒙蒙的天气。

我就是这样，不好的情绪会很快过去，虽然昨天发生了些不愉快的事，但今天是新的一天，生活中还有很多美好的事物在等着我，比如，窗外的阳光虽然淡淡的，不够驱除昨日的寒冷，但给人以希望的感觉，已很难得。

手机响了，是兼职的外资公司打来的。

"Hello！"

"Hello！Miss Li，今天上午有三位加拿大贵宾来公司考察，你可以过来翻译一下吗？顺便领这个月的薪水。"

"OK，No problem！"

哇，阳光带来了好运！上帝是公平的，在这里给你关了一道门，可能在那里给你打开一扇窗。

三个小时后，我出色地完成了任务，并领到了3000块的薪水。

· 9 ·

刚出公司大门，手机就响了。

"喂，云茜小姐，你好！我是《都市早报》刘晨曦。"

"刘老师您好！"

原来是刘主编，奇妙的第六感告诉我，一定有什么值得高兴的事了。

"是这样的：明天下午三点开始，我们报社为感谢读者和作者一年来的支持，将在神州大酒店举行笔谈会和晚宴。云茜小姐是我们专栏主打，如果你明天没有其他重要的事，希望你能参加。"

听说刘主编不仅是作家，还是个业余主持人，难怪口才不错。

我欣然答应。

知道刘主编的名字已有好几年，专栏也开了个把月，可我们一直没有见过面。再者，此次前去也可以认识很多新的朋友，何乐而不为呢？

看来今天真是个好日子，两个电话给我带来了无穷的快乐，尤其是明天的笔谈会让我感到莫名的兴奋和期待。

回去的路上，我在思量着明天穿什么衣服去赴约，我和妈妈年轻时一样爱美，希望打扮得体甚至出众。

"去看看有没有适合的衣服！"我开始在一家家服装店搜寻。

粉红色！百褶连衣裙！眼睛一亮！好多年没见过百褶裙了，今年似乎又开始流行。心形的领子，中袖，白色绸缎织成的蝴蝶结腰带，扇形的裙摆及膝。

　　"哇，这不是云茜小姐吗？"店老板娘捂着嘴惊讶地说，"我儿子最喜欢看你主持的节目了！哇，你穿这裙子简直像天使一样漂亮，比你平时在电视里还要漂亮哦！"

　　"谢谢！"我朝着镜子扮了个鬼脸。

　　晚上，做了个奇怪的梦：我长了双翅膀，像鸟儿一样飞起来，飞过高山、湖面、花丛、树林……我好开心，好轻快……像是在寻找什么，却想不起到底在寻找什么……

　　早上醒来的时候，我回想着梦境，做梦对于我来说像吃饭一样平常，从小到大，做过无数个梦，而这个梦不止一次地出现……什么时候第一次出现的？想不起来了……

　　　　　　　　　　　　　　只要最后是你就好

邂逅
在
灯火阑珊处

当灰姑娘穿上美丽的水晶鞋，出现在豪华的宴会中，与王子再次相遇时，一切恍若隔世。

是命运在冥冥之中安排的邂逅吗？这一场美丽的重逢，是灰姑娘和王子真正的开始吗？

· 1 ·

下午两点，我穿上了新买的粉色百褶裙，脖子有点儿空，得戴点儿什么。

对了，水晶项链！正好有一条乌金水晶项链，乌色镶边，包着粉红色的水晶，由一朵朵精致的水晶花组成一串，戴在修长的脖子上正好适合裙子。

在众多材质的饰物中，我对水晶情有独钟，它是饰品中的尤物，只为懂得读它的人释放它的美丽。它的晶莹剔透，它的似水柔情，它的高雅圣洁，不容世俗的尘埃亵渎。

三点整。神州大酒店的大厅挂着巨大的横幅，上面写着"欢迎《都市早报》笔会在神州大酒店隆重举行""欢迎各位作家光临神州大酒店"。

"您好！欢迎光临！请问是来参加《都市早报》笔会的吗？请跟我来。"

接待员小姐热情的接待，让我感到非常愉悦。跟随着她上了20楼。富丽堂皇的大厅门前摆着接待台，一位穿深蓝色西装的男士精神抖擞地站在台前。

我一边迈着轻盈的步伐，一边猜想着他是不是刘主编。

"您好！请在这里签到。"他非常绅士地递上笔，我在一个精美的红本上签了名。

"哦，你就是云茜！"他绅士地与我握手，"你好，我是刘晨曦。刚才你走过来的时候，我还不敢相信有这么漂亮的女作家！"

"谢谢。非常荣幸见到刘老师，您口才真好。"

"呵呵，再好也没云茜当主持人的口才好啊。你先坐一会儿，10分钟后开始笔会。"

我被刘主编安排到会议桌的主席位左边第三个位置。

· 2 ·

坐定之后，我开始打量周围的宾客：除了三个女宾外都是男宾，年龄在30岁到60岁之间；他们穿着得体，发型各异，有的长发披肩，有的戴着帽子。

有几张面孔频频出现在媒体上，是有一定声望的老作家。他们大都相互认识，像老朋友聚会一样欢乐地交谈着。

相对而言，我和他们的年龄以及关系有些距离，他们时而会侧过头来微笑着看看我，眼神中带着惊讶、狐疑、新鲜、兴奋。

我茫然无措地冲他们微笑。门口又走进好几位西装革履的男士，似乎在向刘主编询问情况，想必是报社的领导。

"先生们，女士们，我们的笔会就要开始啦，请入席。"

刘主编坐在主持人的位置上，我身边的空位置也坐下了报社领导，奇怪的是中间的主席位却空着。

20多个人围着会议桌，面前摆着便笺、铅笔和水果、茶点等。

"各位来宾，我是早报副刊主编刘晨曦。今天的笔会由我来主持，希望各位作家畅所欲言，给我们报纸提出宝贵的意见和建议，谢谢！"掌声停下后，刘主编接着说，"虽然在场的大多是老朋友，但也有必要让我们的新朋友相互认识一下。"

· 3 ·

他按顺序逐个开始介绍，我不得不佩服他的记性和分析力——没有看任何材料就可以把每个人都介绍得很详细。

果然，十有八九是久闻其名不见其人的名作家，我这样一个毛丫头也被刘主编邀入其中，感到既幸运又惭愧。

在这样一群有名望的长辈之中，我感到自己微乎其微，心里责怪自己不该穿这么惹眼的裙子，而应该穿灰不溜秋、中规中矩的衣服。

"这位——各位可能和我一样不太相信面前这位美丽脱俗的天使就是早报专栏作家之一的云茜小姐，她的出现推翻了'作家无美女''美女无作家'的偏见；她的到来给我们注入了朝气和激情！她的声音比她的文字更美——这个待会儿我们便可以验证。"

掌声响起的时候，我微笑着起身向大家鞠躬。空调的暖气加上刘主编煽情的介绍让我脸红发热。

"中间空着的主席位是留给我们报社总编许总的，他昨天出差去北京了，刚来电话说正在路上，估计马上就会到，我们先开始吧。"

文人骚客在一起不用担心冷场，再加上有煽情的主持人和领导，气氛自然非常活跃。

我发言的时候，报社的那几位领导故意调侃，引发一阵阵笑声，我不介意他们善意的玩笑，幽默和高雅结合在一起是一门艺术。

· 4 ·

"许总来啦！"

刘主编的话让每个人都条件反射地往门口望去。我看到了这样一张面孔：

宽阔的额，剑形的眉，挺拔的鼻，棱角分明的嘴唇，冷酷而略带忧伤的眼睛，还有及肩并微卷的头发。

如果记忆没有发生错误，如果我那一刻头脑还清醒，如果我没有出现幻觉，那么这张面孔是我8年前见过的，那是许天奇老师的模样，是"大哥哥"的模样！

这张脸和偶尔浮在我脑海的脸只有年龄的区别，上面可见岁月走过的痕迹，多了沧桑和成熟。

他一步步迈近，向众人点头问好，在主席位坐下开始说话。

大哥哥，真的是你吗？

"……我刚调到早报工作，对副刊的情况并不很熟悉，但我相信我们副刊在各位作家的支持下会越办越好。接下来，我谈谈今后副刊的发展……"

我并没有听进去他具体说了些什么，我觉得自己正重复着八年前坐在学校操场上听他说话的感觉！

还有昨晚的那个梦，也是一种重复！

那个梦是预感吗？

预感真是个怪物！还有感应、征兆，无不如此。我暂且把它们统统称作"第六感"吧。我从不否认第六感的存在，而且，从我有记忆开始便有这奇怪的第六感，这种感觉只有我自己清楚，无法向他人描述、解释。

· 5 ·

我极力掩饰内心的狂澜，尽量不让那奇怪的第六感左右我正常的举止。

我让长发遮住脸侧，捏着笔在便笺上写字，看起来像是在认真地做笔记，实际上，只有我知道是在乱画——这是从小的习惯：心乱的时候禁不住在纸上乱涂乱画，有时是一颗心，然后在心上加一撇变成类似于苹果的形状；有时画出无数个由小到大的圈，看起来像对张开的贝壳，如果再添上几笔，又像一对翅膀。

"笔会到此结束，接下来是晚宴。"

我在刘主编的讲话声及热烈的掌声中缓过神来。

抬头起身的那一刻，正好与许天奇的目光相撞！这会儿，我无法再逃避，无法再装作不认识他，而且我在他沉默的瞬间看出了他眼神的变化。

"大哥哥——"

我刚开口又沉默了。我心里打算着，如果他在五秒钟之内记不起我，我就装作从来不认识他，而这个称呼就当是一般意义上的称谓，可以一笑而过。

5、4、3……

"云茜？你是云茜！那个小山村——那所中学——那个扎着小辫子的小姑娘！"

他还记得我！8年的岁月已让我模样大变，很多初中的同学都认不出我了。

"是的，大哥哥。"我故作平静地微笑着。矜持是我向来的习惯。

"许总，您和云茜认识？忘记向您介绍了，她是我们副刊的专栏作家。"刘主编介绍说。

"认识……只是没想到这么多年后会在这里重逢。"

晚餐在豪华气派的宴会厅进行，报社的工作人员按职位分配到各桌招呼来宾，我自然和大哥哥同桌。在优雅的萨克斯《我想念你》的音乐中，四桌人举杯豪饮。

我们这一桌坐着的大多是老一辈知名作家，我一个毛丫头坐在一群大男人中，显得有些不协调。

好在向来乐于和长辈相处，所以我能很快和他们融洽地交流，不好的一点是，一旦熟了，他们就硬拉着我喝点儿酒。

自古以来文人墨客都喜欢"把酒问青天"，他们一个个豪情满怀，敬来敬去，兴致很高，非得要我也喝点儿红酒助兴。几杯红酒从我唇间消失后，我脸红得像个熟透了的红苹果。

"小姑娘喝不得酒，我来代她敬各位长辈。"许天奇端着一杯白酒一饮而尽。在这种觥筹交错的热闹环境中，他神情极为从容、平静，举手投足都非常沉稳。

"想当年许总被称为少年天才诗人，这几年一直不知你去处，没想到转行做了新闻工作啊。"吴老作家举杯感叹。

"多谢吴老惦记，这个年代，诗人已被商业淹没了。"

是啊，几年的时间可以让诗歌成为最不起眼的文学，诗人也被世俗所淹没。但不变的是诗人的才华。

· 6 ·

晚宴之后是茶会。我们来到酒店的茶楼，三三两两地喝茶聊天。我被刘主编邀到一桌。于是，许天奇、刘主编、一位报社女记者、《湘情杂志》的秦主编、我五个人坐在一起。我和大哥哥坐在一张沙发上，他的电话一直响个不停，和我说话的空隙都没有。

正对面是秦主编，从宴席结束开始，他就一直向我献殷勤。

坐定之后，他一刻不停地和我搭讪："李小姐不仅才华横溢，还美似天仙，今晚能认识你真是三生有幸啊。我们杂志要是能请到李小姐开专栏，一定会极力包装你。哦，还可以请你做我们的形象代言人。瞧，我们有很多地方可以合作吧。"

秦主编眉飞色舞地描述着他们杂志的美好前景，胖胖的脸，讨好的笑，眼睛色眯眯地望着我，让我的眼神无处安放，于是只好低头喝茶。

"哟，秦总，当着我们的面'挖'我们李小姐呢？"坐在侧面的刘主编笑着说。

"哎，刘主编，李小姐不是你们早报的专利啊，我们的稿费是你们的几倍哦！"

"哈哈，您想俗了，读过李小姐文章的都知道，她可不是那种见钱眼开的人啊！"刘主编品了口茶看着秦主编说。

"秦总，我和您认识这么久了怎么都没听您提半个字，今天遇到美女就是不一样了啊！"女记者也来凑热闹。

"在谈什么呢？"大哥哥刚放下电话想和我说话时，电话又响了，"真不好意思，今天的电话最多。你们先聊。"

大哥哥又开始接电话，他的声音被茶楼里的喧闹声淹没了。

我和他们有一句没一句地谈，当然话题只围绕文学转。刘主编讲了一个引人入胜的故事，当我从故事中回过神来时，才发现身边的大哥哥不知什么时候靠在沙发上睡着了，剑眉微皱，一脸的倦意，睡得很熟。

我瞬间被什么触动了心弦，涌起一种类似于心疼的感觉：许老师这些年过得如何？幸福快乐吗？

他的倦意似乎表明他并不是很幸福。

"天奇确实太累了，让他先睡会儿吧。工作上他是我的上司，工作之余我们是很好的兄弟。"

刘主编脱下外套轻轻地盖在许天奇身上。

7

接下来刘主编又讲了一个故事，周围的宾客陆陆续续起身告辞。快到12点的时候，茶楼里只剩我们几个没走了。

刘主编轻轻地推了推睡得正香的许天奇："天奇，醒醒，快打烊啦。"他缓缓地睁开眼睛，似乎还没清醒，我端起桌上的热茶："许老师，喝点儿茶提提神。"

"真对不起，几个晚上没睡好觉。"许天奇抱歉地说。

"李小姐，这么晚了，要不要我——"

秦主编扬扬手中的车钥匙，话还没说完就被刘主编打断了："哦，对了，秦总，我今天正好没开车来，麻烦你送送我和罗梅（女记者）吧。许总，你送李小姐吧。"

刘主编真会察言观色，知道我不想要秦主编送，便故意支开他。

茶楼里只剩下我和许天奇的时候，服务员加上热茶，笑着说："先生、小姐，没关系，我们要一点钟才打烊。"

"好的。谢谢。"许天奇坐到我对面，"我们再待会儿好吗？"

"当然可以。"

如果此时回去，我会觉得今天的宴会缺了点儿什么。

"算一算这是我们第三次见面了，第一次是15年前，你还是个6岁的小女孩，在惊吓中叫我'大哥哥'，那称呼深深地刻在我记忆里；第二次是8年前，在学校的操场上，你似乎和今天一样穿着粉红色的裙子，羞涩的模样，呵呵，可惜后来我一直没收到你的信，我写出去的几封信也没有回音。"

CD里飘来"My Heart Will Go On"的曲子。

"大哥哥，我没收到你的信。我也写过几封信给你，可是没有回音，我还以为你不记得我了。"

"我怎么会不记得呢？还记得那位热心的高老师，看得出他对你寄以很大的期望。现在和高老师还保持联系吧？"

高老师——哥——许天奇先生在说你，你听到了吗？当年你向他推荐我的作文，希望我在文学上有所成就。今天，我和他邂逅，而你却不在了……

"云茜，你怎么啦？"许天奇关心地问。

"高老师……高老师去了另一个世界……再也不会回来了……"

· 8 ·

造化弄人，第二次见到许天奇先生的时候，妈妈已离我而去；这次，是哥离我而去。

哥走了4年了，4年的时间已让我的伤口愈合，但哥对我的好，永远珍藏在我心底。

哥走的时候说希望我是个快乐幸福的天使，纵使有一千个理由让我伤心，但也有一千零一个理由让我快乐地活着。

"I am very sorry to hear that，生活的残酷有时会让人心如死灰，但也可能让人因为一个小小的事物倍觉美好。我能想象，这些年你经受了多少不一般的苦难，受过多少不一般的宠爱。命运的公平与不公平、世间的冷与暖、人性的善与恶，让你不一般地成长着，所幸的是，在这样复杂的成长过程中，你仍是这样地善良、坚强、上进、感恩、充满希望，所有关爱你的人都会为你感到骄傲，包括我在内。"

许天奇老师望着我。很多年前，当我是个小女孩的时候，他也曾这样望着我，那时候的我感到羞涩、好奇、新鲜，此刻的我仍然感到羞涩，还感到一点儿慌乱。

"先生、小姐，对不起，我们要打烊了。"服务员走过来轻声说。

走出酒店大门的时候，感觉到阵阵寒意，我冷得抱住双臂。

他马上脱下大衣披在我身上，我像一只猫一样被裹在大衣里，感受着寒冬凌晨的温暖。

· 9 ·

几秒钟后，我坐进他的车，他随手播放一张CD，竟然是神秘园乐队的"Nocturne"，这是神秘园所有曲目中我最喜欢听的一首，也是夜深人静的时候我听得最多的曲子，大哥哥也喜欢听？

"喜欢这曲子吗？这是我最喜欢的。"他转过头来问我。

"喜欢，非常喜欢。而且我还为此写过一篇《情醉神秘园》。"我淡淡地说。

接下来我们陷入了沉默。

千言万语抵不过音乐意境中的情愫：无尽的忧伤，无尽的希望，无尽的期盼……

送我到楼下。

"你上楼吧，灯亮了我就放心地走。"

他想得真周到，我快步上楼，开灯。打开窗户向车窗内的他挥挥手，在心里说："大哥哥，晚安。"

转身照镜子的那一刻，才发现我还穿着大哥哥的大衣。

黑色的大衣，正好体现大哥哥的风度翩翩，侠客的冷峻，诗人的深沉。衣服上有淡淡的气味，绝非香水味，而是一种异样的气味，也许是体味吧，我不知道，因为我从来没有穿过男人的衣服。对于异性，我是个现代社会的"白痴"。

挂衣服的时候，突然发现大衣的中间掉了一粒扣子。大哥哥不知道吗？他的妻子不知道吗？

我翻出备用扣，找出针线盒，小心翼翼地缝起来。好在小时候我就会刺绣，这种钉扣子的针线活儿对我来说是举手之劳。

第二天上午九点钟醒来时，想想昨日和大哥哥的重逢，像在做梦一般，是真的吗？

抬头看到衣架上的大衣，证实这一切是真实的。

打开手机，有新短信：昨夜西风凋碧树，问云茜晨安。

是大哥哥发来的！我们的第三次相见终于没有像以往两次一样失去联络。

在这个通信工具发达的年代，我的这种担心似乎有点儿多余，但戏剧化的相识相遇不得不让我心生担忧，担心大哥哥再一次在我生活中消失。

昨日的重逢，相处的时间太短暂，我还不知道大哥哥这些年过得如何，但这与我有太大的关系吗？

· 10 ·

中午，去定王台买书，在一家书店里看到了一本诗集——《穿越时空的国度》，作者是许天奇！大哥哥的书！

"这是许天奇先生的书，是我们这儿诗集中卖得最好的一本，"店主是位年过六旬的老大爷，他戴着一副老花镜，"我读过他很多诗集。"

"哦？您觉得许天奇先生的诗怎么样？"我好奇地问。

"他的诗非同一般，并不是每个人都能读得懂的。20世纪80年代末，我就知道有他这样一位诗歌天才，那时候，他的诗歌火爆得很啊。这几年，很多诗人都辍笔了，但他还没有放弃，很难得啊！"

老大爷顺手拿了一份《都市早报》，兴致勃勃地说："喏，他现在改做新闻，我每天都看他做的头版标题，像他的诗歌一样有震撼力！"

"老大爷，谢谢您这么关注许天奇先生。我买一本。"我乐呵呵地递过钱。

"哟，姑娘，你肯定也喜欢他的诗，呵呵。"

我抚摸着他的书：封面上是一盏陈年的马灯，红与黑的搭配，古典的风情，像他的穿着——暗红的衬衣，黑色的西装。

封面上写着："那夕阳即将送给我们一匹黑暗 / 召唤着死去的灵魂 / 也慰藉着 / 继续行走在平原上的人们 / 我是死去之王 / 也是双目失明的无冕之王 / 我芬芳的遗骨至今流落他乡。"

短短几行字，穿越了历史和灵魂，如果没有汹涌澎湃的激情，如果没有敏锐的思维，如果没有过人的才情，怎能写出这么富有灵性、感人肺腑的诗？

而我也从诗集中读出他这些年过得并不如意，字里行间透着悲壮、怀才不遇……

手机响了，是他！

"云茜，一起吃晚饭吗？我来接你。"

若是平时，如果别人约我没有特别的事，我会习惯性地找个借口拒绝，但对于他，我能找出拒绝的理由吗？

我带上他的大衣下楼。

"许老师，你的大衣，谢谢！"

他穿上大衣，扣上衣扣。"这……是你钉上去的吗？"他指着中间那粒纽扣问。

"哦……是的，钉得不好。"我顿觉羞涩。

"谢谢。这粒扣子掉了很久了，一直没人给我缝上去，你真是个细心的女孩！"

他笑了，非常愉悦地笑了，棱角分明的嘴唇微微上翘，露出洁白的牙齿。

"你知道吗，我此刻的心情特别好，不知是不是因为这粒纽扣的缘故。生活就是这样，一个小小的细节就会左右人的心情。谢谢你给我带来快乐，从昨天与你重逢开始，我感到快乐开始青睐我了。这种感觉真好！"他给我打开车门，"走！喜欢吃什么？我带你去！"

"去吃瓦罐菜好吗？"

"好！"

我喜欢吃瓦罐菜，尤其是竹香鱼，将鲫鱼放到竹盘里烤熟，脆脆的，香香的，连鱼骨都可以一并吃下去。他点的都是我喜欢吃的菜。

"上午我特意看了你在早报的专栏，"他夹了一块鱼放到我盘子里，"真是文如其人。从你的文字便可以了解你的人。"

"许老师，小女子献丑啦！"我故意笑嘻嘻地说。

"呵呵，你还是很害羞。"他说，"云茜，你做梦吗？你有第六感吗？我有时会做些很奇怪的梦。昨晚，我梦见天空中有很多鸟儿在飞，有只鸟儿竟然有一张小女孩的脸！她似乎一点儿都不怕我，在我眼前飞来飞去，还朝我笑；可是，当我想更接近她时，她却飞走了，之后我跟着她奔跑……更奇怪的是，我不是第一次做这样的梦。聪明的姑娘，你能帮我解解这个梦吗？"

"呵呵，这不足为奇啊，我也经常梦见自己像鸟儿一样飞起来，在梦里的感觉好像我本来就会飞似的。"

我连自己的这个梦都不能解，他还要我解他的梦，真有趣。

"天使就会飞。"

天使就会飞？男人喜欢把女人比作天使来赞美，原来天奇老师也会这样拿我开玩笑。

我一笑而过，打算转移话题："我下午看了您的《穿越时空的国度》。"

"那是两年前写的诗，这两年来我一个字也没写。"

"为什么？太忙了吗？"我不解地问。

"你知道诗歌极需创作的激情和灵感，很遗憾……"他若有所思地说。

"我理解的。但大多数人都会误认为像你这样才华横溢的诗人永远都有激情和灵感。"

"感谢他们，我为没有激情和灵感而感到悲哀。"他点燃一支烟，用修长的手指夹着，另一只手搭在桌上，望着窗外霓虹闪烁的夜，眉头紧锁，眼底浮现出忧伤。

我不得不惊叹：他抽烟的姿态的确很酷，很有形！以往我一直反感男人抽烟，谁在我面前抽烟，我都会习惯性地转过脸躲避烟雾，为此，曾子浩还特意狠心戒了烟，可是此时，我丝毫没有反感。

当他的目光从窗外转移到我脸上时，神采奕奕地说："我相信很快就会有！"

"如果像你这样有才华的诗人辍笔，我也会感到痛惜。所以，我期待着你的新作哦！"

"多了一位天使读者，我的灵感会像春天里的树芽一样复苏的！"他一脸的坚定。

当树
绿了，
为什么不爱？

当树绿了，王子和灰姑娘开始约会，情感也像春天般复苏吗？

同样是情诗，为什么她的感受完全不一样？尘封的情感之门，会在这一场邂逅中开启吗？

·1·

像所有邂逅的有缘人一样，我们开始交往。

他约我吃饭，可并不像大伙儿想象的那样单独约会，而是和很多早报的同事或他的朋友们一起。有时是一桌子豪情满怀的男人围在我身边侃侃而谈，把我奉作公主，偶尔也开一些善意的玩笑；有时会有些美女围着他谈笑风生，用酿了蜂蜜的语调前一个"许总"后一个"许总"地叫着。

我并不能像很多女孩子那样可以和异性不咸不淡、无关痛痒地聊上几个小时，我想这可能是我太在意内心的感觉了吧。

而矜持是我改不了的习惯，正如他与生俱来的桀骜不驯。

我看到的他总是在热闹的环境中冷静地抽着烟，偶尔来点儿冷幽默，惹得周围的人大笑不已，而他并不笑，他的举手投足都带着

只要最后是你就好

酷——那种发自骨子里的酷，他受周围人的爱戴和仰慕，却并没有因此感到快乐。

我们很少谈到隐私，连他的婚姻状况我都不知道。

我也曾猜测过他的婚姻：从未结婚似乎不可能；结过婚又离了？很有可能，他给人的感觉就像一只断了线的风筝，任意地飘荡在空中，没有任何线能掌控他的方向。仍在"围城"中？如果是这样，那么从表象来看他的婚姻并不幸福快乐，虽然我不懂爱情更不懂婚姻，但我相信一个有着幸福快乐家庭的男人绝不会给人感觉像断线的风筝，也不会带着那种发自骨子里的"酷"。

当年在学校操场上见到的指点江山激扬文字的激情和简单的快乐到哪里去了呢？是被生活的坎坷消磨掉了吗？还是压抑在了心底？

我为什么要关心大哥哥的婚姻状况？为什么费这样的心思去猜测他这些年的生活状况？这和我有很大关系吗？

如果说是因为几次人生的巧遇而关心一个看似有缘之人，还算应该，可我为什么不直接问清楚呢？

难道是害怕某种不希望的情况吗？可即便是那样，又怎么样呢……

我这样矛盾的心理似乎有些怪异，连自己也不明白怎么回事了。

· 2 ·

很凑巧，这段时间里我"命犯桃花"，追求我的人异常多，有些是专栏读者，有些是偶然认识的。

我习惯性地拒绝他们的邀约，习惯性地谢绝一个个激情的"表白"。

在我心里，被我不爱的人爱着是一种负担。

有时，我会想为什么不像其他女生那样自然而然地接受一个追求已久的男生，理所当然地谈恋爱。

我在那些热烈追求我的人身上丝毫体会不到爱的感觉。什么是爱？我仍然不知道。

元旦之夜，大哥哥约我吃饭，我正在厨房做饭。

"谢谢，可我已经吃饭了。你们吃吧。"

"那……能来坐坐吗？"

"不了，谢谢。"

一分钟后手机响了，是刘主编。

"云茜，你好，我是刘晨曦。许总说今天你不来大伙儿就不准动筷子，我们云茜小姐这么善良，不至于让我们元旦节挨饿吧？"

"难道我真要盛情难却啦？"

"哈哈，你要是推却的话，我们就惨喽。不见不散，大伙儿还等着吃饭哦！"

调侃是他的拿手本领，若我不去，他会继续"调"出更多的理由。

我解下围裙，换上一件酒红色 V 领针织连衣裙，披上黑色风衣，把直发扎成侧面发结。

刚入座，大伙儿就乐呵呵地开起善意的玩笑："云茜可是我们的贵人啊，没有她，我们哪有今天的口福啊！"

"看见没有，今天许总和云茜都穿酒红色的衣服，真像那个什么什么装啊。"

这才发现大哥哥穿着和我毛衣同颜色的衬衣，也正打量我的穿着，我的脸一下子红到了耳根！

今天气氛似乎有点儿不对劲，开玩笑开到我头上来啦。

"没发现云茜一来，我们许总就笑逐颜开了吗？可见云茜的魅力有多大！"刘主编兴高采烈地举杯豪饮。

"你们刚不是说饿了吗？那就多吃点儿啊！"大哥哥佯怒制止。

菜很丰盛，有我最喜欢吃的红烧排骨、腊味合蒸、清蒸土鸡。大哥哥帮我盛了一碗鸡汤："鸡汤很补的，多喝点儿。"

"谢谢。"一阵暖流流过心田。小时候，外婆经常给我夹菜，把桌上最好的菜夹给我吃，现在长大了，有人夹菜的感觉真温暖，也有一点儿幸福。

· 3 ·

大哥哥送我到楼下的时候，从怀中掏出一张纸递给我："这是我今天凌晨写的诗，新年的第一首诗，天使说过要看看的。"

天使？他叫我天使？而且还叫得不矫情，让我没拒绝的办法。

我笨笨地接过，不知所然地上楼。开灯，向窗外挥挥手，他正在车窗里抽烟。他挥动着烟，一抹红色在黑暗中闪动。每次送我回家的时候，他都是这样挥动着烟，让我看见挥动的手臂。

展开纸，上面写道：

当树绿了，为什么不爱？

天上的云

地上的茜

当树绿了

当黎明穿上衣裳

绿色的

红色的

为什么不？

为什么不——

爱！

云茜，这不是我的名字吗？难道是写给我的？

很多人形容过我的名字，可大都落于俗套，大哥哥用我从小就用的方式来诠释我的名字，我突然喜欢上了这首诗。

他的字龙飞凤舞，柔中有刚，刚中有柔，很大气，在我的想象中，男人就应该写这种字体的字。

我喜欢研究笔迹。俗话说"字如其人"，不无道理。从他的字可以看出他胸怀广阔，心怀天下。

而他又是那样不拘小节，用的是他签版用的稿纸，与诗毫无关系。

接下来的日子里，我既期待又害怕读到天奇老师的新诗，我希望听到他沉稳而带着金属质感的声音，但又怕接触他的眼神。

我对这种莫名其妙的感觉感到兴奋、不安。

第二天晚上上网发 E-mail，邮箱里有好几封新邮件，大多是编辑和写手的，点开最后一封的时候，我发现竟是一首诗，上面没有署名：

把你雕刻成一座
雅典
在暮色苍茫时刻

在暮色无边
在忧郁苍茫无边的时刻
在所有哭泣如烟的时刻
把你雕刻成一座城
一座久远的城
坐落在暮色苍茫时刻

我亲爱的茜
你的微笑
令我哀伤

末尾几句明显是写给我的，风格像极了大哥哥的诗，难道又是……

"亲爱"两个字令我脸红心跳，也感受到文字中透出的莫名的伤感。

几年前读他的《前世今生》，我仍记得当时的诗激情澎湃，充满豪情。这两天给我的两首诗和前些日子读的《穿越时空的国度》一样透着伤感，不同的是，这两首诗多了些情感的成分。

回想起大学时代，我收到过多少所谓的"情诗"。曾子浩还将写的情诗唱给我听，我从未有过怦然心动的感觉，但是大哥哥的诗却令我脸红心跳……不可否认，曾子浩是个优秀的男孩，伤害他非我所愿，可我有什么办法勉强自己接受一个不爱的人呢？离开电视台换了电话号码以后，再也没有和他联系过，不知他过得怎样？

· 5 ·

手机响了，我从恍惚中回过神来。

"喂，你好。"

"云茜，是我！"熟悉而陌生的声音传来，竟是曾子浩！

半小时后，我和他在家附近的咖啡厅见面。几个月不见，他显得憔悴了些，帅气的脸上挂着胡须，多了些沧桑。

"云茜，终于又见到你了！"他的脸上挂着惊喜的表情，激动地打量着我，"好久不见，你还好吗？"

"还好，谢谢关心。对了，你怎么找到我的？"我躲过他炽热的目光，搅着杯中的咖啡。

"你知道吗，我找你找得好苦！你离开电视台以后音讯全无，我向很多人打听你的去向，都说不知道，今天偶然看到你在早报上的专栏文章，好不容易才从刘主编那里得知你的新手机号码。云茜，我知道你是有意回避娱乐圈、回避我才换的手机号，你离开电视台后，我也尝试过忘记你，可是每天晚上我都梦见你，梦见你总是不理我，我好孤单好伤心；白天，你的影子也在我脑海中挥之不去，我……我根本没法忘记你！我没法控制对你的爱！"

"子浩，你又何苦呢……"

"云茜，我知道你又会劝我什么，"他打断我的话，"我不奢望你能爱上我，只要你不拒我于千里之外，让我有机会爱你，我就心满意足了。不要再从我的世界里消失了，好吗？"

他急切地抓住我的手，眼中的深情和焦急让我无言以对："我对你好，也可以对别人好，但是有些东西我只想给你，有些温暖的事情我只想为你做。就算你不要，我也舍不得给别人，这大概就是我对你的爱吧……"

我慌乱地抽出手，难道真的逃不过曾子浩的追求？

送我到楼下时，我说："谢谢，请回吧。"

"不行，我要送你到房间才放心。"

"不用了，真的，我没事的，你放心吧。"

我不顾他的坚持转身上楼。这就是曾子浩与大哥哥的区别：曾子浩非得把我送到房间，却不知道我并不希望他如此接近我；大哥哥用他独有的方式和我保持距离——楼上与楼下的距离，每当那抹烟头的红色在黑暗中挥动，都会让我产生一丝留恋。

那黑夜
中的
脸红心跳

曾经，小天使最怕黑夜，因为没有爱之火。当她发生意外的那一刻，谁将第一时间出现保护她？

在他面前，原则已不是原则。犹如结冰的湖面也可以变成春天的涟漪。

· 1 ·

很快就要到春节了，GRV 公司说要搞年终 party，有很多重要客户出席，请我来主持。虽然离开了电视台，但我仍然热爱主持。

Party 举办得很成功，结束的时候已近午夜，董事长要开车送我，我谢绝了。

正想打出租车的时候，大哥哥打电话过来了。他刚下班，听说我还在外面，要我等几分钟，马上就来接我。

我正愁这么晚了打车不安全，他来接正合我意。

几分钟之后，我坐进大哥哥温暖的车里。下车的时候，他仍旧说："我看着你房间灯亮了再走。"

上楼。

可是楼梯间的感应灯不亮了。我借着手机微弱的光摸索着上楼。

到三楼的时候，突然，我踩到一个软绵绵的东西，随即这东西从我身边一跃而过。

我吓得尖叫起来，脚也不听使唤地踩空，然后重重地摔倒在地，手臂撞在铁栏杆上。随着啪的一声脆响，手上的水晶镯子摔落，手机也摔在一旁。

眼前的漆黑让我感到害怕。从小，我就特别害怕黑暗！

我下意识地喊着："大哥哥！大哥哥……"

不到一分钟，听到他急促的脚步声。

"云茜，你怎么啦？"

"我摔跤了！我好害怕！"

大哥哥跑到我身边，一把抱起我："云茜别怕！我送你上楼。"

"我的水晶镯子摔坏了，我要找到它！"

"明天再找好吗？"

借着手机的灯光，我看见大哥哥的脸离我很近，我能感受到他急促的呼吸，他的眼睛在黑暗中闪烁着，我找到了黑暗中的依靠和希望。像6岁那年在卡车驶来的时刻被他抱起一样，我在惊慌中找到了安全的感觉。

· 2 ·

四楼，五楼，六楼。我拿钥匙开门，开灯。

灯亮的那瞬间，我和大哥哥对望了几秒钟，他眼中的疼爱让我感受到被宠爱的甜蜜，我羞得脸红，但脚的疼痛很快让我从恍惚中清醒过来。"哎哟！"我忍不住轻轻地叫出了声。

"很疼吗？都怪我没有送你上楼——我怕你不喜欢。"

他小心翼翼地把我抱到客厅沙发上。

"有红花油吗？"

"有，在那个小抽屉里。"

他不由分说为我脱掉皮鞋和袜子，用修长的手指沾上红花油轻轻地涂在我脚踝上，我想我的脸一定红到了极点，而他低着头，那么专注，冷峻的脸庞带着罕见的柔情和微笑。

"10多年前，第一次在马路上见到你，你就像刚才一样惊慌、害怕、无助、惹人怜爱，像受伤的小天使一样需要人保护、照顾，可是什么样的人才有福气保护你、照顾你呢？"

"谢谢大哥哥。"在他面前我总是笨得不知道如何表达。

"那年你也是对我说这句话，"他抬头望着我，"其实，能有机会保护你、照顾你，是我感到很快乐、很幸福的事情。只可惜……可惜造化弄人……"

他的语气中带着失望和忧伤。

我不知道大哥哥为什么有这样的感伤，"造化弄人"，如果他和我差不多年纪，我们的交往可能会更轻松吧。

大哥哥走后，我辗转难眠。

他那黑暗中闪亮的眼睛在我脑海里晃来晃去，那种闪亮充满了神秘，令人向往；他为我上药时的专注和温柔，让我在黑夜中仍觉得脸红心跳不止……

我在欢乐而不安的海洋上颠簸，直到凌晨。在那海洋里，烦恼的巨浪在欢乐的波涛下翻滚。有时候我觉得汹涌澎湃的海水那边有海岸，时常有一阵希望激起的飓风，把我的心灵吹向目的地；可是我却不能到达那里，哪怕在幻想中也不能——从陆地上刮来的一阵逆风，不断地把我赶回去。理智会抵抗痴迷，判断力会警告热情……

· 3 ·

第二天醒来的时候，窗外已是漫天飞雪。已有三年没有下雪了，此时的雪让我想起了哥。

自从哥离去之后，我再也没有见到过雪，是老天爷有意不让我睹物思人吗？那场大雪冰封了我的伤痛，哥在我心中已被冰雪塑造成永远的英雄。

上午，我坐在电脑前编辑杂志社下一期的稿子。

离过春节只有十几天了，去年没回家过年，听爸爸说，弟弟今年会回家过年——自从四年前离开家到深圳打工后，弟弟有几年没回家，电话里的他向来报喜不报忧。无论何时何地，弟弟都是我永远的牵挂。

"嘀嘀"，有手机短信：我看到雪花在空中飞舞，犹如天使降临人间，好美。我想把它留在掌心，却怕它瞬间化为乌有。

是大哥哥的信息。

我对着窗外俏皮地笑，探出脑袋张望，雪花在眼前俏皮地跳舞，好美！

三年来我遗忘了雪的美丽，大哥哥唤醒了我眼中的美景。

我回信说："雪是水的化身，水是雪的灵魂。"

他说："我变个戏法给你看，你朝另一个窗口看，不仅可以看到雪，还可以看到一个雪人。"

我好奇地跑到客厅的窗户前往下看：大哥哥正站在楼下那个老地方向我挥手！我忍不住笑了，此时，他的幽默让我感觉他是快乐的。

开门。雪花在他黑色的风衣上缀成了一幅星光图。

"脚好些了吗？给你带来一瓶跌打药，见效很快的。"

他从衣袋里掏出一把东西："这是你昨晚摔碎的镯子吧？"

我心爱的水晶镯子碎成了五块！

"是不是有点儿伤心？看，这是什么？"他又变戏法似的从另一个口袋掏出一个小盒子，"打开看看？"

里面放着一只相似的水晶镯子，也是粉红色的，比原来的更漂亮！

"看过你的专栏文章，知道你喜欢水晶，尤其是天然的。听说把天然水晶戴在身上可以避邪保平安，我原来从不信这些，这次姑且也信一回吧，希望这只镯子带给你吉祥。"

"谢谢，可是，我怎么能接受你的礼物呢？"

"因为我没有保护好你，让你受到惊吓。我第一次买这种女孩子的小东西，很笨的，选了很久，不知道你会不会喜欢，但是即使再不好看，也希望它能戴在你手上，不要推辞了好吗？"

"我很喜欢哦！"我戴上镯子，俏皮地晃晃手腕。

大哥哥并不是那种善于买礼物讨好女孩子的人，他并不懂得以一般男人惯用的浪漫来赢得女孩子的欢心。相反，他很实在，甚至有些笨拙，但正是这样，反而让我容易接受他的好意。

人真是奇怪。曾子浩总在适当的时候送我喜欢的礼物，而我极少接受，我不会因为仅仅有好感就随便接受，这是我的原则。可是，在大哥哥面前，原则已不是原则。

　　我为内心微妙的变化感到兴奋却又不安，很多不确定因素来源于自身，也来源于大哥哥。

当采桑的
女子
回家

从小与小天使相依为命的弟弟有没有改变？是什么让坚忍多年的父亲撑到了今天？那位从小就给小天使讲灰姑娘故事的老人家还坐在门口张望吗？

这些牵挂之外，还有什么让她思念？

· 1 ·

还在下雪。

我踏着厚厚的积雪回老家，空气中夹杂着鞭炮和糖果的味道。家，一步步临近了，轮廓越来越清晰。

那座山脚下的房子在我眼中一年比一年微小，熟悉而陌生。儿时的天伦之乐深埋在心中，不知还有没有机会在某个春天复苏。

当家门前出现两个熟悉的身影时，我感慨万千：一个是爸爸，他苍老了许多，五十岁不到的人，已有些白发，腰杆也没以前直。我心如刀绞，是什么让爸爸如此不堪重荷？一个是弟弟，长高了许多，从四年前那个不足一米六的瘦小男孩长成了高大英俊的小伙子！

"姐！你回来啦！我昨天回来的！"弟弟仍像小时候那样跑过来

　　　　　　　　只要最后是你就好

迎接我。

"华仔，你长高了！姐差点儿认不出你来啦！"我激动得想流泪。

"姐，我长大了，可以保护你啦！不会再让谁欺负你啦！"

弟弟拍拍结实的胸脯，露出了纯真如昔的笑脸。弟弟的内心经过这几年的磨砺也变得成熟了。

我和弟弟聊了很久。弟弟刚到深圳的时候，人生地不熟，吃了不少苦。因为只有初中学历，一开始在一家电子厂流水线做工，但他很快精通了技术，半年后升为班长，一年后升为质检员，两年之后升为质检部经理。这四年里，他感到了知识的重要性，工作之余，他抽时间报考了自考专科，马上就可以拿到大专文凭了。

他特别喜欢上网，我惊喜地发现，弟弟懂的网络知识不亚于学计算机专业的大学生。弟弟从小就有过目不忘的记忆力，动手能力也比我强，他能把聪明才智用在自学上，我由衷地感到高兴。

后妈的态度和几年前判若两人。见钱眼开是她最大的特点，当她接过我"孝敬"的 500 块钱时，脸都笑得变形了，鼻子、眼睛在胖胖的脸上挤成一团。但"江山易改，本性难移"，她不可能像爸爸那样真心爱我和弟弟。

· 2 ·

除夕之夜，我和爸爸、弟弟三人在火炉前聊天。

"茜茜，你谈男朋友了没？"爸爸第一次问起我感情上的事。

"我？还没有。"

"茜茜，华仔，你俩都长大了，可以考虑考虑终身大事了。爸爸在感情上是过来人，希望可以给你们一些参考。"爸爸语重心长地说，"婚姻很重要，可以决定一生的幸福和快乐。选对了伴侣，家庭和睦、幸福，对事业也有帮助；选错了，将悔恨终生。所以，你们俩一定要慎重对待啊，千万不要像爸爸当年一样犯糊涂，给子女带来伤害。"

"爸爸，你放心，我们会的。"

爸爸为当初草率地选择后妈而自责。

可是我们并不怪他。

也许一切都是命中注定。从另一个角度来说，还要感谢这段磨难重重的成长经历，如果不是它，我和弟弟怎会像今天这样坚强、懂得珍惜拥有的一切？

我一直用孟子说的这段话来激励自己："天将降大任于斯人也，必先苦其心志，劳其筋骨，饿其体肤，空乏其身，行拂乱其所为，所以动心忍性，增益其所不能。"

有什么样的成长，就有什么样的人生。我相信我会一直积极向上，不做平庸之辈。特殊的成长经历造就了特殊的我，我的人生也会非凡！

爸爸，你的憔悴令我心痛！我要努力，要在不久的将来让你过上快乐舒适的生活！

零点的时候，我们打开大门，点燃大卷的鞭炮，天空中烟花四射，爆竹声震天动地。

我对着天空许愿，那一刻，我脑海里闪过几个人的面孔：爸爸、弟弟、外婆、奶奶、大哥哥。

许愿的时候总是来不及组织完美的语言，只是希望他们在新的一年里一切都好。

上床睡觉时，端详着左手上的粉色镯子，想起大哥哥把它送给我时的情景。几天不见，我有些惦记他。

手机在家里没有信号，不能收发信息，又不便打电话，我们像是进入了两个隔绝的世界。我的世界里只有亲人，不同于往年的是，我心中多了份莫名的牵挂。

大年初二，我和爸爸、弟弟去给外婆拜年。而今，后妈允许我们去外婆家拜年，但是，她仍然不让爸爸带任何钱物看望外婆，甚至不让带家中堆积如山的橘子——它们来自妈妈种下的橘树。

我不想和她这样的人计较，重要的是，我们可以看到久违的外婆啦！

远远地就看见外婆在门前张望。

"外婆——"我拥住日思夜想的外婆。

"茜茜，华仔，外婆的眼睛都盼长啦！都长高了……长大了……外婆看到你们好高兴……"外婆激动得热泪盈眶。

"外婆，我们也好想念您，常常梦见您呢！"

"外婆，您看，这是我从深圳给您带来的特产，这是姐姐在江城给您买的衣服和帽子！"弟弟打开包。

"傻孩子，外婆不要你们花钱，只要看到你们就很高兴啦！"

"外婆，现在我们都可以挣钱啦，您只管享享福。快试试衣服和帽子大小合不合适！"

我给外婆穿上红黑色的呢子外套，戴上灰色的羊毛帽，刚好合适！外婆显得年轻多啦！

我开心地在外婆面前蹦蹦跳跳——在外婆面前，我可以像小时候那样撒娇、调皮、无所顾忌，表现出最真实的模样——像个未长大、不懂事的孩子，仍需要宠爱和呵护的孩子，有着最简单的快乐和幸福。

· 4 ·

今天特别开心！终于用自己挣来的钱给外婆购买了喜欢的东西，可以让外婆不再过着拮据的生活——这是我从小的梦想！即使没有其他任何梦想，这个梦想也足以让我不懈努力！

外婆始终是我最心疼、最牵挂的人，也是我感情最深的人！

如果哪一天，有异性超过外婆在我心中的位置，那足以证明我对他深厚的爱！

临回江城前，我悄悄地返回外婆家，陪外婆度过了三天。

外婆当然希望我多待待，我又何尝不想多陪陪外婆？

和外婆在一起的时间越来越少，比以往更加感觉到时间的可贵。陪外婆说说话，为外婆捶捶背，给外婆洗洗头，都是我觉得幸福的事。即便长年累月只和外婆生活在一起，我也感到很知足。

善良淳朴的外婆，她是多么无私地疼爱我：把人家送给她的好吃的留给我；寒冬腊月亲手做我喜欢吃的腊肉、腌鱼、猪血丸子；一年到头辛辛苦苦地养鸡，只为了储存土鸡蛋留给我吃……

每次做噩梦梦见外婆死去，都会在梦里伤心欲绝，醒来的时候泪水浸湿了枕巾……

祈祷外婆能健康长寿，我不能没有外婆啊！

身世
之谜

　　刘主编的一番话在她听来远胜过惊雷，因为她情感的神经从未这样震颤过，它们蕴含的威力远胜于严霜、烈火，因为她的血液从未这样狂奔过。

　　她终于明白天奇老师的诗中为什么会有激烈的矛盾、美丽的希望、心酸的绝望、含蓄的表白、沉重的忧伤！

　　该怎么办？和他的几次偶遇和分离，难道是命中注定的缘分或者情劫？

· 1 ·

　　初八，弟弟回深圳，我回江城。

　　阳光明媚，大地回春。大地经过一个冬天的严寒之后，已如饥似渴，恨不得吸收所有的阳光，早点儿融化覆盖着的冰雪。

　　打开房门，拉开窗帘，一缕阳光射进来，虽然还有些许寒意，但仿佛感觉到了春姑娘正带着希望和明媚姗姗而来。春天，多么美丽的季节！有多少神秘蕴藏在那花苞中期盼着绽放，有多少希望在那嫩芽中萌动欲出。

　　打开邮箱，看见一封 E-mail，又是一首诗，未署名：

我是天
是两千年前
植下的
洁白和荣枯

那么　云
当时你在何处芬芳
当采桑的女子回家
当我在《诗经》的最后一页长叹

当时你在何处明媚
在两千年前的
那个午后
那个冗长的爱恋的春天

在那个孤寂的春天的午后
我知道你我芳魂不散
我知道前生若梦
今生必定相逢

大哥哥的风格！

"我是天"！更加肯定是他！果敢中矛盾，刚强中含柔弱，憧憬和快乐之中藏着深深的忧伤！

是什么让他这么矛盾，欲言又止？

· 2 ·

晚上，去楼下的超市买日用品，要横穿大马路。车流往来不息，强烈的灯光刺着我的双眼，我看不清车离我有多远。

突然有种想法：于我而言，大哥哥不正像这车灯一样吗？像谜一样让我忍不住深入探究。

回到家里，很快写出一首诗——《光芒》：

> 十字路口
> 我徘徊不定
> 你似在我前方
> 然而
> 你的身影飘浮不定
> 你的眼睛扑朔迷离
>
> 我明明看见你向我走来
> 我明明看见你向我招手
> 然而
> 耀眼的光芒笼罩着你
> 你的光芒太亮　太刺目
> 我看不清你离我究竟有多远

我多想跨越这十字路口靠近你
我多想这是白昼
我就可以看清你我的距离
然而
黑暗在我们之间竖起了一道无形的城墙
让我望眼欲穿
却始终无法与你牵手

因为夜太黑
因为你的光芒太亮
以至于我看不清你离我究竟有多远

　　要不要发给大哥哥看看？如果他看了会怎么想？这算不算是对他那几首诗的回应？

　　他的言语中隐藏的感情让我兴奋、激动、羞涩、快乐、幸福，这是我从未有过的感觉。而一贯的理智警告我要慎重，自尊心提醒我要矜持。

　　最后理智和矜持占据主导，我把《光芒》当作稿件发给了刘主编。

　　一周之后，《光芒》发表在早报副刊上，刘主编没忘记打电话来告诉我："云茜，你以前的作品都是散文和小说，这回怎么写起诗来了？而且还带着点儿爱情的味道，读者关注着呢，以后可以多写点儿关于爱情的作品。"

　　以往我的文字中确实找不到爱情的影子，偶尔有虚构过，可还没写完就被我删掉了——假的终归是假的，没有真实情感的作品连我自己都不满意。我承认我是个完美主义者，不好的东西宁愿舍弃——对于爱情亦是如此，宁缺毋滥。

· 3 ·

晚上，又收到了大哥哥的邮件：

多么神奇啊　光芒
一棵红霞织就的树
奔走在黑夜的田畴上

为了什么
一棵红霞织就的天涯之树
恰如火红的悲伤
奔走在我的梦中
我那求得宽恕和公正的希望
却在命运阴郁的竹篮里落空

为了什么
当那渴望已久的光芒出现
我的生命已成灰烬

为了什么

大火在人人熟知的天堂里熄灭

而瞬间的美从这个世界上消失

"我那求得宽恕和公正的希望，却在命运阴郁的竹篮里落空"，我始终不解其意。

接下来的一段时间里，我忙于杂志社的编辑工作和 GRV 公司的翻译工作，无暇联系大哥哥，奇怪的是，大哥哥也没有联系我。困惑和担忧像谜一样缠绕着我。

一天晚上，我打开 QQ，看到刘主编在线。

"刘老师，好久不见你和许老师了，还好吗？"我试探着问大哥哥的情况。

"我还是老样子，不过天奇不是。他这些日子有些麻烦事，他的前妻纠缠他。你不知道吗？"

一语惊醒梦中人！前妻？纠缠？那现在呢？

"我不知道……我对他的情况并不了解。"我极力控制着内心的惊讶，不让刘主编看出来。

"工作之余，我和他是很好的兄弟，我了解他。我一直想和你聊聊这些事，因为与你有关。今天你既然问起，还是和你见面谈谈比较好。"

· 4 ·

半小时后，我和刘主编在楼下的咖啡屋见面。

"我和天奇是大学同学，他的才华和为人一直令我钦佩。上大学

　　　　　　　　　只要最后是你就好

的时候，正好是诗歌流行的年代，他被称为'天才诗人'，那时候的他过着无拘无束的日子。"他喝了口茶，语气有些沉重地说，"像他这样才华横溢又有名的报业奇才，自然有很多女性爱慕他，但他从来没对谁动过心。大学毕业后，他创办了一份诗歌报，可想而知，白手起家的他遇到了很多困难，这时候，有一个比他大几岁、没有文化素质但家里比较有钱的女人想尽办法接近他，主动追求他，用尽了心机要和他结婚。你知道，当女人用心机时，比男人更可怕。天奇这样的人绝不可能因为金钱而接受一个不爱的女人，而他的单纯却使他栽在她的伎俩里！这些细节就不和你说了。这是一个什么样的女人？那时候的他看到的当然只是表象，后来他才发现，无论是性格、人品，还是素质，他们都是两个世界的人！她泼辣、心机重重、俗不可耐，还有轻微的精神病——时而会发作，歇斯底里地吵闹，后来，医生检查才知道这病的。他们一直没有孩子。"

"精神病？"我不禁想起《简·爱》中的情节。

他长长地舒了口气，接着说："是的。云茜，你也许不知道，不幸的婚姻对一个人有多大的影响，天奇结婚后事业也变得坎坷起来。和这样一个女人在一起，怎么可能发挥他的才华？他前期的诗歌总是透着悲伤和沉重，在那些混沌的岁月里，他只有在用诗歌构筑的王国里才能找到知己。"

原来他有如此不幸的婚姻……

"前几年，他只身来江城后，在《星城晚报》才真正找到英雄用武之地，事业才真正步入正轨。婚姻，是天奇的失败之处。结婚后不久，他就提出离婚，可那女人就是不离，吵架之后，她甚至跪在天奇面前哀求他别离婚。天奇的善良和心软，使他一次又一次地容忍她。后来，当他事业刚步入正轨之时，命运又和他开了一个玩笑：因为心力交瘁，他被医院诊断为癌症！"

癌症？我的心瞬间揪紧！

"你不要担心，后来，才发现这一切都是误诊，他很健康。而当时，天奇因为庸医的误诊失去了晚报的工作，那女人竟主动提出离婚。天奇欣然答应，念在昔日情分上，将所有的财产都给了她。没想到，闹了很多年离婚，最后竟然是因为一纸误诊让她主动结束。有失必有得，这对天奇来说，是一种莫大的解脱！"

我舒了口气，为大哥哥命运的峰回路转。这也许正是上苍眷顾他，给他解脱不幸婚姻的机会。

"可事情并没有就此结束。当她知道是误诊后，便又发疯似的来纠缠天奇——要复婚！天奇怎么可能再回到婚姻的坟墓中？当时，江城的几大媒体都邀请天奇加盟，天奇选择了《都市早报》，事业如日中天，将他的诗歌才华与报业结合得很完美。天奇越是成功，她越是后悔离婚，病情也在变态的心理中越来越严重。她常常跟踪天奇，只要看到他和哪个女性在一起，就会发疯似的来吵闹、纠缠。虽然无论从法律还是道德的角度来说天奇都是自由身，但遇到这样一个神经质的女人，不是那么简单就能摆脱得了的。曾经好几次，天奇和女同事在谈工作的事，都被那女人质疑为那种关系，她心理扭曲，闹到报社，害得天奇不得安宁。"

心又变得沉重起来，原来，这就是大哥哥的苦衷。

"如果没有你的出现，用他那句话说就是'在荒凉的沙滩上寻找爱'。"

"我？"

"是的，是你。几个月前我们三个在笔会上见面的时候，我也想不到你会燃起他的爱。我和他认识这么多年了，从未见他对哪个女人如此动心——也许你并不知道他对你的爱，即便在诗里，他也没敢对你直接表白过。那是因为，他担心那女人会伤害你。果然，前段时间，她还是发现了他对你与众不同的态度。她纠缠着天奇，不准他和你来往，否则就去找你……唉，这样的女人，哪个男人碰上都不会轻松的。

"我知道你对刚才我说的这些感到很震惊，但是云茜，这的确是事实。"

是的，这些轻声说出的话，在我听来远胜过惊雷，因为我情感的神经从未这样震颤过，它们蕴含的威力远胜于严霜、烈火，因为我的血液从未这样狂奔过——这并不同于失去妈妈和哥的悲伤。但我还算镇定地回到家中。

终于明白了大哥哥诗中为什么会有激烈的矛盾、美丽的希望、心酸的绝望、含蓄的表白、沉重的忧伤。

我……我该怎么办？八年前在学校操场上，他离去之后，神奇的第六感告诉过我，他是我生命里未完待续的篇章。

几次偶遇和分离，难道是命中注定的缘分？可是，虽然他名义上是自由之身，事实上却有个那样的前妻纠缠着他，如果我和他交往下去，只会给他带来麻烦和烦恼。

我不能给他带来麻烦！我要用理智的冰水浇灭心中的火苗，要用利刃斩断蔓延的情丝！

可是……可是那心中的火苗愈浇愈旺，情丝愈斩愈长。

难道……难道我真的爱上了大哥哥？这种奇怪的感觉就是爱吗？

爱
是一场
痛哭

一千年不短，一千年不长。可是，云茜和天奇毕竟不是白素贞和许仙，即使已等了一千年，他们中间仍然隔着一条河。

"我们在同一首歌里告别，在同一首歌里愁肠万段，在同一首歌里无助地哭泣……我的胸口像是中了一支带着倒钩的箭，我若拔它，就会撕心裂肺；我不拔它，它就会随着回忆越埋越深。"

云茜和天奇的缘分，难道就这样活生生地被掩埋了吗？云茜的第一次的爱恋，难道就这样夭折了吗？

· 1 ·

春天来了，万物复苏，草长莺飞。

春景虽美，可惜过于湿气，空气中夹杂的湿气，像快要掉下来的眼泪。花儿还没有绽放，似乎在等待云雾散尽太阳朗照之时。

大哥哥终于和我联系了，很晚的时候。

"云茜，出来走走，好吗？"

去，还是不去？诸多因素要我远离他，而内心深处的牵挂最终击败了其他声音。

下楼，上车。一路无语。

似乎开了很远的路，下车的时候，我才发现已到了江边。沿江漂着许多渔船，客人可以上船吃夜宵。

马上有店家过来招呼。大哥哥点了一锅桂花鱼，一打啤酒。

沿着窄而陡的石梯往船只上走。他走在前面，伸出手来牵我："小心一点儿。"我犹豫了几秒钟之后，伸出冰凉的手，踮起脚跟在后面。

长长的船上，靠着栏杆摆放着一张古朴的餐桌，船头还有几把休闲靠椅。

月亮高高地挂在上空，有几颗星星与它为伴；江那边林木森森，像一个个威武的卫士保卫着；江面波光粼粼，不远处的船只上交谈声和酒杯碰撞声此起彼伏——这是这座城市中的另一个世界。

· 2 ·

我和大哥哥面对面地坐着，我把目光从远处收回来，正好碰上他的目光。

多日不见，他明显憔悴了许多，双目在月光的照耀下闪着忧伤的光芒，我的心一阵刺痛。

船家端上一锅热气腾腾的鱼、几瓶啤酒，他给我盛上一碗鱼，终于开口说话了："云茜，你瘦了，多吃点儿鱼。"然后打开啤酒，自斟自酌。

我拿酒瓶倒了杯酒。

"你不要喝酒，会伤身体的！"他抢过酒杯。

只要最后是你就好

"让我陪你一起喝点儿好吗？就一点儿！"明明知道酒伤身体，你为什么还要喝呢？如果酒能消愁，那我也想一醉方休。

"好吧，不过只能小口小口地喝，只准喝这一小杯。"他将杯中的酒一饮而尽。

"这些年，我习惯了借酒消愁，那些诗基本上都是酒后乱写的。只有写给你的诗，是在清醒的状态下写的。刘晨曦和你说了一切吧？对不起，云茜，我知道我现在没有权利爱你，你也不会对一个被前妻纠缠的男人有任何爱恋。可是，如果不把憋在心中的感受表达出来，我会崩溃的！

"10多年前，在乡村马路上第一次看到你，你像个受惊吓的小天使；8年前，在那所中学的操场上看到你，你羞涩、纯真的模样，再一次让我刻骨铭心；去年笔会再一次偶遇，我真正感觉到你是老天爷送到我面前的天使！那一刻，我发现，这些年来你一直隐藏在我内心深处！我感谢上苍再次把你带到我面前，可是，当那女人疯狂地阻止我和你交往时，我知道我的噩梦没有结束！我告诫自己不能爱你！爱你，就会带给你伤害，你是无辜的。可是，我始终没有办法控制对你的爱，往日的理智和冷漠已被爱的大火烧成灰烬！

"你善良、纯洁、坚强、温柔、美丽、可爱、善解人意，几乎集所有美好于一身。你对于爱你的人来说是一颗可望而不可即的星辰，我多么想呵护你、宠爱你，把你当作手心里的珍宝一样爱着。这也许只是我的一厢情愿和单相思罢了。云茜，对不起，我不希望你的生活因为我受到丝毫的影响和伤害！"

"我……"

我想说什么呢？

我想对你说，能得到你的爱，我感到幸福而自豪。其实，你早已在我心底埋下爱情的种子，它不断在萌芽，只是那理智做的容器一直压抑着它的生长，而对爱情懵懂又单纯的我并不知道这就是爱情。可是为什么，当我懂得爱的时候，却又站在束缚和爱情的中间对峙！我内心多么地震撼、矛盾和压抑！

·3·

他眉头紧锁，眼中流露出痛苦，月光洒在他阴郁的脸上，愁云密布。不知有多少杯酒被他一饮而尽。

"不要喝了好吗？喝多了会伤身体的。"我试图阻止。

"云茜，别拦我，让我喝吧，喝尽所有的痛苦。"他摇晃着站起来，走到船头，望着对岸幽幽的灯火，"江枫渔火对愁眠。这些年来，我第一次这样为情所困，你让我看到了希望，也感到绝望！"

他醉了！

"小心一点儿，别摔着了。"我跟上去扶住他。

他转过身来，扶着我肩膀，眼中闪烁着深深的悲伤："云茜，我知道你关心我，可是我需要的是你的爱，可遇而不可求的爱！铁树开花的爱！你不爱我吗？不爱我吗？"

"我……我……"我不能表达我真实的感受，我要理智。

"不！"话一出口，压抑的泪水倾泻而下。我为自己第一次违心地面对感情而悲伤。

"云茜，你怎么哭了？"他抱着我颤抖的肩膀心疼地说，"是我不该问你，你这样的天使怎么可能爱我这样的男人呢！可是不管你怎么想，我都要对着江水说：你就是我心中的天使！是我这一辈子唯一的至爱！"

"天奇！"这一刻，我再也控制不了压抑的情感，扑到他怀里。我们抱头痛哭！这一刻，天与地合二为一，分不清是白天还是黑夜，只有热泪交织在一起！老天爷，我好不容易才爱上一个人，为什么要这样阻挡我们？想爱却不能爱，有什么比这更悲哀！

·4·

风乍起，惊起一江波澜，正如我内心的惊涛骇浪。

我越想越伤心，所有的委屈一股脑儿涌了出来。

"宝宝，不要哭，我不值得你这样伤心！"他为我擦拭泪水，他叫我"宝宝"！

从我憧憬爱情时起，就希望将来的爱人能叫我"宝宝"，像对待手心里的宝一样呵护我、宠爱我。

我止不住泪流满面——这是激动、幸福的泪水！

"宝宝，不要哭，我心疼，心都快碎了……宝宝，我爱你！"天奇捧着我的脸，吻我。我感到一阵眩晕……

时间静止了，空气静止了，世界静止了……

"不，天奇，我们不能这样！"我从瞬间的眩晕中清醒过来，转身仰望着黎明前的黑夜。老天爷，我们在干什么？这吻太幸福太甜美，却是以极致的痛苦为代价。

"对不起，宝宝。"他像个做错事的孩子一样羞涩，转瞬又像刚受了嘉奖的勇士，一脸的幸福和坚定，"宝宝，不管她如何阻止，我都会用行动证明对你的爱，等着我！"

我原本以为可以用理智斩断我们的情丝，可是，感情的洪水还是冲垮了理智筑起的城墙。我是打败了自我，还是战胜了自我？

如果继续在这艘浪漫而伤感的船上待下去，我会更加矛盾。

我疯狂地往岸边跑。

一路无言。天渐渐亮了，我已分不清白昼和黑夜，这种微微的亮，黑中有白，白中有黑，像是天亮，又像是天黑。

· 5 ·

第二天下午，收到天奇的邮件，是两首诗：

> 对大地的感情
> 是一场痛哭
> ——我被伤得太深
>
> 犹如花开得太猛
> 犹如树太绿
> 我被春天扑倒
> 被夏天追赶　在秋天
> 被一片黄叶赶进隆冬
>
> 对你的感情
> 是一场痛哭

只要最后是你就好

因为我爱得太深
因为你还没有
伤痕累累的春夏秋冬

看酒后奔跑的人　仪态万方
如风　如火
如蝼蚁

如风已逝
如火已熄灭
如蝼蚁已安息

如黄叶在我故国飘零
那飘零的心啊
一千年前
就已醉死

如果你不是罂粟般的女子
我怎会再次转回世上
如果你不是稀世的茜
我怎会化身为许
在酒后狂奔
在酒后高唱——

爱是一场痛哭

一千年不短

一千年不长

一千年不短，一千年不长。我们毕竟不是许仙和白素贞，即使我们已等了一千年，我们中间仍然隔着一条河。

· 6 ·

手机响了，是一个陌生的号码。

"你好。"我习惯性地说。

"你是李云茜吗？"

电话那端传来一个女人的声音，仿佛是从地狱里发出来的，冰冷阴森，寒气逼人。

"请问你是哪位？"预感告诉我，这绝非一般陌生人打来的电话。

"我？我是许天奇的爱人汪艳，我要和你谈谈。"

那一刻我还没有完全反应过来：许天奇的爱人？

这确实是个什么话都说得出来的女人，即使她和天奇结束了婚姻，却还坦然地自称"爱人"。担心的事终于发生了，在我和天奇还没有真正开始之前。

我决定去见一见汪艳。我想看看她到底是个什么样的女人。

她约我在一间小茶屋见面。我刚坐下，一抬头看到对面坐着一个陌生女人，就像幽灵一样瞬间出现在面前。

40多岁的年纪，身材臃肿，头发凌乱，皮肤因为扑了太多粉而显得干皱、苍白——如果说刚才描绘的是这个年代男人们所说的"黄脸婆"形象，我只会对她感到同情和悲哀，可是，那双眼睛让我感到彻骨的冷意，像是从地窖里刮来一阵阴冷的风。她盯着我上上下下看了好几分钟，眼神由冷漠变成嫉恨，我看到了她眼中的仇恨之火。那是种极端憎恨的眼神，心理畸形的眼神，我联想起了《简·爱》中那个疯女人的眼神！

"李云茜，不准你和他来往！他是我的！"

"大姐，你爱他吗？"

"废话！当然爱！"

"爱一个人，就是让他幸福、快乐。你们已经离婚，双方都是自由的，都有权利和自由恋爱。"

"别和我讲大道理，我不会听的！哼！离婚了又怎么样？他是我的，不准任何女人抢他！否则，我就来个鱼死网破！我得不到的，别人也别想得到！就算我复婚不成，即使血流成河，我也要赶走一个又一个'狐狸精'……"

"……你这样做难道会开心吗？何苦要折磨两个人呢……"

我对眼前的她束手无策，真应了那句"秀才遇到兵，有理说不清"。

"我不好过，他也别想好过！就算让他名声扫地，就算毁了他……"

她反复地恶言恶语，目露凶光，那眼神比我后妈当年还要凶恶！我预感到又遇到了一个类似后妈的女人，只是她比后妈更加极端，更加泼辣，再加上神经质，我仿佛又看到了梦魇的恐怖。

没想到天奇也会遇到这样的女人：她带着爆炸性危险，把爱当作私有财产，明明是她亲手结束了名存实亡的婚姻，但当天奇时来运转，她又走向了另一个极端。

如果我和天奇交往下去，这样一个疯狂的女人怎会善罢甘休？她怎么可能放过天奇？

我不能让天奇因为我置身于危险之中，爱一个人就不应该让他受到伤害，所以，我要远离他。

· 7 ·

晚上，我约天奇在楼下花园见面，并主动约了曾子浩。

天奇抱着一对可爱的米老鼠，比昨晚看起来精神多了，脸上绽放着幸福的光彩。显然，他并不知道我和汪艳见面的事情。

"宝宝，送给你，我不在你身边的时候，让它们陪伴着你。"

如果是以前，我一定会立即抱过这对可爱的米老鼠，像个小孩子一样高兴得蹦跳，可是，我既然做出了决定，就必须"狠心"。

"不喜欢！我不要！"我故作冷漠地说。

"宝宝，你真的不喜欢吗？"他无辜的表情刺痛了我。

"是的。而且我也不喜欢你。我们以后不要见面了！"我转过身，强忍着眼泪。

"你怎么啦？宝宝，你和平时判若两人，我不相信你说的是真话！你是不是有什么苦衷？"

"没有。昨晚上你误会了。我有男朋友了，请不要再来打扰我。"我把一旁的曾子浩拉过来故作亲热地说。

曾子浩被我突如其来的转变弄得不知所措，我横下心故意挽着他的手，他受宠若惊。

天奇手中的米老鼠跌落在地。他惊讶地望着我和曾子浩，我故意把头抬得很高，装作高高在上、不屑一顾，其实是我不敢用灵魂正视他。我第一次这样说谎，对着我爱的人说谎！

我在心里数着时间：一秒，二秒，三秒……你快走，我不要让你看到在我眼眶里打转的泪水！数到五秒的时候，天奇毅然转身，开车飞驰而去。飞奔的车影在我迷蒙的视线里很快消失。

曾子浩小心翼翼地问我："云茜，你刚说的是真的吗……我是你男朋友？"

"对不起……谢谢你帮忙。"

我拾起地上的米老鼠，飞快地跑上楼，任曾子浩在风中发呆。爱就是这样不平等，冷漠和远离都是因为爱。

两只米老鼠：一个大号的米奇和一个小号的米妮，米奇像他，米妮像我，正好是一对，它们睁着无辜的大眼睛望着我，揪着我的心。

米奇，米妮，对不起，让你们受委屈了。你们是天奇送给我的，我怎么会不喜欢？

·8·

难以入睡。

凌晨四点，我起床打开电脑，放入神秘园乐队的 CD。房间里飘着忧伤的声音。桌面上的 Outlook "嘀嘀"地提醒我有新邮件。

预感告诉我是天奇发来的。我想看又不敢看，犹豫了许久，还是打开了。果然是他发来的，而且是刚刚发的——他这个时候也还没睡！

宝宝：

请允许我最后一次这样叫你。原谅我给你带来的伤害。

一遍又一遍地听《神秘园》，无穷的伤感缠绕着我……黎明前的黑暗太长，爱情已夭折在黑暗中。

生活在没有你的世界，比接受任何一种惩罚都要痛苦。你知道吗，对我而言，你是任何人都无法取代的。

其实我应该早有心理准备，知道这只是我的一厢情愿。我可以做任何事，唯一不能做的是——不允许自己也不允许任何人勉强你、伤害你！所以，把悲伤留给自己，只要你是真的幸福快乐，我又有何求？

一场宴会
总有曲终人散的时候
那最后举杯的人
祝你一路平安

也祝你容颜不老　青春永在
此去前程似锦
此去春暖花开

此去两千年流光暗转
有秦时明月
有汉时关山

有身披一树繁花的男子
在远方愁肠万段
将远道而来的爱情迎回家乡

啊　曲终人散
你总该记得那片钟声里
你的双唇收尽了
楚王官前的斜阳
那最后举杯的人醉意阑珊
那最后举杯的人去意彷徨

　　我们在同一首歌里告别，在同一首歌里愁肠万段，在同一首歌里无助地哭泣……我的胸口像是中了一支带着倒钩的箭，若拔它，就会撕心裂肺；若不拔它，它就会随着回忆越埋越深。

　　一直以为我可以洒脱地面对感情之事，可是这次破例了，心中的那种感觉越来越清晰，越来越强烈——我是真的爱他！

　　我和天奇的缘分，难道就这样活生生地被掩埋了吗？

真爱
无畏

传说中，白素贞修炼千年，才寻到昔日的救命恩人许仙。云茜和天奇能不能战胜阻碍再续前缘？

"你是云，我是天。云是天的灵魂，天是云的依靠。天因为云广阔无垠，云因为天多姿多彩。如果云和天分离，天已不是天，云已不是云。"

· 1 ·

几天过去了。

一个下午，从杂志社交稿回家，阳光很好，我没有坐车，一路步行。我想让太阳晒晒那潮湿的心。

太阳仍然是原来的太阳，可我却完全感觉不到阳光的温暖和明媚。看来我做不到古人的"不以物喜，不以己悲"。

"哎哟！"突然我眼冒金星，定睛一看，原来是和别人撞了个正着。

"对不起！"

"对不起！"

我们相互揉着额头向对方道歉，我敢肯定刚才是我心不在焉撞了人家。当我抬头看对方时，惊呆了：对面的这个女孩子竟是我高中最要好的同学王思芹。

"思芹！"

"云茜？！"

我们激动地拥抱在一起。失去联系五年了，我们都在寻找着对方，没想到在这里撞着，真是太巧啦！

"云茜，你变化真大！高中时那个羞涩的灰姑娘变成白雪公主啦，我差点儿没认出来！"

"呵呵，思芹，你就别笑话我啦，脸红哩。走，到我家去聊上三天三夜！"

"好哇！"

我们像高中时那样手拉手边走边聊。

原来，思芹高中毕业后没有考上大学，到上海读了一所私立大学，前年来到了江城。思芹比我大一岁，性格中有很多地方与我相似，读高中的时候，我们形影不离，她常常从家里带好吃的给我，我们惺惺相惜。而今，虽然时隔多年未见，但我们的情谊如昔。

· 2 ·

"云茜，你男朋友呢？"

"还没有。你呢？"我的心头一痛。

"你这么优秀的女孩，还没男朋友吗？是不是眼光太高了？我结婚啦！"思芹脸上泛着幸福的红晕。

"真的？快说说你的恋爱史哦。"

"我们的感情应该算比较特别的吧，他比我大十几岁，离婚多年，而且还有个小女儿。"

思芹的话让我多少有些震惊。

"芹，你不介意他离过婚、比你大那么多吗？你真想当后妈吗？"

"云茜，说实话，刚开始交往的时候，我有很多顾忌。可是后来，我们还是相爱了，难得性格合得来，有共同语言。他比我大，懂得包容我、宠爱我。离过婚的男人并非都是我们高中时想象的那样喜新厌旧、不负责任，若不是实在过不下去，他们是不会轻易离婚的。经历了一次失败的婚姻，他更加珍惜我们之间的感情。既然爱一个人，就要接受他的一切。小女儿很可爱，说不定自己生的孩子还没这么可爱呢。其实这些都不重要，重要的是我们相爱，很幸福哦！"

"哦……"没想到我和思芹的感情也有类似之处，只是她的已开花结果，我的才刚长芽就被活生生地掐断了。

"云茜，你怎么啦？"思芹拉拉出神的我，"看你若有所思的样子，是不是有心事？像你这么好的女孩应该有幸福美好的爱情。"

我忧伤地摇摇头。在善解人意的思芹的追问下，我把自己和天奇的事告诉了她。

"云茜，我不知说什么才好……相信每个善良的人都羡慕你们的缘分。我知道你爱上一个男人是多么不容易，对于他来说也是如此。如果有情人不能成眷属，是最痛苦的事。茜，我知道你这样做是为了让他不受那女人的威胁，可是，你知道吗，他不能和深爱的女孩在一起，他生不如死啊，况且像她那种女人说的话也不要太当真，这世上有几个人是真正不怕死的？"

"可是，思芹，万一……"

"云茜，"思芹打断我的话，"这个世界上，很多东西都容易得到，可是，真爱难得。你和天奇之间几度邂逅，是难得的缘分。你们之间虽然有那个女人阻碍，但是都担心对方因为自己受到伤害，不是吗？你不理他，他就会过得很开心吗？你会过得很开心吗？真爱无畏！"

不可否认，思芹的话让我对自己的所作所为有了重新的认识。天奇……

· 3 ·

手机响了，是天奇打来的，我不接。第二次响，还是不接。

"云茜，你为什么不接呢？把真相告诉他！"思芹递过手机。

第三次响铃的时候，我按了接听键，不语。

"宝宝，你在听吗？我在你楼下。我刚刚知道原来是她背地里要挟你，这是她的手段，为什么不告诉我真相呢？宝宝，难道我是那种贪生怕死之辈吗？如果因为阻碍而放弃真爱，我就不是许天奇了！"

"天奇……"

"你知道吗？这些年我在痛苦中煎熬，生不如死！我好不容易找到一个可以拯救我灵魂的天使，难道你忍心把我又从天堂的门口推进地狱吗？我可以什么都不要，甚至放弃生命，我只要你的爱！只要有你的爱，我就能战胜一切阻碍！"

我再也控制不住内心的情感，泪水汹涌而出。

"还记得吗？'你是云，我是天。云是天的灵魂，天是云的依靠。

天因为云广阔无垠，云因为天多姿多彩。如果云和天分离，天已不是天，云已不是云。'没有你，人生将变得没有任何意义！相信我，不管遇到多大的阻力，我都会解决的！我一定要和你在一起！答应我，不要再从我生命中消失了，好吗？"

我再也顾不上太多，飞也似的跑下楼，扑到天奇怀里，这一刻，我知道再也不能失去他，我所有的伪装和谎言最终敌不过内心的真实情感。思芹说得对，真爱无畏，我要和他一起面对、一起承担风暴！

善良的读者朋友，当站在情感的十字路口，命运给了两条路选择：一条是平坦大道，可以和那个爱我的曾子浩顺理成章地走过去，可是感觉不到丝毫的快乐和幸福，也许永远都体会不到爱的真谛；另一条路布满荆棘，甚至随处埋着地雷，可是一路上有坚贞的爱相伴，前方开满了幸福之花。

在这个世界上，人是不可能完全得到幸福的。我既生为凡人，就不能奢望天上掉下幸福的馅饼来。只祈祷老天爷让我们少受些磨难。

抽签
无解

那传说中的白蛇，需要修炼多少年才能于丛林中邂逅牧童？一面之缘后，又需要修炼多少年才能化身成人？化身为人，又需要修炼多少年才能于西子湖畔找寻到昔日的救命恩人？相遇之后，还需要修炼多少年才能相拥共枕眠呢？

"我爱你，爱得比我能表达的更深沉，也比任何语言能表达的更深沉。"

· 1 ·

接下来的日子，为了平复汪艳的情绪，我们并没有频繁见面。

天奇说："宝宝，我既然要和你在一起，就要保护你不受任何伤害。"

所以，虽同在一个城市，而且距离不超过五公里，却并不常见面，有时一个星期才见一次。好在生活在这个通信发达的年代，每天都写邮件倾诉相思之苦。写作激情因爱而燃烧，天奇每天为我写一首诗，我写散文和小小说，几乎每周都会在星城的媒体上发表，关注我的读者一定能从文字中读出爱情的味道——这是以前没有的，天奇的朋友也惊讶于辍笔几年的他突然文思泉涌。

周末，天奇带我去石燕湖烧香，为我们的爱祈祷。

6 月的天气，阳光明媚，天空明净，空气中飘着幸福的味道。车在葱郁的丛林中蜿蜒而行。丛林深处，有一座极具古韵的楼房，名曰"石燕山庄"，如童话中白雪公主的房屋，那是我们的落脚之处。

风乍起，远处湖面的风送来一湖的清新舒畅，白裙子欢快地飘舞……

· 2 ·

把手放在天奇的掌心，绕湖而行，惊起一群白鸽。

乘舟而行。船在山水的臂弯中，山水在天地的怀抱中，我偎依在天奇的怀里。蓝天白云，青山绿水，爱人相依，多么美好！

突然看到一只孔雀在天空盘旋，像在等待着什么，不一会儿又飞过来一只孔雀，然后两只孔雀并排飞到山那边去了。

"天奇，快看！有孔雀！"我快乐地跳着。亲爱的朋友，你知道，我高兴的时候总改不了蹦跳的习惯。

"宝宝，那是一对相爱的雌雄孔雀，它们多自由啊，可以无拘无束地在天地间嬉戏。"天奇抱着我的肩膀。

"雀之影，心之声，久徘徊，恋何所？我们是那对孔雀该多好啊！"

"快了，宝宝，我们很快就会像孔雀那样无拘无束在一起的。相信我！"天奇紧紧地握着我的手。

　　下船，上山。山顶有一座有名的寺庙。天奇牵着我拾级而上。弯弯曲曲的石路，正如我们爱的历程，从一开始就注定曲曲折折、坎坷不平。

　　古庙旁边是一座塔，让我想起了《白蛇传》中的雷峰塔，仿佛自己是被压在塔底下的白娘子。

　　我们跪于莆台上，默默地许愿。

　　"两位施主抽支签吧，很灵的。"老僧人说。

　　抽签？抽签在我心中充满了神秘和玄机。我望了望天奇。

　　他先抽。抽的是第27签。

　　我伸出有点儿颤抖的手，抽到第28签。

　　老僧人感叹道："两位施主的签连号，并且数字中藏着爱的契机，实乃有缘之人。"

　　有缘之人？当然有缘，我和天奇从相识到相爱，恍如一出戏，只是比戏中演的要辛酸艰难得多。

　　"两位施主解签吗？"老僧人问道。

　　我和天奇对望着，从对方眼里看出了期待和担忧。

　　天奇紧紧地牵着我的手："宝宝，观音菩萨说求人不如求己。将签留在心中，用我们的行动来解答，好吗？"

　　"嗯！"

爬上塔顶，湖光山色尽收眼底。

"天奇，我想起了许仙和白娘子的传说。我好喜欢白娘子。她是蛇的化身，却也是真善美的化身。我情愿做一条蛇，像白娘子一样。做一条蛇，需要修炼多少年才能于丛林中邂逅牧童？一面之缘后，又需要修炼多少年才能化身成人？化身为人，又需要修炼多少年才能于西子湖畔找寻到昔日的救命恩人？相遇之后，还需要修炼多少年才能相拥共枕眠呢？"

"宝宝，你和我想到一块儿去了。在我眼里，宝宝像白娘子一样是真善美的化身，像白娘子一样敢爱敢恨。说不定前世我就是许仙，宝宝就是白娘子。我们前世尘缘未了，今生再续不了情。想知道我刚在菩萨面前许了什么愿吗？"天奇把我搂在怀里，让我的脸贴着他的心口，抚着我的长发，"我对菩萨说，我好不容易才找到一个天使，祈求菩萨保佑我可以早日娶我的天使为妻。我心爱的小妻子，我爱你，爱得比我能表达的更深沉，也比任何语言能表达的更深沉。"

"我也爱你，天奇，愿菩萨看在我们相爱的份儿上成全我们。"

泪水洒湿了天奇的胸口，我是如此眷恋他的怀抱，如此希望这是一生的依靠。

一个人的
秋天

短暂的离别，犹如一个人的秋天，却是深深的思念。

正如一首歌中唱的：天使好想给海豚一个吻 / 可是情海那么神秘那么深 / 海豚想给天使一个拥抱 / 可是天使的家住得那么高 / 有爱就难不倒……

· 1 ·

从石燕湖回来后不久，我接到了 GRV 公司 boss 的电话。

"Miss Li，明天去北京有个重要案子洽谈，对方是你打过交道的 Mr. John，他特意对我说想要和你谈谈。可能要待半个多月，希望你能答应和我一起去，薪水双倍，OK？"

"OK! No problem!"

"Thanks! 明天下午四点的飞机。"

"I see!"

出差去北京，意味着要和天奇分离一段时间，我心不在焉地准备着衣物。

晚上，和天奇在楼下的花园里见面。

"明天要去北京出差。"

"出差？北京？宝宝要待几天？"

"可能要待半个多月。"

"半个月——15天——两个星期？宝宝，你要去这么久……你不会再像以前那样一去杳无音讯了吧？"

天奇紧紧地搂着我，生怕我失踪，像个要离开妈妈的孩子一样脆弱。没想到在众人面前刚毅、桀骜不驯的天奇也有这么柔弱的一面。

"不会的！我们再也不会失去联络了！我们可以通电话、视频、发E-mail、发短信息。只分离半个月。半个月很快会过去的！"

我们在花园里一直相依相偎坐到凌晨三点才分别。还没离开，就开始诉说着相思之苦，似乎要分别很久似的。

· 2 ·

第二天下午，天奇执意送我到机场，在大庭广众之下和我吻别。一到北京，就收到很多条手机短信：

"下午送走宝宝，我心里顿时空荡荡的。一种失落感萦回在脑海，挥之不去。我想你，宝宝。我从来没有觉得离别会是如此沉重。

"今晚，我不知道要去哪里。我真的想一会儿到你楼下那个小花园里去坐一坐，静静地想你，静静地回忆你。爱你，宝宝。我会等你回来。等着你，等着你。我多情的宝宝，我善良的宝宝，我纯真圣洁的挚爱，我的唯一。"

我回信："天奇，你的话让我心酸，虽然平时我们不常见面，但我们毕竟在一个城市，感觉不到离别的距离。今夜，我在遥远的北京想念你。我一遍又一遍地抚摸着你送给我的水晶镯子，只有它陪伴着我。"

"宝宝，你是我的。我不在你身边的时候，你一定要照顾好自己。"

…………

第二天，和 boss 在酒店大厅见到了来自美国的 Mr. John，他长得高大魁梧，比我高出一大截，第二次见面比第一次亲切多了。晚上，boss 请 Mr. John 去老皇城吃火锅，我们边吃边聊，很随意很开心，笑语不断。

Mr. John 还指着一碟红薯粉风趣地说："This is how my hair looked like when I was a little boy."（我小时候的头发就像这个。）

晚上告别的时候，Mr. John 俯身吻我的手："My dear, I regret that I did not have enough time to connect with you when I first met you last year. So, I am really happy that I got to see you again."（亲爱的，当我去年第一次看到你，我就很遗憾因为太忙而没能和你更多地交流。所以，我真的非常高兴再次看到你。）

"It is my pleasure to meet you again. Thanks!"（谢谢！我感到非常荣幸！）

· 3 ·

互道晚安后，我迫不及待地跑到酒店的商务中心，上网看天奇的邮件，这是我们俩不成文的约定。

亲爱的宝宝：

我把我们离别后第一天的心情向你汇报。北京与江城相隔

只要最后是你就好

数千里，但我们的心在一起。我每一分钟的心跳，你都应该感觉得到。命运让我们几度邂逅，又几度分离，但这次的离别不同于多年前。

昨晚，我辗转难眠，想着你的好，想着你的一切。一大早我就醒来了，那份牵挂打破了我上午睡觉的习惯。醒来时心里空空，你不在身边，使我一下子难以适应新的一天。今天，我终于体会到了"一日不见，如隔三秋"的思念。

6月18日，凌晨1点

天奇，你知道吗？白天虽然工作很紧张，但我分分秒秒都想着你。一想起你，就感到无比地甜蜜。来北京才一天，我就盼着早点儿回江城。

接下来的几天，和 Mr. John 谈具体合作事宜。到第五天晚上，Mr. John 请我和 boss 吃西餐，告别的时候单独邀请我喝咖啡。出于礼节，我答应了。

"Do you believe that I fell in love with you at the first sight?"（你相信我对你一见钟情吗？）Mr. John 蓝色的眼睛幽幽地望着我。

我故意说，我知道约翰先生非常幽默，比如，和我开这样的玩笑。

外国人的直白我早有耳闻，可我并不喜欢这么直接的表白，也不可能喜欢约翰先生，但又不能让他难堪，所以只有使出对付我不喜欢的人的撒手锏——"装糊涂"。当 Mr. John 继续往下解释的时候，手机响了，正好是天奇打来的。

"宝宝，你在哪儿？打你房间电话没人接，我好担心。"天奇焦急地说。

"我在酒店喝咖啡，一会儿就回房间，不用担心啦。"我放下电话告诉 Mr. John，我男朋友找我有点儿事。

Mr.John 明白我的意思，只好道晚安。

·4·

我以最快的速度跑到商务中心上网。看天奇的邮件成了我每天最盼望的一件事。

我亲爱的宝宝：

凌晨 2 点，尽管时候不早了，但我还是留在办公室给你写信。我知道宝宝一个人在北京会感到孤单，我可以想象得到宝宝每晚这个时候打开邮箱时的心情。不能陪伴在宝宝的身边，我想通过这种方式让宝宝尽可能地感觉到，我是你的，我就在你身旁，哪怕你在天涯海角，我也会陪着你，无时无刻不在陪着你！

可惜啊，打字的速度太慢了，影响到我对你爱的表达。

昨晚下班时，已是半夜，月亮在头顶照着，慢慢地移动着，一个孤独的男人，走着，想着，心里带着爱，带着等待，他有什么感受？他想表达什么？我写下来了。宝宝，看看，我的心比月亮还要孤寂。

细雨蒙蒙之夜
短短的道路只有风雨在走
树木散步

在破碎的水洼里映照自己

世界像月亮一样孤寂
盛大的节日
仿佛不曾在白天举行
为豪华的婚礼演奏的鼓手走了
踩着空洞的鼓点
而从新娘那白皙的手指上
不慎掉下金光闪闪的戒指……

月明之夜
相爱的人像星星一样拥挤
相爱的人像星星一样疏远
这世界比月亮还要孤寂
而我们注定要用爱　用昂贵的诺言
去装饰
我们漫长生命中断续出现的
几个短暂的
幸福时期

6 月 20 日，凌晨 2 点 34 分

　　天奇，如果你是月亮，我愿做月亮上的嫦娥，永远陪伴着你，不让你再像以前那样孤寂。

相思
成灾

"我像是关在密封容器里的小鸟，快要窒息了。我在思念和等待中煎熬，这种失魂落魄的感觉会让我铭记在心，即使过去许多年，也是难以忘记的……没有任何人能否认、阻止真爱！"

· 1 ·

第六天的时候，Mr. John 提议 boss 休息一天，去看看天安门和长城。

登上长城的那一刻，Mr. John 高兴地对我说，他来北京后最高兴的一件事就是和我一起登长城。

而我多么希望身边的 Mr. John 是天奇，让古老的长城见证我们亘古不变的爱情。

晚上，天奇没有像往常那样打电话来，手机关机，办公室座机也无人接听，没有发来手机短信，邮件也没有。

两天过去了，还是如此，我感到莫名的恐慌：天奇出了什么事吗？他不可能无缘无故和我断了联系的！

　　　　　　　　　　　　只要最后是你就好

手机响起，如午夜惊铃，是刘主编！

"云茜，是天奇托我联系你的，这两天他不方便与你联系，你不用担心。"

"刘老师，请直接告诉我他发生了什么事好吗？我没有他的音讯，怎么能够放心呢？"

"唉，这几天许天奇过的是什么日子啊。汪艳察觉到你们还在交往，又发疯了，整天跑到报社大吵大闹，恶语相加，什么难听的话都说得出；在办公室闹完又到他公寓里闹，砸坏房间里能砸的东西，把他珍爱的书撕得满地都是。你能想象她多么歇斯底里吗？天奇没和你联系是为了不让她伤害到你，他不想让你知道这些纠葛，不想让你因此担心。"

我们担心的不愉快的事不可避免地发生了，而且可能还会有更大的风暴。

天奇一个人承受着这种煎熬，我唯一能做的就是强忍着担忧和思念的折磨，不去通电话，不去发手机短信，只是通过邮件倾诉衷肠。

命运真是捉弄人！我的生命中出现两个类似的男人，一个是爸爸，一个是天奇。前者是我最亲的人，后者是我最爱的人。他们都是那么真诚、正直、善良。相应地，我的生命中也出现了两个女人，一个是后妈，一个是天奇的前妻。两个女人是我生命中的克星，我也是她们的克星。她们自私、泼辣、多疑、神经质、狭隘、刁钻、粗野、苛刻、自作聪明却又愚蠢透顶。她们一生都在无尽的纠缠中劳心劳神；她们从来没有真正快乐地度过一天；她们以为可以用极端的方式控制男人，其实只是在疯狂地维护着最脆弱的防线……

这一切都是命中注定的劫。

我相信命运，但不听天由命。我觉得命运是人生的整个过程而不是某一个阶段，每个人都有不同的命运，只是自己不知道将来的命运如何。

奇怪的预感告诉我，所有发生在我身上的事是冥冥之中早已注定的，我和天奇的感情亦是命中注定的。

…………

我坚信：一切都会过去！这些年来，一直用这句话来鼓励自己走过艰难岁月。天奇，我们不要放弃，不要动摇，煎熬的日子一定会过去的！

· 3 ·

白天，和 Mr. John 谈判还算顺利，boss 说可以提前回去，我求之不得。

第八天晚上，我仍旧怀着期待的心情跑到商务中心上网。天奇的邮件！才几天没收到他的邮件，就仿佛隔了几个世纪似的。

亲爱的宝宝：

你快回来！我太孤单！

这几天不能与你联系，我像是关在密封容器里的小鸟，快要窒息了！我在思念和等待中煎熬，这种失魂落魄的感觉会让我铭记在心，即使过去许多年，也是难以忘记的。为了和宝宝长相厮守，无论遇到多大的阻挠，我都义无反顾。没有任何人能否认、阻止真爱！

今天下午五点多钟，我在去报社的路上突然产生一股强烈的冲动：我想见到你，想在街头遇上你！于是一路走过来，到了你的楼下，在小花园里转了一圈，但连你的影子都没有见到。于是，接着走，一直走到报社。脚走软了，眼看花了，也没有见着你。

我不明白，想一个人的时候怎么会这样，做出一些不可思议的举动，事后连自己也觉得莫名其妙。你有时候是不是也有这种感觉？

今天又看到你的专栏新作，我便把它剪下来夹在日记本里。每次看到你新发表的文字，我比谁都要高兴。我有一种满足感，也有一种自豪感。我的宝宝不是那些只知梳妆打扮、满脑子俗念、一肚子稻草的女孩子，我的宝宝有才气、有志气，也有让每个男人动心的灵气。

在我所认识的这么多女人中，只有你是独一无二的，我怎能不满足？我怎能不由衷地爱你？我只有一个念头，那就是想方设法为你创造一个优越的环境，尽我的努力，让你取得更大的成功，获得你应该得到的一切。如果在你的成就里，能倾注一点儿我的辛劳，我将会感到无比的幸福！

6月26日

天奇，我可以提前回来啦！等着我！

相思成灾

魂牵
梦绕

　　幸福太短暂、太奢侈，像流沙一样容易从手心里滑落。越是在乎的东西，越容易失去。幸福和甜蜜远比所描绘的更幸福甜蜜；内心的痛苦远比所描绘的更痛苦！

· 1 ·

　　第十天，终于和 Mr. John 谈妥了合作条件。大功告成，boss 开心地说："云茜，你为 GRV 公司立了大功。明天就可以回江城，下午的特快。你先回去，我还要去上海办点儿事。"

　　我欣喜若狂，因为明天就可以见到牵肠挂肚的天奇。我第一次如此想念一个城市，因为这个城市中有一个令我牵肠挂肚的人。

　　Mr. John 似乎不太开心，他看我的眼神带着些惆怅。

　　我问他怎么了。

　　"YunXi，you are so happy for coming." 他说，看到我为回江城高兴，而他只感到失落，因为我们不得不分离。他握着我的手放在唇边，继续说，在他眼里我是最美好的女孩，就像一个天使。他知道我不喜欢他，他只是一厢情愿，感情的事不能勉强。所以，他只有祝福我一生幸福。然后吻吻我的手。

　　　　　　　　　　　　　　只要最后是你就好

"Thank you, John! Our friendship will go on and on."（约翰，谢谢你！我们的友谊地久天长。）

"Go on and on!"（地久天长！）

· 2 ·

回到房间，我又想去街上逛一逛，给朋友们和天奇买点儿礼物。

西单韩国城。这里是水晶的世界，琳琅满目的水晶饰品让我眼花缭乱，我兴致勃勃地挑选了好些别致的饰品。

给天奇带个什么礼物呢？第一次给他买礼物，格外地激动。逛遍了韩国城上下八层楼，才挑到一块手表：方形，乌金色，表内镶着精致的水晶，在乌金色的衬托下熠熠生辉，正符合天奇英俊的外表、外刚内柔的个性。

"但愿他会喜欢。"我自言自语地说。

华灯初上。北京的夜色很美，可我更思念江城的夜色。在一个城市待久了，自然有了感情，连对空气都倍觉亲切。像我这样怀旧的人，注定不喜欢居无定所的生活，就如我不喜欢独自旅行的漂泊和孤寂。

回到酒店时腿都酸了，全身疲惫，但丝毫不影响我的兴奋，照常跑到商务中心，上网看天奇的邮件。

宝宝，亲爱的宝宝：

后天早上，我就能见到魂牵梦绕的宝宝了。这是宝宝停留在北京时我发的最后一封邮件。

怎么才能使它具有特别的意义呢？我想了好久也想不出来。我只想说，宝宝路上平安；我只想说，上车前要吃好饭，车上十六个小时很长，要注意照料好自己；我更想说，回来后，我们还有更艰巨的路程要走，我们还有更多的风雨要面对。

我还想说，我需要宝宝的坚强，需要宝宝继续拿出勇气，不管面临的什么。我想把此次的离别作为一个新的起点，作为一个新阶段开始的标志。从此我将改变我的人生，为早日实现新的梦想而不遗余力。

"把手伸给我，让我的肩头为你挡住一切风雨"。那么，宝宝，在离开北京的时候，请许个愿吧。愿我们的梦想成真，愿我们早日相依相偎到地老天荒！

宝宝不要怕一个人坐车孤单，我会发短信陪你度过每一刻。我会准时到车站去接你。

我想你，宝宝，我想得太苦了。

· 3 ·

列车启动了。

别了，北京！感谢你让我知道天奇在我心目中有多么重要！

江城，我回来了！我是如此迫切地想要扑到你的怀里！

列车到站时，我迫不及待地下车，在人群中找寻天奇的身影。

"宝宝！"天奇在不远处呼唤我。

"天奇，我在这里。"我奔向他。

近了，近了……我们紧紧相拥，无语凝噎。良久，我抬头看天奇，

只要最后是你就好

他的眼睛布满了血丝——这些天发生的事把他折磨成这样。

"你憔悴多了。"

天奇捧着我的脸，心疼地说："宝宝也瘦了。"

"北京的菜不好吃，我不喜欢，每天只吃一点点饭，呜呜。"我噘着嘴撒娇。

"那我今天亲自下厨做几道湘菜给宝宝吃，好不好？"天奇刮着我的小鼻子说。

"好哦，好哦，我要吃十大碗饭！"

"那不成了猪宝啦？哈哈……"

…………

回到家中，我乐不可支地掏出淘的饰品，摆在桌上如数家珍："嘻嘻，看我淘了些什么宝贝：水晶项链、水晶手镯、韩国头饰……"

"宝宝快成了水晶姑娘啦，这些都比我送的那个手镯漂亮，它是不是要被宝宝打入冷宫啦？"

"这些手镯是送给思芹和阿娇她们的，我只戴你送的手镯，不会换的啦！"我抱着他的脖子一脸"无辜"地说。

· 4 ·

在天奇面前，我孩子气的一面暴露无遗，喜欢这样在他面前撒娇，让他宠爱着，像手心里的宝。说到底，女人跟孩子一样，喜欢被宠爱，被呵护。

"那就是说我用它套住宝宝了？"

"哼哼，那我也要套住你，这样才公平！"我变戏法似的拿出手表往天奇手上戴。

"送给你的。喜欢吗？"我眨着眼睛认真地问。

"当然喜欢！只要是宝宝送的，我都喜欢！"天奇伸展着胳膊，故意摆出广告模特的造型，"宝宝牌手表，情定终身！"

我乐得哈哈大笑，不仅仅因为天奇的幽默，还因为我发现天奇的幽默不再纯粹是原来的"黑色幽默"，现在加入了色彩，像生活中明媚的阳光，不可阻挡。

而后，天奇在厨房里做红烧鲫鱼，我站在旁边观看，瞧着他笨手笨脚的样子"幸灾乐祸"。桀骜不驯的天奇也会围着围裙在厨房里做饭？明明不怎么会做菜还要充"英雄"，我假装一无所知的样子给他擦汗。

总算做了四道菜。我抓起筷子一个一个地品尝，天奇紧张地看着我："是不是很难吃？"

想不到平时从容不迫的他也有紧张的时候。我故意苦着脸眨眨眼睛，再笑着说："骗你的！好吃耶！"然后狼吞虎咽。

天奇一脸满足和疼爱，不断地给我夹菜。

我背过身，泪水夺眶而出。怕此时的幸福太短暂、太奢侈，担心它像流沙一样从手心里滑落。越是在乎的东西，越容易失去。幸福和甜蜜远比所描绘的更幸福甜蜜；内心的痛苦远比所描绘的更痛苦。

"宝宝，怎么突然哭了？"

"天奇，我们会一辈子都这么幸福吗？"

"会的，一定会的！真爱可以感天动地！真爱就是幸福！"

让
梦想
起飞

那个二十出头的女孩，外表柔弱，没有多少社会经验和人生阅历，更没有家庭和社会背景可以依靠，怎堪承受创业的艰辛？

· 1 ·

又一个夏天来到了，灿烂的阳光透过树叶照进房间，我和弟弟正在为筹办"云茜工作室"忙得不可开交。

创建工作室并非偶然。虽然我兼职几份在一般人看来不错的工作，但特殊的成长经历注定我不甘于平庸的人生。从来不把自己归入"一般人"之列（原谅我的张扬）；也不喜欢拿自己和别人比——所以我很难心生妒忌或自以为是，只拿自己的现在和过去比——我希望自己不断长进、不断成熟、不断完善，实现心中的梦想。说到梦想，您知道我曾经也有过一些，但潜意识告诉我，那些单一的梦想满足不了我多元的人生，我在不断寻找着更适合自己发展的舞台。

有时我们常常会想："要是那时候谁能告诉我怎么怎么做该多好，我就不用走那么多弯路了。"

可是，人不亲身经历一些事，是很难成熟的。他人的教诲可以加快我们成熟的进程，但代替不了我们通过实践获得真知。

我从小就有的神奇的预感——与其说是预感不如说是最长远的梦想——让我意识到我将会创立自己的事业。

一直梦想拥有自己的个人网站，只是无从下手，正巧弟弟从深圳回江城，偶然我们讨论到互联网的发展趋势，他说知道哪里可以做网站，然后我在他介绍的网络公司买了个人网站。我异常兴奋，然后通过 QQ、邮件告诉所有的朋友，几天之间，网站点击量从几十到几百再到上千。

马上有很多人说喜欢我的网站，问我在哪里做的，他们也想做。

弟弟开玩笑说："姐，这么多人向你打听做网站的事，你不如开个网络工作室。"

弟弟的这一句话突然激发了我的灵感：是的，我有上千个稳定的网友，其中大部分是写手和编辑群体，他们也和我一样渴望拥有个人网站，如果我把这些客户群整合起来，加上我在媒体方面的优势，这岂不是一个商机？

"华仔，你支持姐姐开工作室吗？"

"姐，我当然支持你！我来帮你一起干！"弟弟激情澎湃地说。

"你不怕和姐姐一起吃苦吗？"

"姐，我不和你一起吃苦，谁和你一起吃苦！我相信，再苦的日子也比前几年那种煎熬要好，我什么苦都能吃！"

· 2 ·

晚上，和天奇在楼下花园相见。

只要最后是你就好

"天奇，我想和你商量件事。"

"什么事，宝宝？说来听听？"

"我想自己创业，创办'云茜工作室'。"

"创业？宝宝，你不是在开玩笑吧？"天奇的惊讶在我意料之中。

"我不是开玩笑，我是认真的。这是我一直以来的梦想。"我心平气和地说。

"宝宝，你想做女强人吗？你知道创业的艰辛吗？就连男人创业都一般在而立之后，你一个20出头的柔弱女孩儿，能承受创业的艰辛吗？"

"我知道，"我望着天奇的眼睛，"我，20出头，外表柔弱，没有多少社会经验和人生阅历，更没有家庭和社会背景可以依靠，可是，我年轻，拥有无限的潜能和激情；女人不是弱者，女人创业也有男人不可替代的优势；丰富的社会经验和人生阅历是在刻骨铭心的实践中积累起来的；即便我有优越的家庭或强大的经济支柱，我也会选择白手起家，靠自己的实力实现梦想——就如我爱你，不是因为你的社会地位和不菲的经济收入，而是因为你本身的魅力，即便有一天你突然变得穷困潦倒，只要你还是你，我依然爱你。天奇，你理解我吗？

"我从来不认为女人要因为性别依附于男人，女人同样需要自强、自立。当然，我绝不希望成为所谓的'女强人'，我只是想做自己喜欢做的事，实现自己的价值和理想，同时让关爱我的人过得好一点儿。"

"宝宝，你误会我了。我当然理解你、懂你。你承受过那么多的苦难和辛酸，一直自尊、自强、自立。可是，我不想再让我心爱的人承受太多的压力和艰辛，不想让宝宝为俗事劳心，我希望给宝宝打拼一个舒适温馨的家，让宝宝快乐轻松地生活。"

"天奇，我知道你心疼我，可是，我们应该患难与共、相濡以沫。事实上，不管我从事什么职业，我依然是需要你呵护、宠爱的宝宝呀！"

"宝宝，我知道，你一旦决定做某事，就会执着地去做，我说不过你，但你要接受我的支持。"天奇拿出一张银行卡塞到我手里。

我把卡推回去："有你这片心意就够了，我不需要经济上的支持，让我白手起家，靠自己的双手积累资本吧。"

"宝宝……"

"我现在真的不需要，等我需要的时候，一定会告诉你的。"

· 3 ·

我知道创业很苦，但我从来不奢望人生会一蹴而就。

接下来的几天，我和弟弟开始紧锣密鼓地筹备工作室，为了节省开支，我打算先在家里办公，之后再用所有的积蓄购置简单的办公设备和网站系统。

弟弟 20 岁生日。这些年我和弟弟都没在一起过过生日，我想送个礼物给他。弟弟似乎知道我的心思，拦住我说："姐，我不要生日礼物，我们早点儿把工作室开起来吧。"

"可是华仔——"

"姐，"弟弟打断我的话，"和姐在一起过生日，我已经非常开心啦，把工作室办得红红火火是我今年生日最大的心愿。"

华仔，姐姐知道你是为我省钱办工作室，我们从小相依为命，手足深情岂是用语言能表达的？

猫儿
都有
九条命

　　他们都极力平息着隐藏在极端幸福背后的极端忧愁，即使狂飙欲起，为了让对方免于担忧，也会装作风平浪静。可是，一句有心或无心的话，便可以震动敏感的神经。

· 1 ·

　　万事开头难。

　　我们打算在 7 月 1 日开张。我和弟弟整天为工作室开业的事情奔波。虽然空前地劳累，但姐弟俩的齐心协力、创业的激情让我们快乐无比。

　　这几天没给天奇写邮件，但心里总是牵挂着他。

　　虽近在咫尺，却一样忍受着思念的折磨——思念是痛苦而美好的感觉。我希望一直都保持现在这些美好的东西。相爱，这比什么都重要。

　　邮件成了我们之间不可缺少的传情达意的渠道。哪天没写邮件，或者哪天没收到他的邮件，我就怅然若失。

2

开业前的那天，天奇派人送来两台新电脑，我没有再像对待银行卡那样推辞，这是天奇的爱，而且我正需要它。我兴奋不已地抚摸着电脑，在显示器的角落上贴上我和天奇的大头贴，还放了一个Q仔蹲在上面。做完这一切后，我和弟弟又开始在网上挑灯夜战，以最快的速度建设"云茜工作室"的网站，忙到凌晨三点才结束。

7月1日清晨，撩开窗帘，探出脑袋呼吸空气。昨夜的阵雨让这个早晨显得分外妖媚，清新芳香的微风从窗户徐徐吹入。

上午，思芹送来花篮恭贺，身在深圳的阿娇也打电话祝福我，网站BBS上有来自全国各地的网友恭贺。我和弟弟忙着在网上宣传，一天下来，后台有11个试用客户。弟弟高兴地说势头不错。

天奇发来热情洋溢的邮件。

"我的宝宝小妖精，别太劳累了，注意身体。"

"为什么叫我小妖精呀？"

"因为宝宝像精灵一样聪明可爱，像妖精一样吸引着我堕入爱河。"

"那天奇怎么办呢？"

"按程序操作：先领红卡，然后首付，再按揭，最后为我们的爱买份终身保险！"

3

我们都极力平息着隐藏在极端幸福背后的极端忧愁，即使狂飙欲起，为了让对方免于担忧，也会装作风平浪静。可是，一句有心或无心的话，便可以震动敏感的神经。

"宝宝，不要担心，猫儿都有九条命。三年前那场突如其来的疾病就让我从鬼门关走了一趟，大难不死，必有后福，所以我又遇见了你，你是命运送给我最好的礼物。如果说幸福必须付出代价，我宁愿付出所有，只为和你在一起！"

天奇把我紧紧地搂在怀里，泪水在他胸前流淌，天奇默默地为我擦拭。

我可以坚强如钢地面对困难、挫折，而在感情面前，我比一般人还要善感，还要脆弱。小说中的情节都可以让我流泪，更何况自己真真切切地演绎着小说中写的故事。

我知道汪艳对天奇的骚扰一直没有间断过，当一哭二闹三上吊的伎俩用完后，她会放手吗？还是如她而言"要鱼死网破"？

只要最后是你就好

挑战
与机遇
并存

真爱不应该戴上任何世俗的枷锁吗？面对世俗的猜忌和误解，云茜和天奇会不会退缩？

知我者，谓我心忧；不知我者，谓我何求。

命运给予云茜太多磨难，可是在关键的时候，她总会遇到贵人相助。一个适当的人在适当的时候给予一个适当的机会……

· 1 ·

"云茜工作室"成立以来，我和弟弟每天都忙到很晚才休息。第八天的时候，终于有了第一个客户，是一个社团，我们只通过 QQ 就谈成了，客户的信任让我感动。

虽然只是一笔 680 元的小单，但这是我和弟弟赚的第一笔钱，是工作室业务的开始。

弟弟的女朋友梦瑶也从深圳到江城工作，时而来帮忙。

梦瑶是那种小巧玲珑、乖巧可爱的女孩子，每当我伏案忙碌的时候，她都会悄悄地为我冲上一杯牛奶放在桌上，默默地到厨房做饭。当我回过神来时，她已经准备好可口的饭菜。

"梦瑶，怎么能让你来照顾我呢？"我不好意思地说。

"云茜姐，你要忙工作室，又要静心写作，够辛苦的啦。如果你不把梦瑶当外人，就让我来做好了，反正我工作比较清闲一点儿。"梦瑶挽着弟弟的手，做小女人状。

"姐，你就别跟梦瑶客气啦，都是一家人，再说梦瑶心灵手巧，做的菜好吃得不得了，我有口福喽……"

"华仔，你就知道将我的军，人家只做给姐姐吃，不给你吃。呵呵……"

看着梦瑶和弟弟幸福甜蜜的样子，我快乐无比。弟弟终于有了一个爱他、照顾他的女孩，我多么希望我和梦瑶能弥补他从小失去的家的温暖。

正如梦瑶对我说的："云茜姐，知道我当初为什么会对华仔一见钟情吗？第一次见到他，他就对我说，姐姐在他心目中占据着重要的位置，要是谁欺负姐姐，他就和谁拼命！我在想，这个男孩子一定非常善良、非常有责任心……"

手足之情，血浓于水，我感动得流泪。同样，我希望弟弟幸福快乐的感觉比期望自己幸福快乐更强烈。

· 2 ·

工作室的业务渐渐多起来，一个月下来，做了四笔小单，都是个人和团体客户。我一边鼓励弟弟，一边琢磨着怎样发展企业客户，壮大工作室。

虽然我把诚信看得至高无上，就如我的尊严和信义一样重要，

只要最后是你就好

但是连块敲门砖都没有，人家怎么会轻易相信一个小小的工作室呢？

正当我感到迷惘的时候，天奇打电话来说："宝宝，今天晚上我们校友聚会，他们都带了家属，我要带你参加。"

"我也去？不太好吧。他们都见过你前妻，看到我出现，他们会怎么想呢？尤其是那些'家属'们。"强烈的自尊心时而会动摇我面对世俗眼光的勇气。

"宝宝，他们都是我无话不谈的老同学，不属于世俗的范畴，他们钦佩宝宝的勇气都来不及。再说，我们本来就都是自由之身啊！正所谓：知我者，谓我心忧；不知我者，谓我何求。"

我走到镜子面前，对着那张不坚定的面孔说："茜，你不是说真爱不应该戴上任何世俗的枷锁吗？可是面对世俗的眼光，你敢说丝毫不介意吗？"

"当别人看到一个长相和身材并不差的年轻女孩和一个30多岁算得上成功的男人在一起亲密出入时，第一反应是，这个女孩是第三者。因为这种关系在这个社会太普遍了！

"你鄙视那些只图金钱而接近男人的女人，鄙视那些只图欲望而接近女人的男人。他们也许会理所当然地认为天奇是因为你而离婚的。你也免不了这种被惯常思维误解的悲哀！

"你以为你可以脱俗？你以为你总是可以被人纳入'不一般'之列？你这个完美主义者！还是好好调整自己的心态吧：以平和的心态面对一切！别奢望这个世界上所有的人都理解你，能理解的自然会理解，不能理解的也不必理解！好啦，去吧。"

对着镜子微笑。

挑战与机遇并存

　　我从衣柜里挑出那套唯一的天蓝色真丝连衣裙，配上一款简约的蓝水晶项链，穿上细跟凉鞋，挎上去年从北京买回来的白色珠饰小包，迈着春风般轻盈的脚步出门了。

　　华源大酒店。

　　当天奇牵着我的手出现在十几位体面的人面前时，他们都抬头看了足足十秒钟。我面带微笑，心中坦荡如镜。不管他们在想什么，我早已说服自己勇敢、坦然地面对。

　　"这是我爱人云茜。"天奇开口说。

　　大家都回过神来开着善意的玩笑：

　　"天奇，以前从来没见你带过家属，今天是不是太阳从西边出来啦？"

　　"我们江大的才子什么时候变得温柔起来啦？你以前可是一副桀骜不驯、冷酷无情的架势啊。"

　　"哈哈，一个好女人可以改造出一个好男人。一物降一物也。"天奇的幽默让全桌的人哈哈大笑，气氛顿时活跃了起来。

　　天奇逐个向我介绍他们并交换名片：当领导的、当老总的、有名望的比比皆是。虽然如此，他们都以天奇为中心，我幸福地坐在天奇身旁，为他的才气和人缘感到骄傲。

　　坐在我身旁的是华源大酒店的总经理罗强，他举手投足透出沉稳和刚毅。他指着我的名片说："云茜，你的工作室是做网站的？"

"是的，罗总。"我报以微笑。

"恕我落后，我不懂网络。我认为上网的人聊天好无聊，所以我从来不上网。"我欣赏罗强的直率和坦诚。

"不懂很光荣啊？"天奇侧着身故意调侃罗强。

"罗总，那是因为你没有深入了解网络。上网聊 QQ 只是网络发展的初级形式，随着网络的飞速发展，现在 QQ 变成了方便交流的网络工具，就像电话一样普遍，而网络的好处已发展到可以建立属于自己的网站，比如你的同行有些就建立了酒店网站，在网上宣传自己的酒店形象。"

"哦！听你这么一说，我确实觉得我太落后啦。呵呵，难怪总有些网络公司找我做网站，不过都被我拒之门外了。"

"呵呵，像华源大酒店这样的四星级酒店如果建立自己的网站，不仅可以提升形象，以最少的成本在网络上进行宣传，还可以为客人和酒店提供方便的网上订房服务呢！"

"言之有理啊！你这样简单形象的解释让我很容易就明白了网络的好处，不像他们和我讲了大半天我还没弄懂是怎么回事。我决定建立酒店的网站！既然你的工作室可以做，那么，就交给你做吧。"

"真的？罗总放心把酒店的网站交给一个名不见经传的工作室吗？"

"我这人做什么事都凭直觉。我觉得你是一个很负责任也讲信用的女孩子，所以，不管是工作室还是大公司，只要用心把事情做好，就是最佳的选择。"

"信任无价！多谢罗总！请放心，我们工作室一定会用心做好华源大酒店的网站，让您满意！"老天爷开始弥补我了，给我这么好的机会，我激动不已。

"我和天奇是校友，大学的时候我就很崇拜他的才华。你不要客气。明天来我办公室谈合同细节吧。"

"天奇，云茜是块经商的料，说不定哪天可以成为商业奇才。你要多支持她。"罗强朝天奇敬酒。

· 5 ·

回家后，我和华仔熬夜准备华源大酒店网站建设方案和合同。

第一次正儿八经做方案和合同，并不懂得如何做，感觉像摸着石头过河。凡事都有第一次，第一次做的东西难免不成熟，可谁也没法跳过这个过程。

第二天，我身着一件简约大方的杏色连衣裙，带上方案和合同等资料来到华源大酒店最高层，进了罗强的办公室。

工作中的罗强俨然不同于昨晚聚会上的状态。

"我们开始谈吧。"他认真地看我的方案和合同，在某些我疏忽的地方做了细微修改。我报的价格是两万零六十六元，比时下网络公司报价稍低，但砍价是商家的习惯，我正等着罗总砍价。

"行，就这个价吧，最重要的是品质和服务。我相信李总一定会尽善尽美地做好华源的网站。合作愉快！"

罗总和我握手。

我没听错吧？一分钱都没砍？！就这样爽快地签了吗？

老天爷今天真的垂青我了！

当领到支票走出酒店的时候，盛夏的阳光灿烂如花，天空湛蓝，行人如织，我顾不上连衣裙的端庄和束缚，在阳光下快乐地蹦蹦跳跳。快乐是本真的，我可能永远都像儿时那样喜形于色。

·6·

这一天，是8月8日。多么有意义的日子啊！我将永远铭记在心！

命运在往常给予我诸多的磨难，可是在关键的时候，我总会遇到贵人相助。

就如罗强，他率直、坦诚、讲义气，是我最希望合作的一类人。我相信他是发自内心想支持我的，他并不像其他很多老总那样以投资或赞助之类的缘由支持我。这张支票的价值远胜过任何一个富翁带着企图摆在我面前的百万支票，因为它是我双手创造的财富，凝聚着初出茅庐的教训和经验，给予我认可和鼓励，也是我最需要也唯一能接受并有成就感的财富！

也许罗强不知道，他给予的这个机会对我而言有多么重要的意义！而我相信我将永远记住他这样一位朋友——在我创业的起步阶段，一个适当的人在适当的时候给予我一个适当的机会，让我有了第一个企业客户。也因为有了这笔单，我的事业有了真正的开端。从此开始，我有了一个又一个企业客户，业务渐渐涵盖个人、团体、企业。

我知道每一件事的发展都有一个过程，而我要做的与众不同的是：尽可能地缩短这个过程，实现最快的弹跳！我明白，工作室只是我事业向公司发展的短暂过渡，我要向更大的目标奋进。

11月18日，我创立了非凡文化传播有限公司，并将业务从网络拓展到文化传播。

只要最后是你就好

永不
言弃

当同行如雨后春笋般冒出来，都想趁着网络热潮大干一场，一个20出头的毛丫头如何带领一支初出茅庐的团队立足？她，能行吗？

· 1 ·

在我心目中，一个人之所以被称为"非凡"，是因为他除了有平凡人共有的特点外，还具备超越平凡的特质，并通过这种特质取得杰出的成就影响他人。自从我有了潜意识开始，就从来不把自己归入"一般人"之列。我告诉自己要打破常规思维，尽量克服人性的弱点。

我不是天才，但也不要做一个平庸之辈，既便有些方面我是"笨鸟先飞"；我从不否定共性，但也不要做一个没有个性的人，我不属于世界上多少亿分之一的平常人；不是不知道现实的残酷，但我不愿意在残酷面前低头屈服，或者说并不认同广义的"残酷"。

当我把生命中被别人称为"不幸""残酷""辛酸"之类的字眼看成是人生必有的历程，它们将在我面前变得渺小，以至于会忽略它们的存在。

只要是做自己喜欢的事情，我相信每个人一开始都会怀抱着无限的激情和憧憬——虽然万事开头难。

楚天大厦。50平方米的房间，四张蓝色的办公桌，四台电脑，一张圆形茶几，一张待客的布艺沙发，再加上靠窗的班台——这就是非凡文化传播公司最初的办公室。

人员有四个：我、弟弟、恩雅、青青。

恩雅是我一年前认识的好朋友，是个非常善解人意、温柔可人的姑娘。她是我从一家合资企业的总经办"挖"过来的，担任我的助理。

"云茜，自从第一天认识你开始，我就知道你不是一般的女孩子。你的真诚和宽容让身边的每一个人都忍不住喜欢你，就连同性朋友都能发自内心地钦佩你、支持你。似乎谁也无法抗拒你的魅力！和你在一起，我的人生也变得有目标、充满激情和信心。"

"恩雅，谢谢你的信任。有你在我身边，我很放心。这是我们共同的事业，我们一起努力！"

青青是我表妹，属于乖巧可爱类型的女孩，初中毕业后因为家境困难没有再读书。

"茜茜姐，我只读了初中，只会基本的电脑操作，我做业务，能行吗？"

"青青，你虽然学历不高，对这个行业也不了解，但茜茜姐觉得你很有发展潜力，因为你很聪明，接受能力很强，而且好学、上进，我相信你很快就会成为行家的！"

"茜茜姐，从来没有人像你这样鼓励我，你的话让我信心百倍！你放心，我一定会努力把我的潜力'挖'出来的！"青青眨着大眼睛自信地说。

当阳光绕过我的椅背射进来，我们几个在愉悦中开始了夜以继日的忙碌。

白天，我们联系业务；晚上，我们总结、交流、探讨。只有眼睛的疼痛才能制止我们在电脑前废寝忘食。

但我们的努力并没有明显的收获。同行如雨后春笋般冒了出来，都想趁着网络热潮大干一场，没有哪一家同行的总经理是一个 20 出头的毛丫头，况且恩雅和青青都刚接触网络行业。一个月下来，就我做了几笔小单。总结的时候，他们三个低着头不吭声，在这时候，他们最需要我的鼓励。

"大家不要灰心。恩雅和青青第一次接触这个行业，万事开头难，凡事都有个过程，欲速则不达。虽然第一个月没有签单，但你俩在专业知识和业务能力方面都有很大的提升，更重要的是气质、谈吐、心理素质等方面都有明显的进步。你俩在第一个月就能做到这样，已经很不错啦！"

"云茜姐姐，做业务就要奉承别人，我不习惯！"青青苦恼地说。

"青青，虚伪的奉承和真诚的赞美是两码事。奉承很累，因为你自己都觉得虚假，只是为了让对方听起来舒服而不得不说，对方也感受不到贴心的肯定。而赞美是一种美德，是一门艺术，常常赞美他人的人一定有善良的心灵和宽阔的心胸。"

"唔……可是要怎么夸才能让别人觉得是赞美呢？"

"每一个人都有优缺点，如果我们挑出一个人的优点和美，发自内心地夸他，事实上他也觉得是这样。比如，人家个子比较矮，但身材很匀称，你就可以赞美她娇小玲珑。只要你用心去发现，每个人身上都可以挑出优点来。你恩雅姐姐就很会赞美别人。"

"嘿嘿，我还不是受你的影响，跟你学的！"恩雅俏皮地说，"你身上有股魔力，吸引着身边的人发自内心地对你好。就连同性朋友都不嫉妒你。你就是一个中心点，旁边的人都以你为中心发散，因为你而又相互成为好朋友；但无论怎样，你始终都是大家最好的那个朋友。"

"呵呵，这是我三生修来的福气！你们都是我生命中重要的人，如果没有你们在我身边一直支持我，我也不能走到今天。"

"茜姐的话对我来说简直就是神丹妙药——特灵！"青青俏皮地说。

"华仔，你的钻研精神更适合做技术，你以后一心钻研技术，技术方面的都交给你啦。你要用你的实力证明：你不比任何一个计算机本科出身的技术员差！"

"嗯！"

"云茜，有你的鼓励和帮助，我们一定会干好的！"恩雅坚定地说。

机遇
只会眷顾
有准备的人

命运就是如此奇妙，有时候，当你想要什么的时候，老天就会赐给你一个机会，让你得到它。

机遇从来都只会眷顾有准备的人。虽然云茜初涉商海，不谙商海规则，但她的自信与真诚，永远都像磁石一样吸引着机会和贵人。

·1·

3月的一天。电梯间。楚天大厦也是酒店，平时电梯比较挤，难得像今天这样只有四个人。

我按下第28层，像往常一样等待电梯到达。

"嘟嘟……"旁边一位先生的手机响了，"喂，老杨啊，我在江城出差……哦，市里要实现政府上网，派我来物色适合的网络公司……还没定哪，明天再比较比较……"

政府上网？物色网络公司？职业敏感性让我转身打量这位先生：夹着一个公文包，平头，像个地州市干部模样。这似乎是一种本能，我常常通过外表来判断一个人的性格和职业。

正想开口打听一下，电梯停在了18楼，他边接电话边走出电梯。

在电梯门快要关上的瞬间，我脑海里产生一探究竟的冲动，便冲出电梯，跟上他。

"对不起，先生，很冒昧地打听一下，您刚在电话里说什么政府上网、物色网络公司之类的，是真的吗？"

这样主动和陌生男人搭讪倒是头一次，从女孩子矜持的角度来说有点儿不好意思，但职业敏感告诉我不要放过任何机会。

"是啊。我是礼洲市信息办的，这位小姐有什么事吗？"

"哦，是这样的，我们公司正好是做网络的，就在这里的28楼。如果先生还没有确定选哪一家，能不能考虑一下我们？"

只要有一丝希望，我都要争取这个机会！

"可以。我昨天来的，入住在这里，已经看了四家网络公司，还没确定……"

原来，这位是礼洲市信息办的何主任，因为市里决定要实施政府上网工程，所以来江城物色合适的网络公司，打算从五家公司中选出一家进行长期合作，一个星期后再来正式考察。他已看的四家网络公司都是江南发展最早、已有一定名气的同行。

· 2 ·

经过一番争取，何主任答应给我一个参与竞争的机会。

我欣喜不已！老天爷有意提供一个机会，我没有理由不全力以赴！

一个星期的时间不短也不长，我开始倒计时地准备。

以前承接的只是个人和公司业务，第一次面对政府业务，压力可想而知。论现在的规模和经验，我们公司当然比不上那几家发展已久的竞争对手，但我不因此就觉得我们一无是处，希望渺茫。我们有我们的优点和长处。我相信：只要我用心，就一定可以做好！

做方案、到网上查资料、布置办公室、招聘技术员……天奇特意为我请来早报资深的网络总监帮忙策划指导。

每天都很晚才拖着疲惫的身子回家。令我感到欣慰的是，我们几个非常齐心协力，大家都全力以赴把握这个机会。

·3·

正当我们忙得不可开交的时候，爸爸打电话过来了："茜茜，这几天爸爸厂里放假。你那儿忙吗？"

很久没有见到爸爸了，我曾经多次要爸爸来江城玩一玩，他总是说工作太忙。这次，他主动说有时间，我即使再忙，也要让爸爸来。

"爸爸，您难得有时间，来江城玩一玩好吗？"

"也好。那我明天就来。"

"好啊，好啊！明天我和华仔去车站接您……"

爸爸的到来让我和弟弟幸福得无以复加。晚上，我和弟弟下厨，做了好些爸爸爱吃的菜。三个人边吃边聊。儿时的天伦之乐又回来了，只不过那时候是爸爸照顾我们，现在是我们照顾爸爸。任何东西都替代不了亲情的纯朴、无私。

"茜茜，华仔，你们尽管去忙竞标的事吧，这对于你们的事业来说是个很好的机会。不要管我，不要分心。"爸爸的鼓励永远都给我无限的力量。

好想多陪陪爸爸，好想让爸爸和我们生活在一起。可是我知道，如果没有让爸爸放心的事业，一切孝心都是苍白的，我必须用行动留住爸爸。

竞标前一天晚上，我梦见第二天的情形了，我并不为此感到奇怪。

从小到大，在发生大事情之前，我都会做一个梦，而且这梦预示着结果。

我梦见什么样的结果了？我梦见……

醒来的时候，我嘴边还挂着笑。

这是一个好兆头——虽然只是一个梦。

· 4 ·

一切准备就绪。上午 10 点。

礼洲市政府办刘主任、信息办何主任和李主任一行准时来到公司……

当一切程序完成之后，我带着自信的微笑说：

"各位领导，我相信您此时对我们还心存顾虑，一群 20 多岁的年轻人组成的公司，老总是一个 20 出头的女孩子，公司规模和经验都不及其他四家公司。可是，请您相信，我们有着他们没有的优势——正因为年轻，我们富有激情、创意，敢于拼搏；正因为公司处于发展阶段，我们把诚信和质量视为企业的生命，我们比任何一家同行都有诚意希望与您长期合作。如果我们有机会为您效劳，我们一定会用心把礼洲市政府上网打造成样板工程。我们相信，只要我们用心，就一定能做好。如果能给我们一个机会，各位领导将成为我们公司永远感恩的贵人！"

沉默。我强装镇定，其实内心狂跳不已。成与败，就在这一刻。

几秒后，何主任带头鼓掌。

"李总，无论是你还是贵公司，都让我非常震惊！虽然你这么年轻，但你是我见过的最自信最真诚的老总，我相信贵公司在你的领导下大有前途！你们这群年轻人的拼搏和敬业精神让我感动，我没有理由不选择与你们合作！"

掌声响起来，饱含着大家的激动和惊喜。之后，我们当场签下 6 万元的政府公共信息网合同，并签订长达三年的合作协议：礼洲市所有的政府上网、部门机构上网、乡镇上网、企业上网都由我们公司来做。

我的心在这一刻快乐得要飞起来！一切在我的预想之中，也在我意料之外。我可以打破常规，我可以创造奇迹。最大的敌人就是自己，战胜了自己，就可以战胜一切！

命运就是如此奇妙，有时候，当你想要什么的时候，老天就会赐给你一个机会，让你得到它。所以，我更加肯定一点：凡事要往好处想。

· 5 ·

周日，终于可以陪爸爸到处走一走。

这几天像打了一场仗，这会儿身心总算放松一些了。天气也很好，我陪爸爸买衣服、逛名胜古迹。爸爸老了，像小孩子一样需要我们的照顾和关爱，就如我们儿时需要爸爸的照顾和关爱。

多么希望爸爸永远都像现在这么快乐啊！我更希望让爸爸见一见天奇，可现在还不是最佳时机。

爸爸要回去了，我却无法留住他，因为爸爸仍然没有脱离家的牢笼，而且我还在艰苦创业阶段，他不容我因他而分心。爸爸下半辈子过得幸福快乐、健康平安，是我的心愿！这个心愿是压力也是动力，推着我不懈努力！

"茜茜，前几天我给你算了个八字。"

我知道爸爸一直都是个无神论者，他自己都从来不算八字的，这两年，倒是给我算过两次八字，我感到好奇起来。

"爸，那算八字的先生说我什么了？"

"他说你前几年的运气不好，尤其是感情方面多磨难……今年才开始时来运转。但真正的好运还是从明年开始，以后会一直好运不断……"

泪水还是忍不住流下来，多年来，一谈起家事，谈起爸爸，我的心总是隐隐地酸，隐隐地痛。

儿时，爸爸总有说不完的故事讲给我听，爸爸懂得很多。

少年时，家庭的变故，后妈的来临，让他不能把一个爸爸对女儿的关心明显地表露出来。爸爸多了很多无奈，很多村里人都说爸爸不再爱我了，而我从来没有怀疑过爸爸的爱，我能理解爸爸的苦衷，可我却不再奢望爸爸能像其他爸爸那样无拘无束地爱他的女儿。那时，我们彼此成了最熟悉的陌生人。

而今，远离了家乡，远离了爸爸，爸爸用算八字的方式爱我，他竟相信起宿命，而我一直都相信，我能改变爸爸的宿命。

火车开动了，我久久伫立在站台失神，心酸如杏，一路无语。

只要最后是你就好

唯有
心宽
如海

　　暧昧的酒杯、绚丽的歌舞，很多女老总在创业期就是利用这些成就业务的，云茜也会这样吗？

　　当面临着重重压力和困难，云茜经得起挑战和考验吗？在种种诱惑和陷阱中，她能坚定梦想吗？能坚守心中那片纯美的净土吗？

　　那个曾经不相信有真爱的天奇，能相信、理解云茜吗？

· 1 ·

　　创业真不容易，一个纯粹靠自己实力的年轻女孩子创业更不容易。

　　而人们大多只会看到我成功的一面、风光的一面，鲜花和掌声背后的汗水与泪水，只有亲身经历才会知道。

　　所以，不要凭空羡慕，更不要嫉妒成功的人，因为没有一个人能轻易成功，如果你希望成功，就必须心甘情愿承受成功背后的辛酸。

　　虽然处于创业之初的非凡公司遇到了礼洲市政府上网工程这个机会，但公司不可能因为这一个机会而发展壮大，加上我的年轻，所遇到的事大多是"第一次"。

当压力、委屈、辛酸、困境、尴尬、挑战、打击、危险不可避免地降临于我时，泪水和软弱解决不了任何问题，我没有任何逃避的借口，没有任何退缩的余地，只有鼓励自己勇敢、坚强、坦然地面对并解决。

我向来喜欢超越时间的"一般性"——时间面前，人人平等。对于活着的人而言，我认为世上没有任何比时间更平等的事物了。

所以，我希望在最短的时间内达到预期目标，我认为可以创造奇迹——于公司而言，我的长远目标是将来在全国各地设立分公司，这听起来似乎是个遥遥无期的梦想。

梦想对于每个人而言，想要追求的是最终的结果，在世人眼里，只有实现了梦想，才可以见证追梦过程中酸甜苦辣的价值。而现在的我，就处于这个过程之中。

很多人说女人创业有天生的优势，尤其体现在交际上。是的，我不是不可以像众多女人那样，勉强自己通过各种乏味的应酬赢得某些大客户，可是我发现我做不到这一点！

我是个注重感觉的人，宁愿少做一笔单，宁愿承受暂时的困难，也不愿意在暧昧的酒杯、歌舞中成就业务——那样有如将我的自尊和人格泡在呛人的酒中。

我是如此地固执，甚至被某些人说成"清高"和"顽固"，而我喜欢这样的自我。如果一个人连自己都不喜欢自己，那么所有的自信和美好的感觉都将随之而去——那样的生活，不是我想要的。

接触了很多企业老总，他们都说，每天被各种烦恼事缠身，很难得静下心来。我理解他们的感受，做企业的确不容易，我也深有同感，但我会通过一些爱好来调整自己，比如，阅读、写作。

一天，又去定王台买了几本励志书。

难得抽一天的时间安心地看看书。一杯咖啡，一本书，一曲天籁……这样悠闲自得的时光对我来说是一种奢侈的享受。

书中有个小故事吸引了我：一个年轻人总被烦恼所困，整日闷闷不乐，抱怨生活不公。一日，向智者求教快乐之道。智者微笑着要年轻人将桌上的杯子倒满白开水，然后要他加一勺盐进去，问他味道如何，年轻人一尝，大呼：好咸！智者又微笑着问："如果你把这一勺盐放到大海里，会怎么样？"年轻人毫不犹豫地说，别说一勺盐，就是一大堆盐放进去也不会咸。智者说："假如你的心是一片海，还会为烦恼所困吗？"

看过无数个哲理性的故事，真正受益的不多，而这个故事像上天赐予我的一抹灵光，让正在商海中沉浮的我茅塞顿开，领悟了这个最简单却最实用的道理：心宽如海。

我们常常会听到一些安慰和鼓励的话，比如"想开点儿""调整好心态""别想那么多"，仔细琢磨，这些话里都含有"心"字；心情、心态、心胸，这些都与心有关。

人的成败往往只在一念之间，而念由心生，如果你的心是一只杯子，一勺盐也会让你感到好咸；如果你的心是一片海，成堆的盐也不会让你有咸的感觉。

我请一位书法家写了"心宽如海"四个字挂在办公室，以时刻激励着我。

·3·

都说女人经商会遇到很多诱惑，的确，虽然我已有天奇，但仍然会遇到很多人追求。

有些是一见钟情，真心诚意的喜爱。

有些知道我有了天奇，只能叹"相见恨晚"，将喜爱埋在心底。

有些人不甘心，认为只要我还没结婚，就有希望争取，希望通过各种方式来打动我，在遭受我三番五次的拒绝和冷淡后，也只能认命。

有些只是一般意义上的喜欢。但凡有些眼力的人，一看就会知道我对感情的坚定和专注。非诚勿扰，何况浅浅的喜欢。

有些只是欣赏，通过旁敲侧击的试探得知我有男朋友后，就知趣地打住，明白和我做朋友更适合。

也有些人不存在喜不喜欢的概念，一看到美女就想打主意，不过这种人一看到我矜持的模样就只好掩饰好色的一面。

所幸天奇很信任我，我也从不对天奇刻意隐瞒其他男人的追求，我们之间已形成了信任、理解、包容的默契。

有时候我也会俏皮地问："天奇哥哥，你真的不担心偶被别的男人抢走吗？"

"哈哈，宝宝这么优秀，外面诱惑又那么多，完全不担心是假的。"

"嘻嘻……"

只要最后是你就好

"这个世界上，比我有钱的、有权的、有魅力的男人多着呢，论经济实力，我远比不上追求你的那些亿万富翁；论权势，我远比不上诱惑你的高官。这个社会有几个不想嫁给有钱人的女人啊？但是我知道你不是那种世俗的女孩，为了和我在一起，抵挡了很多名利上的诱惑。可是，宝宝，你会觉得委屈吗？"天奇愧疚地说。

"挣钱是为了什么呢？为了获得更好的物质和精神生活，而人的欲望是无穷的，知道享受当前，才能快乐。钱只要够用就行，如果哪一天，我有了剩余的钱，我希望去帮助那些需要也值得帮助的人。幸福快乐是金钱和权势都买不到的，天奇，我怎么会委屈呢？你知道，我最在乎感觉，如果我不乐意，就算脖子上架把刀，我也不会委曲求全的！"

天奇把我抱在怀里，深情地说："这个社会像宝宝这样为爱奋不顾身的女孩太少了！遇到你之前，我天马行空、桀骜不驯，没想过哪个女孩会'降'得住我，但是你彻底改变了我。这个世界上，也只有你能影响我。赴汤蹈火都要爱！"

天奇确实改变了很多，曾经的"黑色"幽默化为了七彩阳光，让周围人笑声不断，诗人骨子中的伤感也转为了对生活的热爱。

有一个才华横溢的"报人"和诗人在身边，我也学到了很多为人处世的经验，从某个角度来说，我们都是彼此的"贵人"。

船破
又遇
打头风

身体的虚弱、家人的悲伤、情感的压抑、事业的窘迫……屋漏偏逢连阴雨，船破又遇打头风！每个人都逃避不了现实带来的残酷，云茜也不例外。

在困难面前，悲观主义者看到的是目前的困难，而乐观主义者想到的是渡过困难之后的美好景象。云茜能挺住吗？

· 1 ·

当秋天的落叶飘落在我肩头时，我生病了。

生病是件很平常的事，人总会生病的。可是这次生病却是"雪上加霜"。

因为前一段时间，我"抢"了几个竞争对手的老客户，他们怀恨在心，便想尽办法报复。

他们散布谣言说，我们公司采用不合法的手段抢他们的客户，诋毁公司荣誉。

经过半个多月的折腾，客户主动出来澄清："我选择非凡公司是因为他们最好的性价比以及优质的售后服务。选择谁完全是我的权利，你们不要吃不到葡萄就说葡萄是酸的。"

在我的要求下，他们在网站上公开向我们公司道歉。虽然澄清了事实，但这段时间耗在这上面的精力难免影响了业务的拓展，加上这个月刚交完办公室半年的租金，已没有多少流动资金，公司再度陷入了经济困境。

创业不是过家家，走上这条路，想退都退不了，每个月必须要按时给员工发薪水，支付各种公司必须要交的费用，要耐心地面对客户的刁难，与客户周旋。

每一分钱都是非常现实的问题，无论公司遇到什么暂时的困难和困惑，都没有办法逃避，只能勇敢地面对。

我急着要带头拓展业务渠道渡过经济危机，可偏偏在这时候生病了。

· 2 ·

强撑着身体在办公室做策划方案。浑身时冷时热。

手机响了。显示的是爸爸的手机号码，听到的是后妈的声音，她第一次主动打电话给我。

"云茜，你爸爸最近老是咳嗽，今天在县医院做 X 光检查，医生说你爸爸患了 II 期硅肺病！"

硅肺病？就是老家很多乡亲得的那种不治之症吗？相当于慢性癌症的那种病？

前些年，爸爸为了负担家里沉重的开支，曾在煤矿从事粉尘作业，肺部遭受粉尘严重的侵蚀。

后妈的话犹如晴天霹雳，瞬间击得我几乎晕倒，这种耸人听闻的疑难杂症竟然降临到爸爸身上……

我强忍住内心的震荡和悲伤，这个时候，爸爸最需要我的宽慰，而一切宽慰的话语都显得沉重。

"爸爸，这病其实也没什么大不了的……您以后安心在家调养身体，让我和弟弟来孝敬您……"

爸爸对病情并没有很震惊，他一直很坚强，即使在这样的时刻，他仍然压抑着内心的悲伤，我知道他是不想让我和弟弟担心。

· 3 ·

挂掉电话，再也控制不住悲伤，泪流不止。

恩雅和青青推门进来："云茜，你怎么啦？"

"爸爸得了硅肺病……"

"啊……"

"云茜，看你脸一阵红一阵白的，肯定是发烧了。先别想那么多，我们送你去医院看看好吗？"恩雅关切地说。

"不想去，没心思。"

"我知道你心里着急，可是，身体是革命的本钱。你这样撑着，我们怎么放心呢！"

"茜茜姐，你身子骨柔弱，这段时间为公司的事操尽了心，太劳累了。"

青青和恩雅不由分说关掉我的笔记本，架着我去诊所。

发烧，39℃。恩雅和青青陪着我打点滴。我要她们回去。

"在工作上你是我们老大，可是在生活上你是个需要照顾的'小笨蛋'，我们是老大哦！你赶不走我的。"青青俏皮地说。

"青青说得没错，生活中的你就像个孩子一样惹人心疼。工作中老总的精干和生活中孩子般的童真，也只有在你身上才能演绎得如此极致！"

她们说得没错，我需要她们，尤其在这脆弱的时候。

· 4 ·

晚上，天奇急匆匆地赶来。

"宝宝，你好些了没有？"天奇握紧我的手。

"你还要上晚班，不用担心我。有恩雅和青青照顾我，没事的。"

"小傻瓜，你病成这样了，我哪还有心思上班。有什么比你更重要的？"天奇抚着我的脸颊，无比怜惜地说，"宝宝，我知道你为爸爸的身体难过，你要相信吉人自有天相。再说，无论发生什么事，别忘了还有我这个后盾。我永远会默默地站在你身后支持你，为你分忧！"

"嗯……"虚弱的时候什么话都不想说。

"这段时间公司压力很大，我一直想说，公司是让宝宝'玩'的，不希望它给宝宝带来太多的烦恼和压力，如果宝宝觉得很累，大不了不开了，我来养你！"

"不行，我不能轻易放弃，不能，也不甘心！俗语说，行百里者半九十，我一定要挺过去。再说，爸爸的身体这样，我要挣钱给他治病，我不想给你增添太多负担。"

"这个倔强的宝宝，生病了还'嘴硬'！"天奇心疼又无奈地说。

"天奇哥，茜茜姐不吃饭啊！"青青"告状"。

"宝宝，想吃什么？我来做。"

"什么也不想吃。"

"不吃东西病怎么会好呢？乖，我做香菇面给你吃。"天奇转身下厨房。

香菇面，我喜欢吃的，一直是天奇做给我吃的"专利"。他并不擅长下厨房，但他为了我非常努力地做我喜欢吃的。

· 5 ·

天奇专心致志地喂着我。

手机响了，他看了下号码便挂掉了。

又响，挂掉。

再响，索性关机。

我从天奇眼中不易察觉的烦厌知道是汪艳打来的电话，她的间歇性精神病像颗不定时炸弹：不犯病的时候相安无事，一旦想不通，就往死胡同里钻，还无法面对和天奇已离婚的事实。

我不语。泪水落入汤中，酸酸的、涩涩的味道。

"宝宝！"天奇一把抱过我，"对不起……宝宝……快了，快了……我们很快就可以在一起了……大不了我们离开这个城市，到一个新的城市去生活，就不会被她骚扰了。"

偎依在天奇的怀里，泪水无声地流下来，无语凝噎。两人之间的默契已不需要太多的言语来倾诉。

身体的虚弱、家人的悲伤、情感的压抑、事业的窘迫……屋漏偏逢连阴雨，船破又遇打头风。每个人都逃避不了现实给我们带来的残酷。不能逃避，便只有超越。

· 6 ·

云茜，哭吧！让平时撑起来的坚强在此刻休息一会儿。

云茜，哭吧！这不是软弱，释放心底所有不好的感觉吧，之后你仍然心宽如海，笑对人生！要知道这一切磨难都是老天爷对你成就大事的考验，你要做生活的强者！你说过，无论身处何种境地，都要像天使一样向往光明，心怀希望，振翅奋进！

人生病的时候都异常脆弱，心情也难免糟糕些，心情不好，自然一切事情都不顺。这是一个恶性循环。生病对于我这样平时不重视锻炼的人来说真是个很好的教训，只有这时候我才明白健康的重要性。

很多时候，女人突然哭泣并非只为了最近发生的不愉快的事，这事只是一个火药引子，达到了适当的火候，便点燃了一段时间内压抑在心底的委屈、不快、烦忧、悲伤……

哭吧，天底下所有想哭的人！

尽情地释放吧，雨过之后便是晴天……

在困难面前，悲观主义者看到的是目前的困难，而乐观主义者想到的是渡过难关之后的美好景象。我知道再艰难的窘境也会随着时间不快不慢地转动而成为过去——困难必然是暂时的；我必将远离窘境，迎来果实累累的秋天。

远渡
重洋

在天奇远渡重洋的日子里，云茜的世界将会发生什么样的变化？老天爷会停止对她的考验吗？

那个曾经健壮的父亲，从来没有像此刻这样虚弱憔悴，一米七五的个头儿瘦得只剩 80 多斤！可怕的硅肺病在短时间内将他摧残成如此模样，云茜能不心痛吗？

· 1 ·

又一个冬天来临了，不得不穿上厚重的外套。路上行人灰黑的衣着，阴冷的天气，不见阳光的天空……

我期待着下场大雪，期待着和天奇去江边看雪。

那漫天飞舞的雪花，像一个个小精灵，坠入人间，滋润大地；又犹如一个个祥瑞的音符，弹奏春天临近的曲子。洁白、纯美，举目望去，都是被雪花装饰的纯白世界，白雪点缀着绿叶红花，犹如顾盼生辉红装素裹的女子，分外妖娆。

这个寒冷的冬天，是个更适合谈恋爱的季节：客户郭亮对恩雅一见钟情，一桩业务竟促成了一对恋人；青青也有了男朋友肖翔；思芹怀了小宝宝。这个冬天增添了温馨和喜庆的味道。

恋爱的时节，总有聊不完的话题、问不完的好奇。周末，我们几个闺中密友凑在一起聊天，分享各自的幸福。

"茜茜姐，怎么判断男人的真心呢？"青青第一次谈恋爱，不好意思地问。

"哈哈，小傻瓜，我又不是情感专家，我只知道凭感觉。"

"唔……可是，我不像茜茜姐那样有预感、灵感、第六感、七七八八感啦！"青青俏皮地说。

"哈哈，你这个小家伙……一个男人真的爱你，眼睛里会写着坦诚，有着深情，他会用心。如果想追一个女孩子，只要有点儿情商的都知道买礼物，约会，每天打电话、发信息，说动听的情话，大体上都差不多，都会做。往往从细节上更能看出爱有多深。"

"云茜，看到你和天奇这么相爱，我真羡慕，这辈子我是遇不到这种爱情了。"恩雅摇摇头说。

"恩雅，平平淡淡才是真，郭亮是个实在人，这种人疼老婆呢，敞开你的心扉，好好享受郭亮的爱吧。"

· 2 ·

"我的宝宝公主，看看这是什么？"

周末，天奇抱着一个漂亮的盒子大步流星地走过来。

"不知道哦！"

"快打开看看。"

解开蝴蝶结丝带，看到一件中长款红色大衣，双面羊绒，收腰，A字摆，简洁大方，非常适合我的体形。

　　　　　　　　　　只要最后是你就好

"哇，好喜欢哦！谢谢奇哥哥！"

"天冷了，你的手容易凉，又不喜欢穿厚重的羽绒服，就选了这件羊绒大衣。我不在身边的日子，宝宝要照顾好自己。"

"你要去哪里？"

"报社派我去美国考察学习20天，一个星期后走。"

"哇，能去美国出差，难得的好机会！"

"可是有20天看不到宝宝了……答应我，在家要按时吃饭，晚上别熬夜，你总让我放心不下。"

"嘻，没关系啦，我会照顾好自己的，再说还有恩雅和青青陪我呢，放心去哦。"

天奇紧紧地拥抱着我，伤感地说："没有你的地方都是他乡，没有你的旅行都是流浪，那些兜兜转转的曲折与感伤都是翅膀，都为了飞来你的肩上……"

· 3 ·

一个星期后，天奇在去机场的路上给我发信息，恋恋不舍的样子。我嘴里虽然说得轻松，可是天奇一上飞机，我就像断了线的风筝一样不知何去何从，一个人待在房间里，抱着他送的米老鼠毛绒玩具发呆。

我把它们放在床上，摆出各种可爱的造型来，天奇有时候也像个童心未泯的孩子一样，和我一起摆弄。天奇不在的时候，我就抱着它们入睡。

今天，天奇远飞他国，这种大冷天，飞机安全吗？担心和失落笼罩着我，他才离开，我就想念他了……泪水流了下来，我像个无助的孩子一样……

过了一会儿，恩雅和青青来了："天奇哥怕你孤单，交代我们要好好陪着你。"

"幸好有你们……"

手机响了，是爸爸的电话。爸爸很少在晚上打电话过来，无事不打电话，这是爸爸的习惯，我心头涌起一种不祥的预感。

"茜茜……喀喀……"爸爸的声音很虚弱，我心头一紧。

"爸爸，你怎么啦？"

爸爸不说话，咳个不停。

"茜茜，我来说。"后妈说，"这半个月来，你爸爸老是咳嗽，从早到晚地咳，又不想吃饭，今天腿突然走不了路了。他不让我告诉你们，怕你们担心。"

"妈，这么严重，怎么能不告诉我们呢？拖不得的呀！肺和腿有什么关联呢，怎么会这样……"

"哎，你爸爸要强撑着，我有什么办法，急死了！"

"妈，你先别急，这样吧，明早我和华仔就赶回家接爸爸到江城看医生。"

爸爸病成这样，刻不容缓！我顾不上刚才的儿女情长，一心盼着天快点儿亮……

· 4 ·

湘中医院。爸爸已瘦得皮包骨，腿无法站立。华仔背着爸爸奔

　　　　　　　　　　　只要最后是你就好

向急诊室。

经过各种复杂的检查，医生终于发话了："病人是因为硅肺病引起了肺气肿、支气管炎，情况很严重，得马上住院治疗。"

"……医生，那为什么我爸爸的腿变成这样？"

"这个嘛，目前还不能确定具体原因。要住院后进行进一步的检查确诊。"

"医生，求求你一定要想办法治好我爸爸……"

人生真是一场轮回。

小时候，我体弱多病，爸爸带着我四处求医，心情如今天的我一样，多么希望医生就是传说中的"神医"，能妙手回春、扭转乾坤啊！

病床上的爸爸从来没有像此刻这样虚弱憔悴，一米七五的个头儿瘦得只剩 80 多斤！这可怕的硅肺病在短时间内将爸爸摧残成如此模样！我心如刀绞……

第一天。爸爸每隔几秒就咳，歇斯底里地咳，每隔几个小时就出一场虚汗，衣服都湿透，一吃饭就吐。医院对门有条街，我买了爸爸平时喜欢吃的草莓、香梨、青菜瘦肉粥，爸爸勉强吃了点儿。我和华仔、梦瑶白天黑夜地轮流照顾爸爸。

第二天，爸爸的病情仍然没见好转，爸爸每一秒都在痛苦中煎熬，多么希望我可以代替爸爸受这份折磨。

"茜茜，今天还没好一点儿，爸爸怕是不行了，挺不过这一关了……"

"爸爸，不会的！我问了医生，医生说，您这病只要住院半个月就会好的。但是治疗有个过程，过几天效果就明显了。您别急，好不好？"

我强颜欢笑，装作轻描淡写的样子。这不是在演电影，不需要声泪俱下地感动观众，如果把心里的焦急和担忧写在脸上，只会加重爸爸的病情。当一个人身体病重的时候，心里也容易丧失对生命的希望，此时最需要身边的亲人给他信心和希望。医生治疗身体，我要用自己的智慧，用心理治疗法陪爸爸挺过这一关。

一个父亲最大的欣慰莫过于子女有盼头。我一边喂汤给爸爸喝，一边和他讲些我的开心事；爸爸躺久了不舒服，我就给他按摩。

爸爸一直关注国家大事，我就陪他看《新闻联播》。社会的发展，国家的强大，也能带给爸爸活下去的希望。

塞翁失马，
福祸难料

如同一片黑暗的森林，荆棘丛生，眼看着父亲被荆棘缠绕，云茜想使劲劈出一条路，让父亲轻松前行，荆棘却没有尽头。她看不到光明在哪儿，生怕黑暗和荆棘随时将爸爸吞噬……

有客户"主动上门"，塞翁失马，福祸难料。

· 1 ·

爸爸住院平均每天需要两千元费用，我的住处与医院一南一北。

当顶着寒风穿梭于城市南北之间时，我回想起曾经那些煎熬时光。

那时候，要从学校步行四十里路到外婆家，现在虽然辛苦，但比那时候好多了，至少我已经长大，可以坚强地面对一切考验。

同病房的小女孩在她妈妈面前撒娇，我鼻子一酸，泪水止不住流下来……

"茜茜，你怎么啦？"爸爸担心地问。

"没……没什么……爸爸，我去找一下医生啊。"我借故跑到走廊上，仰望窗外的天空。

妈妈，亲爱的妈妈，在您离去的 10 多年里，我从来没有停止过想念您。一直将您的照片置于房中，如同有您守候。十几年了，虽然茜茜已学会了坚强、坦然地面对没有您的日子，虽然茜茜已长大，不再年少无知、柔弱无依，但仍然有脆弱不堪的时候，会因为想念您而痛哭失声，会因为看到别人在妈妈面前撒娇而心酸……

妈妈，茜茜越想念您，越为爸爸的身体感到担忧。当初年少，没有机会孝敬您，长大成人，是靠爸爸含辛茹苦地拉扯。而今，爸爸被病魔折磨成如此模样，孩儿除了拼命挣钱想办法为他医治，别无他法。如同一片黑暗的森林，荆棘丛生，眼看着爸爸被荆棘缠绕，我想使劲劈出一条路，让爸爸轻松前行，荆棘却没有尽头。我看不到光明在哪里，生怕黑暗和荆棘随时将爸爸吞噬……

别人都说，像爸爸这样的好人，应该会有好报的，但事已至此，我能抱怨上天不公吗？是的，妈妈，我们一家多磨难，即使是上天存心考验我们，也已考验过无数，不应该拿爸爸的身体来考验啊……可是，妈妈，抱怨有用吗？我仍然只能相信，好人有好报！仍然只能祈求上天垂怜爸爸，我没有其他祈求。

妈妈啊，那天空中的云，是您的身影吗？我不能再失去爸爸，求求您在天之灵保佑爸爸挺过这道坎！

· 2 ·

恩雅和青青、梦瑶都来帮忙轮流照顾爸爸，患难见真情，我真幸福，身边的人总是对我那么好，有她们在我身边分担、陪伴，心里舒服多了。

"谢谢你们，拖累你们了。"

"云茜，真佩服你的坚强，像我们这样的八〇后，不用父母操心我们就算不错了，你承担的远远不是一个20多岁的女孩子能承受的。"

"宝宝，对不起，我出差真不是时候，爸爸住院，我又不在你身边，真苦了你……"

天奇在天的那一边，每天晚上打国际长途关心，还悄悄地往我银行卡上打了钱。

第四天，爸爸终于感觉好点儿了，腿有了些知觉，我刚舒了口气，电话响了，是恩雅从公司打来的：

"云茜，告诉你一个好消息，今天上午，四海旅行社主动找上门来要我们给他们做信息化建设和企业宣传。"

四海旅行社？前段时间和他们董事长袁彪见过一面，第六感告诉我，他特别精明，而且有点儿色眯眯的，感觉不大好。我是凭感觉做业务的，当初无所谓能不能成这个单，没放在心上，没想到他把业务送上门来做了。

"好事啊，签了合同没？"

"没有，袁总说不急。总价6.8万，他们先付了两万的订金，说下周再签合同，让我们先开工，我已经安排技术部和策划部在做了。对了，袁总说今晚想请你吃饭。"

"没签合同就付了订金？这程序有点儿……不正常，我现在哪里有时间和心思和他吃饭呢？"

"我也和他说了伯父在住院，但是他似乎以为是我们在找借口，不大相信是真的。"

"他也疑心太重了吧，哪有拿自己父亲生病做借口的。"我有点儿气愤。

"是啊，我摸不透他……对了，他还旁敲侧击地打听你的感情状况。"

是的，像我们这种涉世不深的女孩子，还没修炼到一眼能看透"捉迷藏"的境界，更多的是凭与生俱来的直觉猜测。

"好，恩雅，你安排好公司的事就行，我来打电话跟他说清楚。"

· 3 ·

避开爸爸，我到走廊上打电话："袁总，谢谢您对我们公司的信任和支持。本来我应该请您吃饭的，但是家父重病住院，只能改天再请您了。"

"李总啊，你就别和我开玩笑了。像李总这样既漂亮又有能力的女中豪杰，我可是很欣赏的啊。不瞒你说，之前有几十家公司想抢我们公司的这个单。"

"袁总，我们公司的实力和服务，想必您也考察过，谢谢您最终选择了我们。"

"贵公司的实力固然不错，信誉度也有口皆碑，但比贵公司有实力的竞争对手不是没有啊。我更是冲着李总的面子选择贵公司的。我一直想请李总吃个饭，这不，特意选了今天这个吉利日子，包厢都订好了，没想到李总不给面子，哎……"

我听出了他酸溜溜的语气。这种带着目的的饭局，我是从来不会勉强自己去参加的。

"对不起，袁总，不是我不给面子，我确实有事在身。再见！"

在谦虚友善的人面前，我会更加谦虚友善，但在自以为了不得的人面前，我比他还高傲。

"茜茜，公司是不是有事？有事的话，你去忙，我好些了，不要紧的。"本想掩饰脸上的不快，但还是被爸爸看出来了。

"爸爸，没事呢，告诉你一个好消息，今天接了一个几万块的业务哦！"在家人面前报喜不报忧，已成了习惯。

"那真是太好了，呵呵……"

爸爸终于笑了……

塞翁失马，福祸难料

祸，
总是
不会单行

祸，总是不会单行。偏偏这个时候天奇出国了，看来上天存心要考验云茜。

天有不测风云，时有乌云遮日、阴雨连绵，甚至偶有冰灾、地震，但是，天空总会晴朗，阳光总会明媚，大地终会恢复生机。

· 1 ·

第九天，我和华仔正在给爸爸捶背按摩，电话又响了，是恩雅。

"云茜，刚才四海公司那边突然说，我们价格太高，他们要毁约，要我们退订金！"电话那端的恩雅焦急不已。

"价格是他们比较过很多公司才选择我们的，本来就不高，他这是找借口吧？"

"是啊，前几天袁总还说我们的价格合理，不知道怎么回事，今天突然反悔了……"

"我们已经做了多少工作？"

"因为他们那天说要我们快点儿开工，所以这几天公司都在加班赶，大概完成了四分之一。"

　　　　　　　　只要最后是你就好

"难怪他不签合同，原来还留了一手反悔的……肯定是我那天拒绝和他吃饭，他心里不舒服，看我这几天又没理他，所以才找价格这个借口的。"

"啊，这种人，阴险！"

"这种人的业务，接了都不舒服，不做也罢，但是你要告诉他，我们已经做了部分工作，不可能全退，只能退四分之三的款项。"

"好，我这就回复。"

· 2 ·

经商以后，才知道变数太多。

没有签合同之前，什么事都有可能发生，果然，这次就疏忽了这关键的一项程序。

几分钟后，恩雅打电话过来："我讲了，但是那个袁总坚决不同意，好凶地说一定要退全部订金，不然就起诉我们价格不合理，用欺诈手段牟取暴利。"

"他以为我们是小孩子，不懂法律，好吓，好欺负。别说我们价格本身就不高，就算高一点儿，也是一个愿打一个愿挨。是他们主动送业务上门来，我们没有任何欺诈。恩雅，你回复他，如果他想起诉，我们奉陪！"

"好！"

几分钟后，袁彪打电话来了："李云茜，你真的不怕？告诉你，我一旦起诉，你就等着付出更多吧，你就等着吃官司，等着工商、税务来找麻烦吧！你一个女孩子，可不好对付这些麻烦事啊，我劝你还是赶紧退了全款吧，免得到时后悔莫及！"

这个人果然如我直觉所料，以为一个年轻女孩开公司怕事，会在他的要挟下屈服。

"袁总，我也告诉你，我们公司无论对工商税务还是对待客户，向来都是合理合法，你如果真的不嫌麻烦，就尽情地起诉吧，我们——不怕。"

"李云茜，你……你等着！"袁彪气极，重重地挂了电话。

· 3 ·

刚挂完电话，医生喊我过去说："你爸爸这两天下午都定时发高烧，病情有变，我们还要做进一步的检查。对了，费用不够了，得再去交一万。"

祸，总是不会单行。偏偏这个时候天奇出国了，看来上天存心要考验我。

"姐，这几天你都没怎么睡，太辛苦了，今晚我来陪爸爸，你回家睡觉吧。"华仔心疼地说。

"是啊，茜茜姐，快回去吧。我们来照顾爸爸就好了，看你憔悴了好多。"梦瑶也说。

华仔、梦瑶啊，好好睡？这个时候，我怎能睡得好？凌晨，从噩梦中哭醒，泪水浸湿了枕巾……

梦里，在一个悬崖边，我在担忧中挣扎，内心的焦虑纠缠着……不知所措，想放声大哭，却发现声音嘶哑，只能用微弱的声音歇斯底里地哭泣……

　　　　　　　　　　　只要最后是你就好

茜茜，天有不测风云，时有乌云遮日、阴雨连绵，甚至偶有冰灾、地震，但是，天空总会晴朗，阳光总会明媚，大地终会恢复生机。历经一切磨难之后，你会变得更加成熟、更加坚强，心会变得更加宽广、更加平和。

你要笑看云起，不仅要能笑看蓝天白云，更要能笑看乌云密布。

你要热爱生活，不仅要热爱一帆风顺的生活，更要热爱水深火热的生活。

你要对世界充满希望，不仅要对你看到的美好面充满希望，更要在面对邪恶和黑暗时充满希望。

时间不因你度日如年而停止不动，四季不因暂时的冰封而卡住，春天仍会如约而至，无论现在处于怎样的泥潭和孤岛中，一切都会过去！

· 4 ·

擦掉眼泪，早早地来到办公室，刚坐下，就来了两个陌生人，都是光头，一脸横肉，腰圆膀粗。

"请问你们两位有什么事？"

"你是李总吧，袁总派我们来看望看望！"没等招呼，他们就自个儿坐在沙发上，跷着二郎腿，嚼着槟榔，阴阳怪气地说。

这个袁彪，见正面的要挟不起作用，就想用社会上无赖的招数对付我们。

"谢谢袁总关心，我好得很。不过我很忙，没时间招呼二位，你们悉听尊便。"

我让公司的员工都按住不动，各忙各的，无视他们的存在。

这两个人无聊地从上午坐到下午，五点半，还不见要走的迹象。

"不好意思，二位，我们要下班了，你们是留下来给我们守办公室呢，还是……"

"袁总交代的事情还没完成呢，我们不走！"

"不走也可以，你们可以从现在坐到明天早上我们上班，不过，先告诉二位，我们这里都装了摄像头的，有保安 24 小时监控，如果有任何物品丢失或异常，请二位负责。"

"要我们给你们守办公室？没门儿！走！"这两个人自讨没趣，给自己找了个台阶溜走了。

"李总，这两个无赖明天还会来，我们得报警。"公司员工都提议。

"他们不敢怎么样的，大家不用担心，下班吧，我会处理的。"

在员工面前，我要理所当然地勇于承担，虽然内心很慌乱，但要保持镇定，这是老板的角色注定的。

等大家走后，恩雅和我下楼前往医院照顾爸爸。寒风冷冽，正值出租车交接班时间，在风中等了半个小时还没等到出租车，一阵阵寒风猛吹过来，突然之间，天旋地转，眼皮沉重，黑了……黑了……

英雄救美，
峰回路转

在乌云笼罩的时刻，他的出现，就像这个冬天里的阳光，顿扫阴霾的天空，照亮大地。在她跌入谷底的时候，他宿命般地伸出双手。

他，是武侠小说中的那个英雄吗？一场纠缠引来了一出英雄救美……

· 1 ·

当我醒来的时候，已在医院里，看到恩雅急切的脸："云茜，你刚才突然晕倒了，吓死我了！你晕倒的时候，正好这位先生的车经过，多亏他帮忙把你送到医院。"

"醒来就好。医生说你是太劳累、太虚弱加上低血糖导致晕倒的，以后得注意身体啊！"

眼前的这位先生，浓眉，身材魁梧，双目炯炯有神，透出睿智，眉宇之间正气凛然——这是一张陌生的面孔，可是声音却是我熟悉已久的。

我有点儿恍惚，犹如在梦境一般。

莫非，这真的是大学时痴迷的电台主持人祖海的声音？

"多谢！您是——祖海老师？"

"哈哈，祖海是谁？我不认识……扫大街的还是捡破烂儿的？哈哈……"

爽朗的笑声，率真的表达，富有磁性的声音，幽默善意的玩笑，一定是祖海！他的思维和说话方式与常人迥然不同。

"如果他是捡破烂儿的，我今天就成了破烂儿了，而且这个破烂儿还是在大马路上被人捡起来的呢。"

"哈哈，聪明的女孩，竟然被你听出来啦，是的，我是祖海。"

真的是祖海，那个我痴迷的声音，竟然在这样一次偶遇中出现在我耳边。真的很奇妙，曾经希望与他有缘相识，命运竟在不经意的时候安排好相识。

"哇！祖海老师！"恩雅激动得尖叫。

"呵呵，我也曾是您忠实的听众呢。"

"被人敬重是圣洁的，尤其被冰雪聪明的女孩敬重更是神圣的。"

"大学的时候，您是我们这些学生的精神动力，没想到会在这样的情形下和您相见。记得有天晚上，你在节目中读仓央嘉措的诗《那一年，那一月，那一日》，磁性的声音穿越佛地与红尘，好美……那晚，女生们都失眠了，呵呵……"

"哦？这个你还记得啊，哈哈……我很喜欢仓央嘉措的诗。"

· 2 ·

祖海转身吟诵：

"那一天，我闭目在经殿的香雾中，蓦然听见你诵经中的真言。"

我接着念：

　　　　　　　只要最后是你就好

"那一月，我摇动所有经筒，不为超度，只为触摸你的指尖。

"那一年，我磕长头匍匐在山路，不为觐见，只为贴着你的温暖。"

祖海转身相望：

"那一世，我转山转水转佛塔，不为修来世，只为途中与你相见。"

我笑吟：

"那一年，我磕长头拥抱尘埃，不为朝佛，只为贴着你的温暖。

"那一世，我翻遍十万大山，不为修来世，只为途中与你相遇。

"只是，就在那一夜，我忘却了所有，抛却了信仰，舍弃了轮回，只为，那曾在佛前哭泣的玫瑰，早已失去旧日的光泽。"

祖海转身轻叹："仓央嘉措的诗，犹如穿越了秋和冬的春，生命的绿意，情爱的花朵，禅的芬芳，如深谷的风，飘来幽兰的清新淡雅……如水中的清荷，淡淡散散，生命的真谛，淡然绽放……"

"是啊，我好喜欢他的诗。情与佛之间，隔着多少山水？期望与现实之间，有多大差距？人生的遗憾与美好，孰多孰少？只问情，恐落入红尘俗世难以超脱；只谈禅，亦怕看破红尘遁入佛门。"

"仓央嘉措的《问佛》，游走在红尘情爱与佛语禅心之间，天赋灵童，却为爱痴狂，只能相思于梦中，在情与佛之间挣扎，超脱，令世人扼腕啊！"

· 3 ·

"我还第一次听人在病房里聊诗歌呢，嘿嘿……"

护士小姐走过来输液。

"是啊，没想到我们在这样的情形下见面，还在这里重温仓央诗歌，真有点儿恍惚的感觉。"

"这样的情形不挺好吗，我还落得个'英雄救美'之名，哈哈……对了，只顾着聊诗歌，忘了这事，听你这位好朋友说，你最近遇到了些烦心事？"

"是有点儿，不过，我可不会打您的热线倾诉。"

"哈哈，有点儿个性，有什么我可以帮你的吗？"

"我和您才一面之缘，您对我一点儿都不了解，路边热心相助，已感激不尽，我凭什么还要得到您的帮助呢？"

"凭感觉。你给人的感觉特别善良，特别美好，特别纯洁，让人发自内心地想帮你。"祖海一脸认真地说。

我向祖海讲了袁彪纠缠的事。

"这个混蛋，用这种下三烂的手段欺负一个弱女子！这种事应该由男人来出面处理，你不用担心，我来帮你解决！"

祖海身上有种英雄主义豪情，像武侠片里的侠客，路见不平，拔刀相助。关键时刻，又碰到贵人相助，我真的好幸运、好幸福。

· 4 ·

两天后，袁彪又来电话了，语气近乎哀求："李总，实在对不起，前几天我公司的员工不懂事冒犯了您，我已经炒他们鱿鱼了，还请您高抬贵手，大人不计小人过。贵公司也帮我们做了很多事，订金不用退了……"

"哈哈……幸亏有祖海，云茜，你命真好，总是有贵人在关键时刻相助。"

恩雅仰慕祖海已久，因为这件麻烦事结识了偶像，抑制不住心中的激动和兴奋。很少看到恩雅这般神采飞扬。

"茜茜姐，原来，公司遇到什么麻烦事，还有天奇哥这个后盾。这些天，天奇哥不在身边，我们真的为你捏了把汗呢，阿弥陀佛，连我最崇拜的祖海都帮你啦，太幸福啦！呵呵……"

青青也眉飞色舞。

"我说过，只要我们不放弃，凡事积极地面对，总会有转机，每一个明天，都蕴藏着无限希望。谁说好人没好报呢？这个社会还是好人多……"

祖海就像这个冬天里的阳光，在乌云笼罩着我的时刻，他的出现，顿扫阴霾的天空，照亮大地。

· 5 ·

爸爸的身体也一天天好起来。

"茜茜，华仔，爸爸身体已经这样，你们也不用太担心，照顾好你们自己就好了。"

爸爸的话语中充满了对生命的脆弱和对病魔的无奈。

"爸爸，我们失去了妈妈，不能再没有您。爸爸，现在医学这么发达，全世界的医生都在研究硅肺病呢，说不定很快就有办法根治了！"

"茜茜，前些年，爸爸没有照顾好你们，让你们吃了很多苦，现在你们创业不久，爸爸的身体又垮了，奶奶、外婆的赡养还有其他的人情往来都落在你们头上，有几个你们这个年纪的要承受这样的负担啊！你一个女孩子家，更不应该承受这些的，孩子，爸爸拖累你了啊……"爸爸哽咽着说。

"爸爸，没有您，何来我们？您别想那么多好吗？想吃什么就多吃点儿什么，想怎么开心就怎么开心。我们是您培养出来的孩子，相信我们有能力承担这一切。只要您开心，我们就什么都不怕！"

在脆弱的生命面前，每一句话都很敏感，希望多些阳光照亮爸爸潮湿的心房。

"好的，孩子，爸爸会的，你们放心……"

"爸爸，我们会想尽一切办法保护您的，还要带您坐飞机，带您出去旅游，去看看祖国的大好河山、风土人情；我还要看到您带着孙子在院子里玩耍……还有好多福，等着您去享呢……"

"茜茜，好孩子，爸爸这辈子放弃过很多机会，唯一坚持得对的一件事情就是送你读大学……爸爸最骄傲的就是有你这样的女儿……爸爸现在最大的心愿就是你早日找到幸福。"

"爸爸，一定会的！不会很久了，您放心啦！"

…………

· 6 ·

后妈也赶来江城照顾爸爸。瞬间，那个日渐苍老的背影让我感动，听爸爸说，自从他生病后，她用心地照顾着，比那些年好多了……

曾经，怨恨过她，年少时那些刻骨铭心的片段，偶尔还会出现在噩梦里……

只要最后是你就好

茜茜，你知道，当一个人心中有仇恨时，不会有真正的快乐，妈妈在天之灵，也希望你能开开心心地过好将来的每一天。

从某个角度来说，如果没有她曾经的苛刻，你也许会眷恋着家，就不会有那样要改变命运的决心，就不会有今天！那些磨难练就了你今天的坚韧，把它们当作成长的财富吧！

成大事者，一定要有大气量、大心胸，虽然你是一个小女子。别人可以不仁，但你要有义。况且，这几年来，她也被你的宽容打动，她守候在爸爸身边照顾着——就看在这一点上，你都要感谢她！

茜茜，不要沧桑，要阳光；不要仇恨，要宽容！

茜茜，放下，放下，让那些不快永远过去吧！

宽容她吧！

宽容她，也是善待自己！

感激她，也是善待爸爸！

英雄救美，峰回路转

一见
钟情

一个是令无数人仰慕的钻石王老五，一个是才华横溢的唐伯虎。当两个霸气多情的男人爱上同一个女子，这是一场没有硝烟的战争，还是一次危机四伏的鸿门宴？

·1·

天奇回国的时候，已是大雪纷飞的元旦，爸爸也已出院回老家。

这一场盼望已久的雪，终于来了，雪花大片大片地飘下来，世界从喧嚣、纷争中静下来，街上张灯结彩，红色点缀在纯白的世界里，如久耐风霜的红梅，绽放一身傲骨。

一场大雪的飘洒，需要酝酿多久的严寒？一场大雪的融化，需要吸收人间多少温暖？

天奇给我带回很多礼物，衣服、护肤品、香水……也给华仔、梦瑶和恩雅他们带了些，就是没有自己的。

"宝宝，对不起，我不在你身边的这些天，你受了这么多苦，我好心疼，你的坚强、孝顺、大气，令很多男人都自叹不如。"

"让我学会一个人面对挫折也不是件坏事，而且通过这件事还认识了祖海。"

"祖海？那我要请他喝酒，感谢他帮了我宝宝。"

男人之间，酒成了一种介质，很开心和很低落的时候都想到酒。

"好啊，这次幸亏有他帮忙，了却了一桩麻烦事，不知道怎么感谢他才好。"

"我回来了，宝宝就不用担心了，我知道怎么做。"天奇拍着胸脯说。

天奇和祖海之间有太多相似之处，都有着卓绝的才华，不同寻常的个性，不被常人懂得的思维方式。

· 2 ·

果然，两人一碰面，就一见如故，把酒当歌，畅谈人生。难得有这种"把酒问青天"的兴致，喝了几十瓶啤酒，都有些醉意。

"兄弟，云茜是个几乎……完美的女孩，你真有福气啊……我真……羡慕……"

祖海拍着天奇的肩，醉眼蒙眬地说。

"哈哈，羡慕吧？云茜……是我手心里的宝，是我的天使，我的最爱！我爱她……胜过爱我自己！"

难得见天奇喝成这样。

"兄弟，说句咱们爷们儿之间的话……你别生气啊……如果没有你，我一定会追云茜……"

祖海也醉得不轻了，语惊四座！

"你是这个城市有名的钻石王老五，是多少女人心中的……梦中情人啊，可是云茜只有一个，她是我的！谁也别想抢，嘿嘿……"

天奇搂过我，生怕我被抢走。

"天奇，祖海，你们醉了，别喝了，来，快喝点儿热茶吧。"

我在一旁不知所措。

"宝宝，亲爱的宝宝……我不能没有你……我们要一辈子在一起，不准离开我……"

醉了的天奇像个霸道的小孩，从来没见他像今天这样吃醋。

"你……要好好待她啊，不然……别怪兄弟我和你急啊……"

祖海北方人的性格在醉酒后更加鲜明。

"嘿嘿……你放心吧，我会让云茜幸福的……"

当两个才华横溢又有个性、都有些霸气的男人在一起时，我似乎成了旁观者，男人之间的事，我不懂。这样的酒后醉语，是我始料未及的。

· 3 ·

第二天，天奇酒醒之后，还粗略记得昨晚和祖海的对话："宝宝，昨晚没吓着你吧？"

"吓着啦，"我假装生气地说，"什么抢啊，争啊，你们把我当成东西呀？"

"宝宝，祖海是你曾经仰慕过的人，他又对你一见钟情，呜呜……怕你喜欢上他。"天奇有些不好意思地说。

"嘻嘻，吃醋啦？"

"我一见祖海，就知道他喜欢你，一个男人无私地帮一个女孩子，一般都是因为喜欢她，你这个小迷糊、小傻瓜！"

只要最后是你就好

"啊？不会吧？我怎么知道哩……人家一心只盼着你从美国快点儿回来，仰慕不是爱情啊！"

"哈哈……我的宝宝这么有魅力，招人喜欢很正常，我感到骄傲呢！只要宝宝不变心就行。"

"只有你能让我感到爱情的幸福和甜蜜。"

"你是我的！没有你，人生就没有什么意思了。谁也不让抢！我会努力让宝宝幸福快乐！"天奇紧紧地抱着我，声音哽咽。

情定
断桥

传说中，白素贞和许仙当年相识于雨中西湖，一把油纸伞成了媒人，成了定情信物。

这对现代版的《白蛇传》恋人，像一对穿越乌云的小鸟，飞翔到明媚的晴空中，全身心地自由呼吸、自由翱翔……

· 1 ·

命运总是这样，在考验你一段时间之后，会赐予你一段特别顺心如意的运气。

所以，我坚信，只要不放弃希望，总会有峰回路转的时候。

因为诚信，因为专注，因为口碑，公司声名鹊起，业务迅速拓展，涵盖政府、企业信息化建设，品牌策划、宣传、推广。大部分客户都是主动找上门来的，口碑和人脉是最好的业务来源。

我慢慢学会了整合各方资源，实现双赢。

初夏的一天，接待了一个客户，两个小时的谈判做成了一笔单。

客户一走，我的状态就松懈下来了，有些疲惫。

"我的老总宝宝在发呆吗？"

天奇的声音传来，我睁开疲惫的眼。

天奇亲亲我的额："看看这是什么？"

两张去杭州的机票！

"这段时间宝宝太累了，早想带你出去散散心，正好这次杭州那边有个大型新闻发布会邀请我参加，你不是喜欢白娘子的传说吗，我带你去西湖追寻白素贞和许仙的传说。"

"好哦，好哦！"

瞬间来了精神，那传说中的西湖，我还没去过。

"可是，公司还有很多事呢！"

"宝宝，先别想那么多，我不希望你为了公司的事操劳过度，不管有多少事，还有我呢！"天奇把我拥在怀里。

"你在员工面前是坚强的老总，在我面前永远是娇气的宝宝。放轻松点儿，跟我去吧。"

"有个娇气的宝宝跟着很烦人哦！"

"哈哈，宝宝的娇气就是我的福气！"

· 2 ·

飞机起飞啦，载着我和天奇兴奋的心。

天奇一直紧握着我的手，我依偎在他怀里。窗外晴空万里，朵朵白云似在眼前，阳光穿过云层，云儿变幻出无数种形状，仙境般奇妙。

大地尽在脚下，一切过往的烦恼都在此刻烟消云散，所有的不快都消融在无边无际的天空中——这是我每次坐飞机最大的收获。

　　　　　　　　　　　　只要最后是你就好

"天上的云，地上的茜。"

"死生契阔，与子成说；执子之手，与子偕老。"

我们在天空中"执子之手"，心里祈祷着"与子偕老"。

我仿佛又回到了小时候，妈妈带着我去县城赶集的激动和开心。我像个懵懂的孩子似的被天奇牵着，来到杭州的西湖大酒店。

这是一家坐落在西湖旁边的国际五星级酒店，采用中国元素设计，大到前堂的屏风，小到房门的号牌和客房里面的布草，都显得古色古香、典雅大方。红色的格调正适合此时我们喜庆的心情。

主办新闻发布会的工作人员从接我们到酒店，到安排好房间，都令我无比快乐，我蹦到大床上跳起来："有人接待真好！好开心噢！"

天奇看着我乐不可支的样子，一脸的自豪："哈哈，真是容易满足的傻宝宝！别人怎么都无法想象，那个在办公室指点江山的李总转身后就是个可爱的孩子！"

"对了，晚宴很隆重吧，我穿什么衣服呢？"

我眨着眼睛，一脸"无知"地问。

"宝宝又给我出难题呀！"天奇打开衣柜，"就穿这件吧。这件小礼服，可以凸显宝宝玲珑有致的身材。"

天奇拿着的那件是他从美国买的 BCBG 小晚礼服，黑色，缀有精致柔软的蕾丝，及膝，露肩。

当我换上小礼服在镜子前摆 pose 的时候，天奇一把抱起我转圈。

"真是个性感的小妖精！像当年奥黛丽·赫本站在镜头前一样迷人！"

3

晚宴在酒店四楼的自助餐厅进行。

在场的都是来自全国各大城市知名的媒体人士，我挽着天奇款款而入，引来一片惊羡的目光。

红酒、西点，觥筹交错，交换名片总是少不了的。

"哦！你就是《都市早报》总编许总？久仰大名啊！《都市早报》这几年发展迅猛，势头让我们这些老报人都敬畏。"

一位来自《羊城晚报》的男士过来敬酒。

"天奇！"

迎面走来一位陌生人：踱着八字步，一身黑色唐装，眼神犀利，发型和着装都与众不同。他惊喜地呼着天奇，大步走来。

天奇转身："武陵？！你也在这里啊！"

"这样的媒体盛会，我这个老媒体人怎么能不来呢？哈哈……多年不见，没想到在这里遇上你了！"

"哈哈，是啊！对了，给你介绍一下，这是我女朋友云茜。云茜，这是我多年未见的老朋友武陵。"

"你小子哪来的福气，这么个小美人落到你手里啦？哈哈……"

"看来武兄也是性情中人，幸会！"

他乡遇故知，我为天奇高兴。

"哈哈，云茜小姐眼力不错，俺老武就是这样的人！"

"武陵，你现在还在媒体吗？"天奇问。

"说来话长啊，不过，今天咱们碰得真巧，我最近正在江城筹划江商文化投资公司和第一届江商大会……"

"据说是有这么回事，只是没想到发起人是你。这是政界和商界的大事，原来是你在背后活动！"

"你了解我就知道，我老武就是不安分，做腻了媒体人，想做出点儿更有挑战力和有价值的事情来！"

"你啊，到哪儿都可以把一个行业做到极致，我绝对相信你有魄力做出更大的事来。"

"还是老弟你懂我，哈哈！'江商'的概念是我最先提出来的，我想树立江商的品牌，造就江商应有的影响力！"

"这可是有利于江南商人千秋万代的大事，只有像老兄你这样，有文人的知性，有商人的敏锐，才能担当起来。"

"我希望凝聚起天下江商，并使江商崛起影响天下！"

天奇的朋友不是特别多，但都称得上是很铁的兄弟，像这位多年不见的武兄，在这种环境里重逢，两个沉稳的大男人也难掩激动和高兴。

我在一旁静静地听他们聊。

"哎呀！我们不能只顾着叙旧，把云茜小姐给冷落了！天奇，明天上午参加完发布会，我就得赶回江城参加省政府的研讨会，你们在这里多玩几天，回江城我们再见面好好喝酒叙旧，怎么样？还有很多事情需要你帮忙呢！"

"好！一言为定！"

"到时要带云茜一起聚聚啊！"

他回头叮嘱着。

4

晚宴后，天奇带着我直奔西湖。

夏夜中的西湖，顷刻下起倾盆大雨来，我和天奇都兴奋得不想躲雨，手拉着手在雨中狂奔。一路嬉笑打闹，像两个顽童，不顾一切，忘乎所以，完全不像刚才晚宴中的角色。

"宝宝，这种激情曾在我梦中有过，实现这个梦的时候已不是冲动的青春年华，却还是这样激情澎湃，我太有福气了！"

"嘻嘻，梦想中的西湖！真喜欢这里！"

"只要宝宝想来，以后我们多来这里旅游。"

第二天上午，主办方开完新闻发布会，由导游带领我们一行游西湖，声势浩大的队伍，热闹非凡。

夏日的天气真像娃娃脸，刚才还阳光明媚，片刻便下起雨来。和昨晚不同的是，细雨中的西湖，雨如烟，柳如窈窕女子的背影，举目望去，整个西湖像一位出浴的披着朦胧薄纱的少女，呈现出一种迷离的美，让人看不透。

西湖的雨好像不是下的，而是纺的，缠缠绵绵，一头拉着云，一头拽着雾，天和地眼看就合在一起了。但游人并不惊慌，纷纷打开了油纸伞，顶着，撑着，天和地才没有合起来。雨簌簌而下，伞面闪耀起一圈又一圈蝉翼般的波辉，继而一皱一擦，又像珍珠液似的顺着伞骨泼染开去，一直晕到西湖的宣纸上。

传说中，白素贞和许仙当年相识于雨中西湖，一把油纸伞成了媒人，成了定情信物。此时，蒙蒙细雨中，一顶顶漂亮的小伞，如田田荷叶，似笠菇连连，又撑起了多少温馨的诗角，呵护着多少爱情的芽尖呢？

·5·

片刻，雨又停了。

我们终于到了传说中的雷峰塔。

昔日，白素贞从塔底一步一步跪上雷峰塔，而今，电梯可以一瞬而上。

"我们爬上去好不好？"我噘着嘴说。

"不如我背宝宝上去，演绎现代'苦情版'的《白蛇传》，哈哈……"

我还没回过神来，就被天奇背在了背上，头顶的阳光灿烂夺目，湛蓝的天空纯净澄澈，游人羡慕的眼光让我飞红了脸。

被天奇背着的感觉像飞一样，我们像是一对穿越乌云的小鸟，飞翔到一片明媚的晴空中，全身心地自由呼吸、自由翱翔，空气中弥漫着幸福快乐的味道。

此情此景，相比之下，我比白素贞有福气多了，幸福之情洋溢全身，如果时间定格在此刻，就算被法海压在塔底，也无怨无悔……

西湖
边的
缱绻时光

什么是幸福？幸福就是和相爱的人坐在西湖边吃早餐，欣赏美景，相互喂着对方喜欢的美食。此刻的幸福若能长长久久，人生，该有多美好啊……

· 1 ·

幸福的时光总是过得太快，幸福的情节即使重复一千遍也觉得不够。

如那西湖美景，永远像传说中那样经久不衰。

第三天，逛湖心岛、断桥、灵隐寺……仍然阳光明媚，天奇顶着烈日给我拍了无数张照片，我摆 pose 都累了，他还坚持着要拍到位才肯罢休。

"我要把宝宝的一颦一笑都拍下来做永远的纪念，如果哪天宝宝和别人跑了，我就拿着这些照片去登寻人启事，哈哈……"

天奇拿着他的"杰作"狡黠地笑。

不了解天奇的人以为他桀骜不驯，难以接近。其实，生活中的他是个十足的"小破孩儿"，我是小丫。平时在 QQ 上就是两个童心未泯的孩子，顽皮、简单。他会趁阅稿的空隙用各种表情符号编成我们之间的小故事，我就像小丫一样在他面前撒娇。他的幽默无处不在，加上他才华横溢，即使平常的一句话从他的嘴里说出来，也能让我感到快乐。

"坏蛋，小破孩儿，最坏最坏的小破孩儿 ※ #□ × § ‰◎ ※ ＄№◎……"

"臭宝宝，皮皮宝宝 ※ #□ × § ‰◎ ※ ＄ № ◎□ × § ‰◎ ※……"

· 2 ·

"我要去逛丝绸城！"

"宝宝想去哪儿就去哪儿！"

奥黛丽·赫本曾经感叹："当我戴上丝巾的时候，我从没有那样明确地感受到我是一个女人，一个美丽的女人。"

我对丝巾的痴迷不亚于赫本，读大学的时候，特别希望拥有一条丝巾，那种 100% 桑蚕丝的质地，而那时候不懂得辨别是否是真丝，也买不起真丝的丝巾，所以，这个小女生的心愿一直到毕业后才得以实现。

有一次，路过一家丝巾专卖店，橱窗中那条丝巾如春天的一抹山茶花，让我一见钟情！ Made in Paris，粉红色绉丝，上面镶着金丝线，还点缀着几颗闪亮的天然小粉晶。

我爱不释手，可不菲的价格让我"狠心"离去。回家以后，它的模样仍然萦绕在我脑海里，挥之不去。女人就是这样奇怪，对一件一见钟情的物品也会牵肠挂肚、魂牵梦绕。

这个小心思被天奇发现了，他偷偷地买了丝巾，送来，我欣喜若狂。

女人就是这样，一件喜欢的东西就可以让低落的心情瞬间"起死回生"！

如果哪一天，一个女人对美丽的衣物不再有兴致，这足以说明，她的心，已经没有了色彩。

可是如此娇贵的丝巾很难打理，不能打结，不能挂丝，不能常洗，还要小心翼翼地收藏，所以，戴的时候极少，独自观赏的时候多。

第一次拥有自己梦寐以求的东西，那种感觉总是最难忘。就像一个男人追求一个心仪的女孩，追了好久，终于拥有了她，会倍加珍惜。所以，我不会轻易买下特别想拥有的比较昂贵的东西，那种没有拥有之前的期待，会给人想象，给人希望，给人动力……男人无法理解女人对衣物的眷恋，就像女人无法理解男人通宵达旦看球赛一样。

·3·

久闻杭州是丝绸之都，今天终于领略到了什么叫作"琳琅满目"！我一头扎进丝巾店。

"宝宝，慢点儿，别跑丢了！"

我兴奋得顾不上停留，天奇紧紧地抓着我的手，生怕我跑丢了。

这就是天奇，任我像个小女生一样任性调皮，把我当作手心里的宝一样，宠着，爱着。

　　　　　　　　　　只要最后是你就好

所以说，小女人都是大男人宠出来的。

好在我会识真丝。长的、短的、方的，淘了一堆，天奇跟在后面一条一条接着。

"宝宝，看把你乐得，别乐坏了！"天奇看着我高兴得手舞足蹈。

"哇，这里有爱马仕丝巾哦！"

我像发现新大陆一样激动。听说创立于1837年的法国顶级奢侈品品牌爱马仕，一条丝巾出炉要历时18个月，难怪正品价格都在几千元以上。

"宝宝，这是仿制的，走，去名品街给你买正品！"天奇拉着我要走。

"不要啦！要真买了正品，很难伺候呢，生怕弄坏了，哪还敢戴出去。仿得很好哇，可以买很多款，想怎么戴就怎么戴噢！"

不由分说，我堵住了天奇的嘴。

· 4 ·

路过美国骆驼休闲皮鞋专卖店时，一双新款咖啡色的鞋吸引了我：它很适合天奇。我拉着天奇去试穿。

"宝宝，我不要买，我的鞋子还可以穿呢。"

"这位先生很有形，衣服也很有品位，如果配上这双鞋，真像我们广告上的模特呢！"

杭州的营业员都这么能说会道。和江城一样，高消费刺激消费。

天奇的鞋确实有点儿"次"，这是他自己在广州出差的时候应急随便买的一双凉鞋，几天的游玩，鞋子经不住"考验"，有点儿变形。

"宝宝，不要，穿这凉鞋很舒服方便，你知道我穿不穿名牌无所谓的，只要宝宝穿好点儿就行。"

确实，天奇是个没什么虚荣心的人，如果不是我给他买衣服，他自己从来不会在意穿什么牌子的衣服。他对自己很节俭，从来舍不得给自己买很贵的衣物，但是，只要我看中的衣物，即使再贵他都会坚持买下来。

"好喽，不买就不买。好渴哦！"

我嘴上应着他，其实想支开他。

"我去买水。"

天奇一走，我马上把鞋子买了。

"送给你。"

"这个鬼精灵宝宝……"

"你给我买了那么多东西，也让我送一点点礼物呀！"

"哈哈，宝宝送的鞋子里有味道！"

"啊？什么味道？！有问题吗？"

"幸福甜蜜的味道！"

"……大坏蛋！"

在酒店的露天餐厅吃早餐时，一边眺望西湖的美景，一边品尝着美食，身边有天奇相伴，这种感觉妙不可言。

什么是幸福？

幸福就是和相爱的人坐在西湖边吃早餐，欣赏美景，相互喂着对方喜欢的美食。

此刻的幸福若能长长久久，人生，该有多美好啊……

天赐
良机

世界上没有一件事是偶然发生的，每一件事的发生必有其原因。这是宇宙间最根本的定律。人的思想、语言和行为，都是"因"，都会产生相应的"果"。万事万物之间都有着千丝万缕的因果关联。人的心念会像磁铁一样吸引相应的结果。

正如天奇和武陵的重逢，相对于生命中的种种惊喜和变数来说，这可以只是一场重逢。然而，有时候，一场偶然，或许正是上天苦心安排的一个必然的机会。

·1·

从杭州回来之后，我一个人待在办公室，边翻报纸边冥思苦想：目前，公司业务虽然不错，但是要怎样突破现有的单一模式，将公司推上一个新的台阶，是一个挑战。

突然，报纸上的一则新闻映入眼帘，正是关于几天前武陵参加省政府研讨会的报道：省经协已批准由武陵的江商文化投资公司承办"第一届江商大会"，届时将推出江商大会官方网站天下江商网及江商大会会刊……

天下江商网和江商大会会刊？这不正是我和天奇擅长的板块吗？

如果有机会和江商文化投资公司合作……

"丁零……"电话响起，打断了我的思路。

"您好，非凡文化！"

"宝宝，今晚有时间吗，武陵约我们吃饭聚一聚。"天奇说。

"好啊！正有事和你商量！我想到了一个主意，不知道行不行。"

"宝宝说说。"

我把想法和天奇描述了一番。

"宝宝真是商业奇才啊，连我老朋友身上的商机都挖出来啦！我觉得可以和武兄谈谈。"

· 2 ·

海天饭店。

我和天奇到的时候，包厢里已有好几个人：武陵坐在中间，旁边空俩位置。

"天奇，云茜，呵呵，快来，这边坐！等你们好久了。"武陵热情招呼我们坐在他身边。

"嘀，挨着武兄坐着，我也沾点儿福气和财气。"我调侃道。

"哦？何以见得呢？云茜，说说看，哈哈……"武陵好奇地问我。

"呵呵，武兄印堂发亮，满面红光，眼睛炯炯有神，豪情万丈，有指点江山之勇猛，激扬文字之儒雅。一看就是大福大贵之人。"

"哈哈！我说呢，天奇老弟这么桀骜不驯的野马怎么被降服的，这会儿我算明白了，云茜小姐果然非一般女子，有四两拨千斤的能量！"

"武兄过奖了，我只是实话实说而已，其实大家都看得出来的。呵呵，不然，武兄何以一呼百应呢？"

"武兄，你不知道啊，很多人都称她是'李半仙'呢！"天奇笑着说。

"哎呀，你这个小脑袋瓜里装了什么呀，这么年纪轻轻，就会相人之术？"

"呵呵，云茜班门弄斧，让武兄见笑啦，我只是凭与生俱来的一种感觉而已。"

"哟，祖海来啦，快请坐！"

祖海？我向门口望去，果然是祖海！他怎么会来呢？

"天奇，云茜，你们也在呀！"

"你们认识啊？今天真是'无巧不成书'了！天奇，祖海，我们仨都是爱喝啤酒的性情中人，人生难得知音聚首，今天我们要对酒当歌！来！干杯！"

· 3 ·

武陵豪言壮语开场之后，大家在热烈的气氛中边吃边聊。

"天奇，祖海是我的幕后策划。你们都是我看重的兄弟，又是江南有名的才子。我老武是个直爽人，就开门见山地说了。前几天，政府已经正式委托我的江商文化投资公司承办第一届江商大会，这么庞大的工程，我老武一个人的力量太单薄了，我需要你们这些人物来帮帮老兄啊。"

"十几年的老朋友了，武兄有什么需要我们帮忙的尽管直说！"

"那我直说了啊……第一届江商大会将在九月底举行，我老武搞会务这一块还是比较在行，倒是会刊和网站两大块，非我所长。这两块相当于翅膀，如果没有这翅膀，'江商'品牌就飞不起来。天奇，你是报业奇才，《都市早报》没有你就没有今天，你能不能用工作之余的时间，担当会刊的总顾问呢？"

"总顾问？哈哈，没问题啊。这不单是本通常意义上的杂志，更是给天下江商以话语权，推介江商在全球经济舞台上的影响力！"

"给天下江商以话语权，推介江商在全球经济舞台上的影响力——对！我意如此！天奇果然出口即妙！哈哈，我喜欢这句，做杂志的广告语好啦……来，庆祝一下，干杯……"

"武兄，网站方面你有什么打算呢？"天奇问。

"网络——这好像是年轻人的世界，我不大懂，交给了策划部，正在组织竞标……"

"哎！云茜公司不正是做网络和文化传播的吗？！武总，你们可以合作啊！"

祖海突然想起什么似的，大声说道。

"哦？"

"那我就举贤不避亲啦，云茜，递张名片给武兄。"

我呈上名片。

"哦！原来云茜就是非凡公司总经理啊！我听说过非凡公司，虽是后起之秀，但声誉和口碑还不错。没想到是云茜这么一个小妹妹搞的公司呀！"

武陵很惊讶地看看名片又看看我。

"嗬，武兄，别的我不敢乱说，在座的各位都是行业顶尖高手。

但网络这一块，我还是很有信心的。当初，公司就是靠云茜工作室做网络起家的，经过这几年的发展，在网络运营这块积累了些经验。这样好吗，这几天我公司先出个简单的天下江商网策划方案，武兄看看再说？"

这样的机会，我从来不会错过把握主动权。

"武总，你别看云茜年纪轻，别看她是小女子，她在工作上有独特的一本经，她会成为你得力的合作伙伴！"

祖海在一旁为我"煽风点火"。

"武兄，这是祖海说的，你总不会说是我一己私念吧？哈哈。"天奇又开始调侃。

"哈哈，怎么会呢！难得祖海这么挑剔的人也夸赞云茜。可是，朋友归朋友，你们都知道，这是江商大会的官方网站，是由省政府主管的，不是由哪一个人说了算的。正好，10天后是天下江商网的竞标会，听策划部说已经有七家公司入围了，都很有实力，云茜，我可以帮你报名入围，但能不能成，还得看你们非凡公司的实力！"

"好！武兄能帮我申请竞标的机会就很难得了，多谢！我马上准备方案……"

趁势
而上

　　这是一个靠整合平台、资源和人脉发展的时代，云茜能否占领商机，趁势而上？

　　机会会眷顾云茜吗？

· 1 ·

　　8 天后。

　　摩天大厦 28 楼，江商文化投资公司多功能会议室。

　　会议室正前方挂着"天下江商网竞标会"横幅，来自省政府、江商大会筹划组、江商文化投资公司的 20 多人正襟危坐，期待着 8 家公司轮流展示策划案。

　　正如武陵所说，虽然天奇和他是熟人，但天下江商网是江商大会的官方网站，由政府主管，非某个人能定夺，他能帮忙申请这个展示的机会已经很不容易。我和公司为了完成策划方案，废寝忘食，费尽心血，将这几年的积累凝聚在 22 页纸面上。

　　8 家竞争对手在会客室等待一家一家上场。稍有点儿商业头脑的同行都知道，这是一个梦寐以求的机会和平台，只看谁能抢占商机，占领制高点。

每家公司的老总都亲自出马，表面上相互打招呼，内心里都小心提防着；表面上故作无所谓，但心里很在乎这次机会。

我抽签抽到最后演示。在会客室等待的时间里，祖海发来信息："云茜，加油！我全力支持你！"

"接下来，有请非凡公司李云茜总经理为大家展示方案！"

负责主持的策划部经理介绍说。

当投影仪的荧光投向大屏幕，我身着白色职业套裙，走上讲台，天奇、祖海、武陵投来鼓励的目光。

"各位领导、各位专家、各位评委……天下江商网作为江商大会的官方网站，立足于江南，为全球江籍商人提供资讯与交流服务的领先商务平台，全力打造最具影响力的财经第一门户网站……天下江商网设置十大频道，共 100 多个栏目，致力于传播江商文化，服务于江商发展，为企业会员提供宣传推广服务，为各大商会提供资源共享的平台，为商家提供广告服务等……天下江商网与《天下江商》杂志、江商大会、各大活动融会贯通，一刊一网，为江商大会及其活动助力……"

长达一个小时的 PPT 演示完毕，台下有一位政府领导问道："无论是杂志还是网站，都离不开'江商'二字，李总，你觉得江商立足的资本是什么？"

"据我所知，省外的江商行业协会组织有 81 家，有会员企业 2.6 万多家，手上所掌握的财富超过万亿，江商已经成为中国各大商帮中的重要力量。一大批有影响力的江商已经走向全国，走向国际了。个人认为江商最重要的资本是大江文化，是大江文化所赋予的心忧天下的责任意识、敢为人先的创新精神、经世致用的务实风格、兼容并蓄的开放心态和实事求是的诚信作风。"

"看来李总对江商做了不少调查调研，我还有一个问题请教：你觉得其他几家竞标单位怎么样？抛开实力方面的因素，李总觉得非凡公司比其他竞标单位有什么优势和核心竞争力？"

"谢谢领导对我们非凡公司的关心。今天来的其他7家竞标单位，它们都是行业中的佼佼者，我相信它们能立足至今，一定有各自的优势，我也一直在不断学习它们的成功之处。非凡公司的核心竞争力是——人，包括团队的诚信度、创新力以及凝聚力等。天下江商网不只是一个网站，还要和《天下江商》杂志整合。如果硬要说优势，我们已有的业务模式覆盖了网络和文化传播，对天下江商网和《天下江商》而言应是有些整合优势……"

"好，李总这么年轻，自信又有思想，还这么谦虚，难得啊！谢谢，我们商讨一下，请稍候。"领导带头鼓掌。

· 2 ·

20分钟后，8家竞标公司的代表被召集到会议室。

向我提问的那位领导宣布说："……从网站的技术角度来看，竞标的8家公司都没有问题，实力不相上下。其中，非凡公司对网站的定位、策划以及提出的运营模式，契合了天下江商网的独特性，方案整合了各个平台，并对今后的活动提出了可行性建议，经专家评标团研究决定，由非凡文化公司主办天下江商网，全权运营该网站……"

"恭喜李总！"

"恭喜非凡公司中标……"

"谢谢……谢谢……"

"走，我们为云茜庆祝庆祝……"

· 3 ·

晚宴。

"你们这对才子佳人，一个是《天下江商》杂志的总顾问，一个是天下江商网的出品人，真是'比翼双飞'啊。哈哈……以后我们就是连在一起的三个'臭皮匠'了！"

武陵举杯祝贺。

天奇拉起我的手，说："哈哈，我会永远做她坚强的后盾、幕后推手！"

见祖海一个人在喝酒，天奇走过去，举杯敬酒："祖海，这次云茜中标，你帮了很大的忙。我又欠了你一个人情啊！"

"我什么都没做，都是靠云茜的努力得来的，你不欠我任何人情啊。"祖海一副无所谓的样子说道。

祖海就是这样。他从不把好听的言语挂在嘴边，明明背后费心帮了很多忙，当面却轻描淡写甚至否认，这就是他独特的地方。

如果说天奇是我生命中的真命天子，那么祖海则是上天派来的贵人和知己，像春雨一样，润物细无声……

这是一个靠整合平台、资源和人脉发展的时代，占领了商机是第一步，把握商机更重要。

有了江商大会、天下江商网、《天下江商》杂志，武陵、祖海、天奇和我趁势而上，如大鹏展翅，如鱼得水。

由天奇负责把关的《天下江商》逐渐成了国内畅销的财经人文杂志。

由非凡公司主办运营的天下江商网以全国近百家江南商会为依托，已成为省内最大的财经新闻网站、全国首家以江商为服务主体的主流网络媒体，先后承办了"中国杰出江商评选""第一届杰出江商理事会年会""信心中国江商力量总评榜"等重大活动，成为广大江商最具凝聚力和活力的活动平台……

非凡公司因此成为江商文化投资公司的股东之一，我也登上了《江商》杂志封面人物。

"你，
就是
自己的贵人"

童话里的灰姑娘无论遭遇到什么样的刁难，她都毫无怨言，只是做自己能做的事，她的勤奋和善良，在逆境中的乐观向上和美好的心灵，打动了"贵人"，最终得到了水晶鞋，与王子终成眷属。

就像云茜一样。

· 1 ·

摩天大厦 26 层。

非凡公司新办公室。

200 平方米创意设计，杏色的墙，红木桌椅，明快、简约、时尚。

恩雅坐在新的真皮椅上转了几圈儿，伸了个懒腰："真舒服啊！云茜，你真好，给我配这么好的办公室，我真的好喜欢！"

我靠在红色沙发上："你是非凡公司的元老，立下了汗马功劳，这算什么呀。前段时间忙江商大会，忙搬公司，大家都累坏了，今天咱们放松一下，不谈工作，聊聊天吧。"

"请问恩特助，我可以进来吗？"青青身着天蓝色连衣裙，倚在门口像韩剧里的白领一样俏皮地问。

"青青主管，请进！"恩雅也模仿着同样的语气伸手示意。

"李总，您百忙之中来特助这儿视察工作呀？"

"青青主管，今天咱们不谈工作，聊聊天。"

"天啊，这真的像演韩国职场剧啊！好酸啊！哈哈……"

"想起我们的第一个办公室，几十平方米，刚好坐下我们几个人，"恩雅环顾四周感慨万千地说，"从那时候白手起家，短短几年时间，终于有了属于自己的办公室，云茜，你总能实现自己的梦想。"

青青托着腮，大眼睛扑闪扑闪的，做一脸崇拜状："茜茜姐，你的命真好，总是能碰到贵人相助！就像童话故事里那个灰姑娘一样！"

"青青，你只羡慕你茜茜姐的所得，你不是不知道她经受了多少磨难和考验啊！"恩雅感叹着说。

"我知道啊，可是，有很多人吃了很多苦，也没能遇到机会和贵人相助啊！"

"那不一样，岂是只吃苦那么简单？那是你茜茜姐修炼得来的。"恩雅说。

"茜茜姐，可以教教我们怎么修炼吗？茜茜姐不会对我们两个保留'真经'吧？"

青青睁着大眼睛，一脸期盼地等着我说话。

· 2 ·

"呵呵，你这个小家伙长大啦！越来越会套人家的话了！"我拍拍青青的小脑袋。

"嘻嘻……都是在茜茜姐的影响下长进的哈！"

"那我再讲一讲灰姑娘的故事吧……有一天，灰姑娘的父亲外出，问三个女儿要带什么礼物，两个姐姐都说要锦衣珠宝，只有灰姑娘说'就把你回家路上碰着你帽子的第一根树枝折给我'，然后，她将榛树枝栽到了母亲的坟前。她每天都要到坟边哭三次，每次伤心地哭泣时，泪水就会不断地滴落在树枝上，浇灌着树枝。树枝很快长成了一棵漂亮的大树。不久，有一只小鸟来树上筑巢，她与小鸟交谈起来。后来她想要什么，小鸟都会给她带来……灰姑娘用眼泪将一枝碰到她父亲帽子的榛树枝浇灌成了大树，引来了鸟儿成群栖息……"

"小时候听灰姑娘的故事，只知道灰姑娘好可怜，后来又好幸运，今天听茜茜姐这么一解析，感觉不一样了！"青青若有所思地说。

"是啊！你看，灰姑娘无论遭遇到什么样的刁难，她都毫无怨言，只是做自己能做的事，我觉得是她的勤奋和善良，她在逆境中的乐观向上和美好的心灵，打动了'贵人'，最终得到了水晶鞋，与王子终成眷属。就像云茜一样。"恩雅说。

"恩雅，你说得很对，只是别往我身上套啊！"我继续说，"再多的灰尘也遮蔽不了灰姑娘的美丽，无论两个姐姐如何花枝招展，她都没有动摇过自信。联想到我们，其实每个人都有独特之处，无论打交道的人有多么优秀，一定有值得对方学习的地方，抱着谦虚学习的心态，多聆听，吸收为自己的东西，保持不卑不亢，你在对方心中的分量就比只知道附和奉承的人重，甚至对方会对你刮目相看。"

恩雅接过话："是啊，说得太好了！这个年代随波逐流的人太多，心浮气躁、容易失去自我立场和原则的人也太多，少有出淤泥而不染的人，能抵抗诱惑、坚持原则和自我的人更是凤毛麟角！青青，你想想看，你茜茜姐遇到过多少诱惑，但她动摇过吗？"

"没有！就连最困难的时候，茜茜姐也靠自己坚强地挺过来了！就像兰花一样高洁！"青青摇头说。

"云茜，回过头来说，你拒绝过那么多诱惑，难道真的不后悔吗？"恩雅问道。

"恩雅，是的，坚持难免会暂时失去一些东西，但是，我现在不是得到了更多吗？上天是公平的，抬头三尺有神灵。"

"茜茜姐的意思是，只要经受得起老天爷的考验，老天爷一定会在适当的时机眷顾，对不对？"青青说。

"鬼精灵！什么时候学会总结了啊？"

恩雅故意敲敲青青的脑袋。两个人在这几年的相处中，有了深厚的情谊。

· 3 ·

"青青悟性不错啊！这个年代，人越来越精明，和谁交往都带着目的性，试想一下，那些贵人每天会遇到多少想得到他们帮助的人，如果你也是其中一个，他们习惯性地保持距离、质疑或不信任，不能怪他们不懂欣赏，只能反省自己是不是急功近利了一点儿。试想，如果当初灰姑娘没有用眼泪浇灌榛树枝，树枝又怎会长成大树引来百鸟栖息？"

"茜茜姐，你太有才啦！这么多学问，好复杂呀，那到底要怎样才能打动贵人呢？"青青边鼓掌边说。

"青青，其实越是看似复杂的越是简单。打动贵人的，往往是一个人的诚恳、真诚、不求回报的付出之心。"

"对，真心最可贵！"恩雅给我端上一杯花茶。

"一般人想的是能从贵人那里得到什么，为什么不先想想自己能为别人做什么呢？不求回报地去做，这样才有可能得到对方的信任和帮助。贵人阅人无数，看几眼，说几句话，就能看出几分真假，与其绞尽脑汁想用什么方法给对方留下特别的好印象，还不如用真诚、坦率、无私的本真去对待呢！"

"唔……那确实！可是，茜茜姐，那些贵人的疑心很重吧？和他们在一起，聊什么好呢？"青青又一脸困惑。

"这个嘛，嘿嘿……你这个小家伙现在不正在套我的话吗。打个比方吧：灰姑娘和榛树、鸟雀非同类，却像知音一样向它们倾诉衷肠，也用心聆听它们的心声。这个年代，每个人似乎都扮演着很多角色，很难毫无戒备地打开心扉。贵人被很多人围着转，他们的内心世界究竟是怎样一片后花园？放下地位和身份之后，他们是否也有很多情怀和感性的一面？你又如何穿透他们的面具，看懂他们浮华背后的高处不胜寒？他们的想法，又将和谁倾诉交流？只有面对一个能懂得他们且能托付信任的人，他们才会放下所有戒备，置身世俗之外，打开心灵之门，与你道那些喜乐与哀愁啊！"

"天啊，这也太难啦！一般人很难走进他们的世界！我想学也学不会啊，恐怕只有云茜你才做得到……"恩雅摇头感慨。

"哈哈，把我抬得这么高，不怕我摔得很惨啊……我乱说的……"

"哇！茜茜姐，贵人们都那么难以捉摸，那要怎样打交道啊？"

"呵呵，这是一种高深的智慧。稍退或稍进，或许都不适当，稍不得体，就会搅乱局面。尤其对于女性而言，如果把握不好，就容易招惹是非。当灰姑娘在鸟儿的帮助下参加完王子的舞会后，她没有得意忘形，没有贪婪的欲望，一转身便脱下华衣，穿上灰色外套。最值得欣赏的是靠自己的智慧得到贵人相助的人，这种人，贵人是真正被其品德、才能、心地打动，发自内心地想帮一把。"

· 4 ·

恩雅说："记得祖海曾对我说，最吸引他的，是你身上的人格魅力。"

"他……呵……真不好意思喔……不知道怎么形容……"

"哈，刚才还头头是道的茜茜姐也会不好意思，我发现，茜茜姐的思想是越来越有哲理了，可是还是那么害羞……幸好天奇哥不在场啊，不然会误会你对祖海……嘻嘻，这是我们才知道的秘密……"

青青掩嘴偷笑。

"这个鬼精灵，偷笑起来真像 QQ 表情上那只狗狗，哈哈……继续听讲啊，云茜，天底下需要帮助的人太多了，千万人之中，恐怕只能选择帮助值得帮助的人吧？

"恩雅说得很对啊，值得帮的这个人，一定有其独特之处，必有盖芸芸众生之才，必有越芸芸众生之德，必有度芸芸众生之心，必有超芸芸众生之行。"

我模仿观世音菩萨指如莲花打坐的模样。

"茜茜姐，这话像佛教里面的感觉，平常没怎么看到你去拜佛哦？"

"是啊，平常是很少去拜佛，但是，正所谓"佛在心中"。信佛，其实就是信自己。每一次祈祷，每一次合十，形式上是在对佛许愿，其实，是去掉心中干扰、排除杂念的过程，让心平静下来，真实地面对自己的过失，与其说是祈祷佛保佑，还不如说对自己许下最真的承诺。当你被自己的善良感动时，你会坚信上天不会抛弃你不管，在危急时刻，上天会帮你逢凶化吉。"

"这就是自古以来的'吉人自有天相'之说吧？呵呵……我也跟着你悟出点道理来啦！"恩雅笑着说。

"天助者，必自助。何谓修为？何谓积阴德？即一心向善，真正的善心是不求回报的，哪怕是世人的知晓和赞美，也没奢望得到。"

"呀！云茜，你背着我们做过多少好事啊？帮助过多少人啊？"恩雅说。

"哈哈，嘘！积阴德啊……呵呵……其实，贵人没有大小之分，我们都可以是很多人的贵人。"

"嘿嘿，像我这样的小小人，也可以吗？"青青指着自己俏皮地问。

"当然可以啦！青青这么善良、聪明、可爱，这样下去，会不得了哈！"

"哈哈哈哈……我一定会努力的！茜茜姐就是我生命中的贵人！"

"哈哈，这个小马屁精！你，就是自己的贵人……"

"你，就是自己的贵人"

不得
安宁

晴朗的天空突然被乌云笼罩，天空充满了阴森恐怖的预兆。然后好像发生了天灾似的，满天飞舞着一种凶猛的虫子，黑漆漆的颜色，像螃蟹一样的形状，张扬着锯齿般的爪子扑过来……

·1·

8月的一天，刚和上海的代理商签完合同——这是公司发展的第18家地区代理商。

恩雅激动地摇晃着一本杂志走进来。

"云茜，快看！你上了这期的《商务周刊》杂志封面！"

媒体采访越来越多，问成功的经验，探背后的情感，我说：

"正如'二八'定律所说：人在达成目标前80%的时间和努力，只能获得20%的成果，80%的成果在后20%的时间通过努力获得。成功与不成功往往只有一步之差，而人性的弱点也注定了很多人无法跨越成功的界线。很多人在追求目标的时候，由于久久不能见到明显的成果，于是失去信心而放弃。成功的人之所以成功，很多时候是因为坚持走了那么关键性的一步。"

所有沉浮起落，是生命中优美的曲线。经历过这些沉沉浮浮之后，我学会了淡然看待得失起落。

· 2 ·

我靠在转椅上伸展着酸痛的胳膊，正想着和天奇分享喜悦。

手机响了，是一个陌生的号码。

脑海中瞬间闪过不祥的预感。

果然，是汪艳的电话。

有一段时间没有干扰了，这次肯定是病又犯了。

"李云茜，听说你和他快要结婚了？你们敢结，我就死给你们看……"

这次的声音不仅冰冷，而且还带着威胁。我感觉像是在伤口上撒了一把盐一样难受。

"大姐，女人何苦为难女人！你明知道我和他是真心相爱，为什么不祝福我们呢？"

"哼！祝福？真是做梦！我得不到的东西任何人都别想得到！你们现在都是社会知名人士了，我警告你，如果你继续和他在一起，我就让你们身败名裂……"

我已听不下去这个恶语相加的声音了，世界瞬间变得像地狱一样残忍无情，天空阴森森地向我示威，要挟我说："你休想太阳和月亮同时出现在天空中！"

曾经，我简单地认为，离婚都是因为男人喜新厌旧；曾经，我以同情的眼光看待离婚的女人，以为她们都是无辜的弱势群体，错都在男方。

现在才明白，事实并非如此。人总要亲身经历过一些事，才会更客观、全面地看待问题！

· 3 ·

"为什么我们俩在一起这么艰难？老天爷为什么要这样折磨我们？"

我伏在天奇的肩头号啕大哭。

"我的命运掌握在宝宝手中：在何时，在何地，你让我死，我死；你让我亡，我亡！"

男儿有泪不轻弹，天奇的声音哽咽了。

"不准这么说！你死了，我活着还有什么意义？我要你好好地活着！"

"爱需要勇气，爱需要相扶相伴。我有宝宝的支持，一定会战胜一切磨难，决不会退缩半步的！我有过坎坷曲折的生活，有过心如死灰的过去，自从遇见你后，我就彻底告别了过去，重新振作，重新做人。是你重新唤醒了我对生活的热爱，是你的爱让我对未来充满了希望！你是我的天使，把我从浑浑噩噩中拯救了出来。你是我的幸运星，自从有了你，我就开始有了快乐的笑。在我36年的人生中，我第一次深切地感受到人生是这样美好，因为有了你，我对过去所走过的路有了全新的看法，对未来充满了信心。我相信我们会一起走过今后的每一个日日夜夜，走完这一辈子的风风雨雨。不管发生什么，我们都会在一起，永远不分开！"

"天奇，一切都会过去的。再艰难坎坷的日子也会过去的何况爱给了我们无穷的勇气和力量。从 12 岁那年开始，我一直都相信命运一定会让我和我的那一位的幸福弥补少年的苦难，我一直相信我的预感。这些年来，一直都有那么多人关心我，喜欢我，支持我，这也是命运对我的青睐。我的那一位，一定是让我非常幸福、非常爱恋的人，所以才拒绝那么多痴情追求我的人。我相信缘分还没有到，我的那一位还没有出现！我坚守着，期待着……终于，你出现了！这一切都是命中注定的！不管遇到什么问题，让我和你一起面对，一起分担。何况，我们还有那么多支持、帮助、祝福我们的朋友。我们一起来祈祷：愿九泉之下的妈妈和哥保佑我们早成眷属！"

噩梦
成真

小说中看到的情节竟真真切切地发生了！那梦境竟然成真了！乌云、铁甲虫、钳爪……那一定是九泉之下的妈妈和哥的暗示，可是，云茜还是中计了，太迟了……

她绝望了吗？当一切预言变成现实，她后悔爱了吗？

·1·

几天后的晚上，我从噩梦中惊醒：晴朗的天空突然被乌云笼罩，天空充满了阴森恐怖的预兆，然后好像发生了天灾似的，满天飞舞着一种凶猛的虫子，黑漆漆的颜色，像螃蟹一样的形状，张扬着锯齿般的爪子朝我扑过来，我被一次次钳住，但我使尽浑身力气挣脱了一只又一只……

梦醒时，心还扑通扑通地跳个不停。梦魇的恐怖笼罩着我。

我的梦向来很准，这样一个不祥的梦预示着什么？

上午，突然下起了大雨，天空中阴云密布。

大雨让我慌乱不安，一种不祥的预感笼罩着我。我极力平息内心的恐惧。

手机响了，如惊雷巨响！陌生的号码，少有的 132 开头。

"喂，李小姐，我是天奇的朋友，他出车祸了！现在湘中医院急救！你快来！我在医院门口接你！"一个陌生的中年男音急促地说。

天奇出车祸？天啊……难怪今天心神不宁！我瞬间感到眩晕，脑海一片空白……

茜，镇定！坚强！你不能倒下！

我不顾一切地往楼下冲。

突然，脚一滑，我从楼梯上摔倒在地，竟是摔在曾经摔碎水晶镯子的地方！老天真是作弄人，在这紧急的时刻还阻拦我去看天奇的脚步！

剧烈的疼痛让我突然想起了昨晚的梦！

刚刚心急如焚，顾不上思考片刻：天奇的朋友？可是我从来没有听过这个声音；天奇一般都是上午睡觉下午上班，很少上午开车出门；湘中医院处在偏远的城市边缘；他为什么不直接告诉我房间号而下来接我呢？

种种疑虑让我想起了电话：拨打天奇的手机！

"您好！您拨的用户已关机……"

打公寓电话，也无人接听！

纵有无数个理由让我觉得可疑，可是一想到天奇，我心一横：即使此行是个阴谋，前面是个火坑，我也要往前跳！

· 2 ·

大雨倾盆而下，雷声震耳欲聋。

路上，车辆在雨中如鱼一样穿梭，我站在路边拦出租车，可是几分钟过去了，偏偏没有一辆是空车！没打伞，大雨冷酷地打击着我，我开始瑟瑟发抖，心急得快要燃烧起来了，如梦中一样的恐惧感笼罩了我。

"李小姐，你怎么还没到啊？天奇很危险啊！需要你来签字！"陌生电话催促。

"……拦不到出租车……"

"那你快告诉我你的地址，我马上开车来接你！"

容不得多想便告诉了他。

几分钟后，一辆黑色的别克商务车在我身边停下，一个中年男人探出头来：满脸络腮胡子，老实巴交的模样，穿着中山装。

我的确没有见过天奇的这位朋友，但他长得这么老实淳朴，应该不是坏人。

顾不上多想便上了车。

车内坐着四个人，刚坐定，就被他们绑起来，堵住了嘴！

天哪！我被绑架了！

只在小说中看到的情节竟真真切切地发生在我身上！

那梦境……竟然成真了！

乌云、铁甲虫、钳爪……那一定是九泉之下的妈妈和哥的暗示，可是，我还是中计了，太迟了……

我无法言语，无法动弹，眼睛也被蒙住。眼前一片漆黑！

· 3 ·

被带到一个陌生的仓库。

"对不起了，李小姐，我们是拿人钱财，替人消灾，只要你答应说服许天奇和汪艳复婚，和许天奇断绝往来，永远离开这个城市，我们就放你走！"

这个被我天真地认为"老实淳朴"的男人扯掉塞在我口中的布。

"你们休想利用我要挟天奇！"

"嘿嘿，你不答应没关系，我们请你在这里待上几天，慢慢耗着吧，到时自然有人会答应。"他阴险地笑道。

"你们想过这样做的后果吗？"

"哈哈，我们哥们儿反正习惯提着脑袋吃饭，只认钱不认人！"

正在这时，手机在口袋里尖锐地响起。

"络腮胡"抢过我的手机，冷笑着说："许天奇啊许天奇，你做梦也找不到这里啊！先让她待上一晚吧，明天再说！"

天奇！天奇每天都是这个时候醒来，每天都在这个时候打电话给我。

"给我手机！给我手机！"我挣扎着。可是手被绑在柱子上，我根本无法动弹。

"络腮胡"把手机丢在离我前面一米远的地方，我眼睁睁看着手机一次次响，却无法接听。

"李小姐，你就在这里慢慢考虑吧，我们哥们儿先走了，明天再来看你。"

"络腮胡"叼着烟奸笑。

那几个匪徒扬长而去，铁门被重重地锁上了。

阴暗的仓库里只剩下我和一堆堆积满灰尘的废铁，高高的屋顶上有个小窟窿，唯一的光线照射下来，灰尘在光线中飞扬，忽上忽下。

尘埃尚且可以自由飘舞，而人为什么不能自由恋爱？真爱有错吗？

看过无数个惊天动地的古代爱情故事，梁祝、白娘子和许仙……我为他们奋不顾身的爱感动得泪流满面。

爱情是亘古不灭的主题啊，造物主从来没有停止考验世间的真爱。可是没有人事先会想到自己会被选为考验的对象——我，被选中了！

此时正在演绎着千百年来永不停止的故事！这是造物主的垂青，还是折磨？

天，渐渐黑了下来，我再度感到了恐慌。

我试图睁大眼睛，找寻光亮，哪怕像头发丝那么细的光。

可是，没有。

视线里除了黑，还是黑。

从小怕黑，怕在陌生的地方过夜，更何况饥寒交迫。

我对着黑屋子叫了几声，只有我单薄的声音在回答我：即使叫破喉咙，也没人在这个时候救我。

茜，你绝望了吗？

当一切预言变成现实，你后悔爱了吗？

不！我不能屈服于邪恶，我不能让爱半途而废，我更不能对生命失去信心。我不相信老天爷会这么不公平。一定会有希望的，天奇和弟弟还有那么多关心我的朋友一定会来救我的！

奋不
顾身

天堂与地狱之间，有多远的距离？善与恶之间，有多久的较量？

当一场恶斗真正来临，真爱会退缩吗？如果说幸福必须付出代价，那奋不顾身的人会得到上天的庇佑吗？善良和宽容，真的可以融化那千年冰雪吗？

· 1 ·

梦……梦……我那神奇的梦啊……

记得在四五岁的时候，我就开始做各种各样奇怪的梦，那时候好怕大人所说的"鬼"。

有一段时间，我经常做噩梦，梦中的情形和昨晚一样：阳光灿烂的天空突然黑了，阴沉沉的，世界好像要发生灾难了，我在一个陌生的地方，和一些陌生的人一起逃亡，突然天又亮了，爸爸妈妈来找我了……

我吓得躲在被子里不敢出来，只听得见像兔子一样蹦跳的心跳声，梦中的阴森仍然笼罩在周围。

白天，当一个人待着的时候仍然觉得恐惧，但那时的我不知道怎么和妈妈诉说这种恐惧。

只要最后是你就好

后来，妈妈摸着我的小脑袋说："我的茜茜怎么越来越瘦了，小脸蛋苍白得吓人，是不是受了惊吓啊？"

我像只柔弱的小猫，依在妈妈怀里，懵懂地说："妈妈，我晚上老做吓人的梦，好怕。"

后来，妈妈从邻村请来一个"仙风道骨"的老爷爷。

他看看我对妈妈说："这孩子是受了惊吓，我给她驱除邪气。"

然后老爷爷对着我念了一些我听不懂的话。妈妈把家里的老母鸡杀了，让老爷爷在堂屋的神台前念叨……

奇怪的是，从那以后，确实没有再做那样的噩梦了，我又成了乐于上山、爬树的小猴子……

长大了，不怕"鬼"了，可是，新的恐惧仍然出现。

此时，我仿佛置身于荒山野岭之中。

妈妈，您在茜茜身边吗？您听得见我在和您说话吗？陪陪我！妈妈！我好害怕，好害怕呀！

对了，还有哥！哥，你说过永远都是我的守护神，你一定会暗中护佑我度过这场劫难的，对吗？

· 2 ·

天奇，有一个故事说：每一个女孩都曾经是一个无泪的天使，当她遇上心爱的男孩时便有了泪，天使落泪，坠落人间。所以每一个男孩都不能辜负他的女孩，因为她曾经为了你放弃了一片天堂。每一个女生都是一个天使，当她爱上一个男生时，她便折断了自己的翅膀，所以请珍惜你的天使，因为她再也飞不回天堂。

如果我是天使，宁愿折断自己的翅膀，与你在人间朝朝暮暮。

还记得那次到庙里抽签的事吗？我们对着菩萨说，将签留在心中，用我们的行动来解答。

爱对于你我，犹如铁树开花般神奇而珍贵。我们把爱视作生命，爱对方胜于爱自己。

一路走来，极端的幸福与极端的痛苦共存，而痛苦只是刹那间，幸福像酿在心间的酒，越来越醇香。

幸福，本身就包含了很多人生的美好，所以，只要拥有了幸福，我的人生已经很美好了。

如果说幸福必须付出代价，我们已在潜心修炼……

· 3 ·

黑了，黑了……我在荒凉的沙漠上艰难地爬行，水……水在哪里……哪里是尽头……哪里是我的家……

终于有水了，有水了……还有着亮光在闪动……我撑开眼皮，瞳孔中却映着一张穷凶极恶的面孔，一张女人的脸，贴近我，上面写满了仇恨和疯狂。

"李云茜！想通了没有？"她拿着一把刀，在我面前晃来晃去地示威。

"你这样做能得到天奇的心吗？"我吃力地说，"你们离婚好几年了，天底下有很多比他好的男人，何苦要吊死在一棵树上呢？"

"哼！你少跟我讲这些狗屁不懂的话！"

"大姐，你真的爱他吗？"

"这还用你来问我，我当然爱他啊！"

"爱一个人就应该让他真正幸福，而不是像物品一样占为己有。"

"哼，别在我面前装得那么伟大，你以为自己是救世主啊，死到临头还嘴硬！你的性命都控制在老娘手里，别说幸福了，哈哈哈哈……"

她站起来疯狂地笑，肥胖的身躯跟着颤动。

"你到底答应不答应？最后一次问你！"

她拿着刀在我眼前比画。

你不知道吗？如果用要挟的手段可以赢得圣洁的爱情，那缪斯女神早已死了千百遍！即便我现在答应你，你以为天奇会屈辱地和你在一起吗？

· 4 ·

"住手！"

铁门被重重地推开，光明随之出现，一个熟悉的身影大步冲进来！

是天奇！

他终于来了！他来了！

"宝宝！"

"天奇！"

"你有什么事尽管冲着我来！不许伤害云茜！"

天奇冲过来抢她的刀。

"别过来！过来我就杀了她！"她把刀架在我脖子上，"在你眼里，我一无是处，她什么都好！在你心里，我是恶毒的女人，是魔鬼！她是你手心里的宝，是天使！同样是女人，为什么我和她天差地别！我想不通，我想不通！我恨你们！"

"好，我不动！你别激动，先把刀放下，好不好？"天奇止住脚步，"云茜是无辜的，你要怎样才肯放过她？"

"哼！她是无辜的？那你为什么爱她不爱我呢？你的心都在她身上，是她抢走了你！"她冷笑着说。

"汪艳，我们早离婚了，你清醒点儿，面对这个事实好不好？而且，当初也是你见我得了癌症才主动离婚的。那时候，我和云茜还不认识。"

"我……我当时糊涂，一时冲动才和你离的，我后悔了！"

"你后悔了？可是，你知不知道，我不是你的私有物品，想放弃就放弃，想拿回就拿回啊，你不能只想自己的感受啊！"

"我知道你是自由的，我也想过放下你，可是，我还是忍不住跟踪你。当我看到你那么宠她，那么心疼她，那么维护她，那么帮她，我就忍不住抓狂！你从来没有那样对待过我！"

"我还要怎样容忍你，你心里才会舒服？多少次，你去单位无理取闹，我念在曾经的夫妻情分和你的身体状况容忍你，只希望你有一天会醒悟，坦然接受离婚的事实。"

· 5 ·

沉默。她的刀子离开了一些。

"天奇，就算原来都是我的错，算我求你，你再给我一次机会！"

只要最后是你就好

她的语气缓和了些，"我求你！"

"汪艳，你要我答应你什么条件都可以，只要我做得到！但是，我不能没有云茜！你了解的，这些年来，我没有对其他女人动过心。如果我不能和她在一起，就像一具行尸走肉，你和我在一起还有什么快乐可言呢？"

"哼！说到底，你还是要和她在一起！我这样求你，你还是要和这个狐狸精在一起！"

刚才还正常的她情绪突然又激动起来，刀子又挨紧了我，脖子生疼。

"我……我……"

她的身体颤抖着，手颤抖着，情绪完全失控，我感觉到了那锋利的刀刃就要割进喉咙……

或许，这就是命运吧！

如果这是爱的代价，我也不后悔。

我闭上眼睛，等着死神的到来……

几秒后，一股熟悉的气息扑面而来，我被那个熟悉的怀抱抱住！

当我睁开眼时，刀插在天奇的背上！血……血流了下来！

"天奇！天奇……你怎么样啊？"我哭喊着。

"啊……天奇……我……我……我杀了你……我……怎么会这样……"

当她看到天奇痛苦的样子，瞬时像烂泥一样瘫倒在地，惊恐万状。

突然，她想起了什么似的，拿起手机颤抖着说："喂！120吗？快来×××救人！求求你们快点儿来……"

"天奇……你一定要挺住！呜……"

"天奇……你怎么样了……我疯了吗……我怎么会这样伤你……"

她伸出手，却不敢碰到天奇，然后抱着脑袋摇晃。

"汪艳……我不欠你了……"

天奇倒在我怀里："宝宝……别怕……别哭……"

"我那么爱你……原来，我嫉恨你们那样幸福，只想让你们不得好过……可是真的伤到你了，我才发现我更难过……我真该死！怎么做出这样的事来……"

天奇强忍着疼痛，断断续续地说："你知道吗？你要挟的这个女孩，她从小失去妈妈，吃了多少苦才走到今天……她那么优秀，本来可以选择比我条件好百倍的男人，可是她却不顾你的干扰，为了爱……奋不顾身，而且……从来没有在背后抱怨过你的不是……你不觉得，她和别的女孩子不一样吗……年龄上，你差不多是她的阿姨了，你真的……真的忍心……伤害她吗？"

"天奇……别说了……省点儿劲好不好……我们等医生来……呜……"我已泣不成声。

她抬头望着我，颤抖着，泪水顺着干枯的眼圈流下来，脸上有一种从未见过的悔意。

"李云茜，你报警吧，让警察来抓我吧！"

突然之间，我觉得面前的她好可怜。谁想患病呢？她发病的时候，已是身不由己，犹如将自己禁锢在囚笼中，外面的一切事物都令她嫉妒，于是疯狂地吼叫，疯狂地撞击，让别人不得安宁，自己更是遍体鳞伤。

我是一个正常人，怎么能和一个病人计较？看着她软弱、后悔的样子，曾经的那些不解，突然之间，像冰块遇到了火山般，瞬间消融了……

"大姐，我不会报警的。你快走吧。"我平静地说。

"我走？为什么？你不恨我吗？"

她睁大眼睛，不相信我说的话。

"我不恨你。快走吧……"

"汪艳姐，我们快走吧！不走就来不及了！""络腮胡"强行拖着她走了。

天奇依在我怀里，面带苍白的微笑："宝宝，没有……什么时候，让我这样安详，这样宁静，这样幸福，就这样死去，我也心满意足了……"

"不！奇哥哥，你一定要撑住！我不能没有你！"

不一会儿，救护车呼啸而来，铁门外的阳光顿时洒进来。恍惚之间，一个天使在光芒中走来……

· 7 ·

半个月后。

我正坐在床头给天奇喂水果，汪艳抱着一束康乃馨走到门口，又迟疑了一下。

"大姐，进来吧。"我冲她微笑。

"你……怎么样了？"她抑制不住紧张的神情问天奇。

"好在你手下留情，伤口不深，死不了，不用担心啊！医生说过几天就可以出院了。"天奇故意调侃说。

"这些天我在回想以前对你们做过的一切，我那样伤害你们，还绑架你。"她将目光转向我说，"但是万万没想到你们能这样待我！经历了这件事以后，我终于明白，爱是不能强求的。爱一个人应该成全他。上海有家专门治疗我这种病的医院，明天我就要离开这个城市了。我今天来是为了请求你们的原谅，从今以后，我会把原来对你们的嫉妒化作祝福，祝福你们幸福到老。"

她突然跪在地上。

"大姐，快起来！谢谢你的祝福，你多保重！"

那片乌云密布的天空，终于放晴；那纠缠在心头的结，终于打开……

送走她，天奇激动地抱着我："宝宝，原来有很多人问我，为什么不顾一切地要和你在一起，我当时也不知道具体为什么那么爱你。现在，我终于明白了，因为你身上有天使一样闪光的品德。你的善良，你的宽容，像窗外的阳光一样纯净圣洁，可以照亮每个人的心灵。"

　　　　　　　　　　　　　　　只要最后是你就好

天
与云的
传说

如果这一生我可以有九百九十九次好运，我愿意把九百九十七次分给你，只留两次给自己：一次是遇见你，一次是陪你从全世界路过。

·1·

又一个春天来了。

窗前茶花怒放，红的、白的、黄的……

可爱的草儿在春的呼唤下探出小脑袋沐浴阳光。冬虫化茧成蝶翩翩而舞。

朵朵白云依偎在蓝天的怀里撒娇。

空气中弥漫着幸福甜蜜的味道。

我坐在新房阳台的秋千上，摇啊摇……

电话响了："宝宝，天气这么好，我带你去江边走走。快下来吧，我在楼下等你。"

天奇站在车的右门边，面带微笑望着我：黑色西装，白色衬衣，黑色细长领带；宽阔的额头在阳光下像镜子一样发光，那张俊朗而有形的脸虽然很熟悉，但给人的感觉与平常不一样，真像《泰坦尼克号》里面的 Jack。

"尊贵的云茜小姐，请上车。"他绅士地弯腰为我打开车门。

"哇，兜风穿得这么正式哦！"平常，天奇穿休闲西装多，很少穿成这样。

他笑而不语。

不一会儿，车停了下来。他打开车门："宝宝，闭上眼睛好不好？"

"为什么呢？大白天的……"

虽然很纳闷儿，可我还是乖乖地闭上双眼。

我被天奇抱了起来，感觉他飞奔了一小段路，然后，放下我。

"可以睁开了！"

睁开双眼，一片火红映入眼帘，一大片红玫瑰布成心形图案，白色的玫瑰拼成"I LOVE YOU"，在江岸茵茵绿草的映衬下，似一颗正在跳动的心。

我还没回过神，忽然发现，不远处的"挪亚一号"游轮巨幅电子屏上有一行字：云茜，我爱你！嫁给我好吗？游轮的两边飘着氢气球，上面写着：云茜，嫁给我好吗？

"云茜，嫁给天奇吧！"

整齐划一的声音传来，转身望去，华仔、梦瑶、恩雅、郭亮、青青、肖翔、思芹他们几个人站成一排，笑着大喊胸前举着的那排字：云茜，嫁给天奇吧！

"宝宝，"天奇拉着我的手，然后单膝跪下，掏出钻戒，深情款款地望着我，"春天来了，宝宝也长大了，可以嫁我了吗？"

　　　　　　　只要最后是你就好

我从这突如其来的惊喜中回过神来，噙着幸福的泪水，哽咽着说："可以……"

·2·

5月20日。

"挪亚一号"游轮。

红色地毯从游轮延伸到岸边，游轮的电子屏上放映着我们的大幅婚纱照。

鲜花环绕，彩带飘飞。

我和天奇手挽着手，伴着优美欢畅的音乐缓缓走上甲板，迎着众人的祝福，伴着游轮欢快的鸣笛，缓缓步入顶层阳光甲板。

紫色的轻纱帷幔和鲜花、气球将这里装扮成了普罗旺斯的浪漫王国。

爸爸洗肺成功后，身体慢慢地恢复昔日的健康，正和后妈有说有笑，一脸的满足。

"孩子，爸爸一直都在想，什么样的女婿才配得上我的女儿？今天，我知道，天奇可以让你幸福，我可以放心地把你交给他了。"

华仔和梦瑶，恩雅和郭亮，青青和肖翔，阿娇一家人，思芹一家人，成双成对，幸福和祝福，都写在他们的笑容里。

青青俏皮地说："我早知道茜茜姐可以像童话里的公主那样幸福的！"

曾子浩也来了。

他捧着一对施华洛世奇水晶鸳鸯："云茜，祝你幸福！愿你们的爱永远像这对鸳鸯一样纯美无瑕！"

"子浩，谢谢。我们等着喝你的喜酒。"

· 3 ·

主持人祖海手持话筒，感慨万千地说："世上最令人惊喜的一件事情是，原本以为遥不可及的人，竟然爱上了你。"

然后又故意调侃："今天来的这么多男士里面，有很多是追求过新娘的爱慕者哦，包括本人在内啊，哈哈！这里面有比许天奇帅的，有比他有钱的，有比他有地位的，云茜小姐，我想知道，为什么你选择的还是他呢？"

"因为只有他，让我觉得每一个日子都简单而快乐；只有他，让我的幸福难以言表；也只有他，可以让我永葆少女之心。我们的性格，像定制的一对螺帽和螺丝钉一样完全契合。"

天奇深情地说："如果这一生我可以有九百九十九次好运，我愿意把九百九十七次都分给你，只留两次给自己：一次是遇见你，一次是陪你从全世界路过。"

全场掌声、欢呼声此起彼伏，有很多女士噙着感动的泪水一个劲儿鼓掌。

美丽的婚纱随风摇曳，洁白的鸽子从掌心飞向蓝天，气球缓缓升起，写着誓言的漂流瓶随着江水跳跃……

天地为证，江水为媒，水天共鉴，在这一刻化为永恒。

游轮缓缓而行。忽然之间，玫瑰花瓣在我眼前飘扬！我仰望上空，只见桥上站着一排小花童，撒下玫瑰花瓣。

只要最后是你就好

顿时，漫天下起了玫瑰花雨……

"小天使们，谢谢你们撒下的幸福，我会永远爱云茜……"

天奇的声音响彻水天之间……

琴弦在女子十二乐坊指间流淌出《天与云的传说》音符：

你是云，我是天。

云是天的灵魂，天是云的依靠。

天因为云广阔无垠，云因为天多姿多彩……